Benjamin Bell

Davids Wahn
Von der anderen Seite der Wirklichkeit

FÜR ALICE
UND
FÜR MEINE TOCHTER MIA ANNABELL

Wenn das Licht deines Morgens
auf meinen Schatten fällt,
dann will ich erwachen und vergehen,
dann will ich sterben im Dunkel
und wieder auferstehen.

Mehr und mehr verfiel David in depressive Zustände, weil ihn der Geruch des Todes, der sich allmählich in den Zimmern der kleinen Wohnung einnistete, selbst krank machte, ihn betäubte, ihn lähmte. Tagtäglich ging der Tod seine Runden, schlich sich leise an Minnas Bett, roch gierig wie ein hungerndes Tier an ihrem sterbenden Körper, labte sich am Eiter der Wucherungen und Geschwüre. Der Schmerz in Davids Seele wurde immer heftiger, fraß sich wie eine Made durch totes Fleisch. Er wusste, er würde sie verlieren und schmeckte schon die bittere Einsamkeit auf seiner tauben Zunge.

Frau Schwan wurde nun zur guten Fee des Hauses. Wenn sie kam, war es, als trete Licht ins Dunkel, als wärme ein kleines Feuer gefrorene Seelen. Schließlich starb Minna, und Frau Schwan nahm David für die ersten Monate bei sich auf. Ihr Haus lag abgeschieden von allem Trubel der Stadt am Waldrand, von einem herrlichen Garten mit allerhand Blumen und Gräsern umgeben. Dort kümmerte sie sich fürsorglich um David, ohne dabei aufdringlich zu werden. Wenn er allein sein wollte, ließ sie ihn in Ruhe, wimmelte lästige Bekannte ab und sorgte so für den Frieden und die Abgeschiedenheit, die er brauchte, um den Tod seiner Mutter halbwegs zu verarbeiten.

An jenem Freitagnachmittag saßen sie gemeinsam am reichlich gedeckten Kaffeetisch im Garten und genossen den wunderbaren Sonnenschein der ersten Frühlingstage. David bemerkte, dass Frau Schwan sehr müde aussah. Leicht besorgt fragte er sie nach dem Grund für ihre Müdigkeit, und als sie antwortete, sie habe in der letzten Nacht nicht recht schlafen können, da der Mond direkt vor ihrem Fenster gestanden und sie mit seinem Silber geblendet habe, sprang er vom Tisch auf, lief in den Schuppen und brachte Frau Schwan einen Liegestuhl. Sie solle sich ruhig ein wenig hinlegen, er werde derweil ein paar Kartoffeln für das Abendessen schälen. Frau Schwan setzte sich also, der besorgten Anweisung folgend, in den Liegestuhl, nahm sich selbst aber auch ein Messer. Sie könne niemandem bei der Arbeit zusehen und zu zweit gehe es sowieso viel schneller, rechtfertigte sie sich. Allerdings schlief sie nach wenigen Minuten über dem Schälen ein, und David lächelte zufrieden.

Nachdem er seine Arbeit erledigt hatte, holte er sich ebenfalls einen Liegestuhl aus dem Schuppen und machte es sich darin bequem. Eine ganze Weile lag er in sich versunken, die ersten warmen Strahlen der Aprilsonne mit geschlossenen Augen genießend. Doch dann, als ihn plötzlich eine seltsame Kühle schauderhaft durchdrang und er wie aus dem Schlaf hochschreckend die Augen wieder öffnete, sah er, wie sich in seltsamer Geschwindigkeit der Himmel zuzog. David wunderte sich ein wenig, denn noch vor einer Minute hatte man keine einzige Wolke weit und breit gesehen. Jetzt aber war es so dunkel, dass man kaum mehr die Hand vor Augen sah.

Irgendwie hat diese plötzliche Dunkelheit etwas Unheimliches, dachte David. Wie kann das Wetter so mir nichts dir nichts wechseln?

Verstört blickte er in den finsteren Himmel. Dort oben sah man die Farben eines furchtbaren Unwetters. Blitze tobten in den mannigfaltigsten Formen durch die Luft. Dunkle Quellwolken verdeckten dicht an dicht gereiht die Sonne; und kein einziger Lichtstrahl besaß die Kraft, diese wüste Mauer zwischen Himmel und Erde zu durchbrechen. Das, was sich dort oben in Farben und Formen rasch überschlug, war zweifelsohne ein Unwetter, wie es für diese Jahreszeit eigentlich nicht ungewöhnlich ist. Seltsam war allerdings diese gnadenlose, unnahbare Stille, welche mit dem Unwetter einherging. David vernahm keinen Donner, hörte nicht das Pfeifen des Windes, der so zügig die Wolken trieb, nicht das Niederprasseln des Regens. Wo blieb der Klang des ungeheuren Sturmes? Wo blieb sein Zerren, sein Reißen an den dünnen Ästen der Bäume? Und vor allem: Wo blieb seine durchdringende Nässe? Es war wirklich merkwürdig. David stand inmitten des großen Regens, wurde aber nicht nass. Verwundert schaute er nach dem Apfelbaum, der unweit vom Gartenzaun stand. Warum neigten sich seine Äste nicht im Wind? War denn Wind? Warum bewegte sich nicht ein einziges seiner Blätter? Das alles passte nicht zusammen! Ein Unwetter ohne Wind, die Blitze darin ohne das Geräusch des Donners und ein Regen, den man weder hören noch fühlen konnte. Verstört erhob sich David aus seinem Liegestuhl. Er wollte Frau Schwan wecken, denn vielleicht hatte ja die alte Dame eine Erklärung für all das hier. Doch mit Schrecken musste er feststellen, dass Friederike nicht mehr in ihrem Stuhl lag. Warum hatte er nicht bemerkt, dass sie aufgestanden und gegangen war? Vielleicht hatte auch er einige Minuten geschlafen und sie deshalb nicht weggehen sehen? Vielleicht schlief er selbst ja noch und dieser Regen war Traum, nicht Wirklichkeit?

Sie müsse ins Haus gegangen sein, um das Abendessen vorzubereiten, beruhigte sich David.

Eiligen Schrittes lief er zum Haus, doch als er es betrat, musste er mit Erstaunen feststellen, dass sich hier alles verändert hatte. Statt in dem länglichen Flur, der zu den drei kleinen Räumen führte, fand sich David in einem riesigen Saal wieder, dessen Wände kalkweiß gestrichen waren. Der Fußboden, den man mit grauem Linoleum ausgelegt hatte, schien stark beansprucht und abgetreten, dennoch glänzte seine Oberfläche vor eigenartiger Sterilität. Es roch nach Bohnerwachs und Putzmitteln. An der Decke hingen fünf Reihen mit Neonröhren, die ein grelles, feindliches Licht in den kalten Raum warfen. Nein, dies konnte unmöglich das Haus von Frau Schwan sein. Unmöglich!

David schaute sich um. Drei Betten standen in diesem Saal, ein jedes verloren in seiner Ecke. In der vierten Ecke stand metallisch schimmernd ein großer, kantiger Stahltisch, auf welchem säuberlich angeordnet einige Instrumente lagen. Er erkannte mehrere stählerne Zangen in verschiedenen Formen und Größen, ein Skalpell, einige Nadeln, Klemmen und weitere chirurgische Hilfsmittel auf dem Tisch. Allmählich verdichtete sich das Bild. Ihm schien, als stünde er inmitten eines riesigen Krankenzimmers und Operationsraums.

Seltsamerweise fragte David sich nicht, warum er hier war, und er wunderte sich auch nicht über die grundlegende Veränderung seiner Umgebung. Er machte sich keinerlei Sorgen um Frau Schwan, die noch vor wenigen Minuten selig in ihrem Liegestuhl gelegen und friedlich geschlafen hatte, dann aber urplötzlich verschwunden war. Irgendetwas hielt jegliche Emotionen von ihm fern und nahm ihm gleichzeitig die Fähigkeit, rational zu denken. Keine Unruhe, keine Angst durchzog sein Inneres, keine Sorge, nichts. Wie abgeschottet stand er fern ab von sich selbst inmitten dieser merkwürdigen Fremde. Keine Frage fand den Weg in seinen Kopf, kein Zweifel; kein Gedanke vermochte es, hinter die Fassade dieser absurden Situation zu schauen. Nichts quälte seine Seele in diesem einsamen Moment. Bedürfnislos schwamm er in dem trägen Fluss der neuen Bilder, fühlte nichts, dachte nichts, ließ sich wie willenlos treiben. Irgendetwas war über ihn gekommen, geräuschlos, unsichtbar, betäubend. Irgendetwas hatte ihn still vereinnahmt.

Wie von fremder Hand gelenkt, fiel Davids Blick auf eine große Flügeltür, welche den Ein- und Ausgang des Krankenzimmers bildete. Durch die milchigen Glasscheiben, die im unteren Drittel der beiden Flügel eingelassen waren, schimmerte ein helles, kalt wirkendes Licht. Schatten glitten hin und wieder über die Scheiben. David hörte Schritte und das Klappen von Türen, überlagert von dem daseinshungrigem Geschrei Neugeborener und dem stöhnenden Klagen gebärender Frauen. Langsam lief er zu dem großen Fenster hinüber und blickte hinaus. Er sah einen kleinen Park, der sich direkt an das backsteinerne Gebäude, aus welchem David nun hinunterblickte, anschloss. Niemand ging hier, verloren strich der Nebel durch die schmalen Wege. Suchend kreisten Davids Augen in der seltsamen Trübe des wolkenlosen Himmels. Ihm war, als schiene irgendwo dort draußen die Sonne, aber so sehr er auch nach ihr suchte, er sah sie nicht.

„Die Bäume fangen das Licht der Sonne", sprach er leise.

Als sein Blick langsam über das Grün der umzäunten Parkanlage glitt, bemerkte er plötzlich einen Vogel, der still auf einem Ast der großen Weide saß, die direkt zur linken Seite des Fensters stand.

„Bist du gekommen, um all die kleinen Kinder zu holen, deren Mütter die Prüfung der Seele nicht bestanden haben?", fragte David den Vogel.

Der aber antwortete nicht.

Plötzlich, ohne dass David jemanden hatte hereintreten hören, standen drei Frauen in dem Zimmer. Noch immer stand er mit dem Gesicht zum Fenster, und sein Blick haftete an dem seltsamen schwarzen Vogel. Dennoch wusste er, dass die drei Frauen hinter ihm standen, ihn anblickten, darauf warteten, dass er sich zu ihnen wende. Vorsichtig, jedoch bestimmt, als wehre sich sein Inneres gegen die fremde Zwanghaftigkeit und seltsame Begrenzung, wandte er sich schließlich um und betrachtete sie. Zwei von ihnen waren ganz in Schwarz gekleidet. Sie trugen eine Haube auf dem Kopf, wie man sie sonst nur von Nonnen kennt, dazu einen schwarzen Kittel, der bis auf den Boden reichte und die Füße ganz und gar verbarg. Die beiden Frauen schienen in diesem Krankensaal als Schwestern zu arbeiten, denn sie stützten gemeinsam eine alte Frau. Jedenfalls schien es auf den ersten Blick so. Doch als David genauer hinsah, bemerkte er, dass die Füße der Alten den Boden nicht berührten. Sie schien regelrecht zwischen den beiden Schwestern in der Luft zu hängen. Sorgsam musterte David die hängende Alte.

Ihr krankes Gesicht sprach eine erschreckende Sprache, denn ihm fehlte jeglicher Ausdruck von Lebendigkeit. Es schien, als sei das Leben längst aus ihrem Körper gewichen und als habe Mutter Verwesung barmherzig sich der leeren Hülle angenommen. Unter einem hauchdünnen weißen Leibchen zeigte sich ihr eingefallener, trauriger Körper. Deutlich traten die Rippen durch die mürbe, lederne Haut hervor. Ihr Bauch, von Gasen der Verwesung prall gefüllt, hob sich furchtbar von dem dürren Korpus, ähnelte dem einer Unterernährten. Die verschrumpelten Brüste der Alten entbehrten jeder Form und drohten, gleich den vertrockneten Pflaumen eines vereinsamten Baumes, herabzufallen. Überhaupt schien die alte Frau wie gänzlich vertrocknet und ausgelaugt, als vegetiere sie ohne jegliches flüssiges Element.

David betrachtete den Kopf. Man sah die starren Wangenknochen durch die dünnen, seidig zarten Wangen hervortreten. Die Alte hatte auch keine Augen mehr, nur noch tiefe, schwarze Augenhöhlen. Bestialisch traten die Augenbrauenknochen aus ihrem Gesicht hervor, wirkten aber dennoch seiden, wie die zwei zarten Fühler eines wunderschönen Schmetterlings; beide, so schien es, waren stille Zeugen einstiger Blüte und Schönheit.

Wie kann man denn so eine alte Frau noch einliefern, an ihr ist doch kein Leben mehr?, fragte sich David verwundert. Aber wer weiß, es ist Spätherbst, und vielleicht will man der Alten irgendetwas einpflanzen, das über den Winter im Verborgenen Kräfte sammelt, um im nächsten Frühjahr die Erde durchbrechen zu können?, dachte der Begrenzte.

David wusste nicht so recht, wie er darauf kam, aber für einen Augenblick glaubte er sogar, die alte Frau sei schwanger. Dann wieder war er sich sicher, dass man der Alten eine Gebärmutter oder Eierstöcke verpflanzen wolle.

Von den in Schwarz gekleideten Schwestern wurde die dürre Gestalt nun auf eines der freien Betten gehoben und lag dort mit ausgestreckten Armen auf dem Rücken. Für David schien alles ganz selbstverständlich. Er betrachtete die Vorgänge aufmerksam, aber ohne in irgendeiner Weise emotional erregt zu sein. Nachdem die beiden Schwestern den Kopf der Alten routiniert zur linken Seite gedreht hatten, scheinbar um ihr den Anblick der faden Wand zu ersparen, verschwanden sie durch die große Flügeltür.

Allein gelassen mit dieser seltsamen, verwesenden Person stand David in dem riesigen Krankensaal. Wie durch Zwang lief er zu ihr hinüber und setzte sich neben sie auf die Bettkante. Sie mitleidig betrachtend, fragte er dann:

„Wann werden sie wohl kommen, um dich zu operieren, dass auch du einmal Kinder haben kannst?"

Doch die Alte antwortete nicht. Nun fiel ihm das Ohr der Alten auf. Irgendwie schien es nicht zu ihrem allmählich verwesenden Körper zu passen. Dem Anschein nach musste es wesentlich jünger sein als der Rest des zerfallenden Geschöpfes. Ihr Ohr war sehr klein, und David spürte, dass dessen Gewebe noch Kraft in sich barg. Die gesamte Lebensenergie der Alten schien sich in diesem Ohr über alle Jahre hinweg gesammelt zu haben.

Das ist merkwürdig, dachte David, dass die Kraft der kranken Frau im Laufe ihres gesamten Lebens nie verloren ging, sondern sich an diesem einen Punkt sammelte. Ihr Ohr scheint all ihre Energie in sich gebunden zu haben, wie ein Speicher, eine kleine Kraftreserve. Nur möchte ich wissen, wozu das dienen soll!

Gerade als er dies dachte, berührte er das Ohr der Alten mit seinen Fingern. Oh Gott, es schien wie angeklebt. Langsam drehte die Frau ihren faulenden Kopf und starrte David aus den Tiefen ihrer dunklen Augenhöhlen an.

„Bald wirst auch du Kinder haben können, glaube mir", sprach er mitleidig zu ihr. „Sie werden kommen und dir frische Eierstöcke und eine Gebärmutter einsetzen. Das wird nicht lange dauern."

Nachdem er so zu ihr gesprochen hatte, stand er auf und lief wieder zum Fenster hinüber. Zwanghaft suchend blickte er hinaus. Wieder sah er den schwarzen Vogel auf dem Ast sitzen und ihm schien, als habe der Vogel die ganze Zeit dort gesessen und mit seinen kleinen, kalten Augen das Geschehen im Krankenzimmer verfolgt.

„Verschwinde Vogel!", rief David empört. „Diese Frau hat eine gute Seele. Du wirst ihr Kind nicht mit dir fort nehmen! Verschwinde widerliche Ausgeburt!"

Der Vogel aber harrte stumm auf seinem Ast aus, als warte er geduldig auf etwas, das noch geschehen sollte.

Mittlerweile waren die zwei Schwestern zurückgekehrt und hatten sich wie beim ersten Mal direkt hinter David platziert. Und wieder hatte dieser keinerlei Geräusche wahrgenommen, die das Eintreten der Frauen angekündigt hätten; aber er wusste, dass sie hinter ihm standen. Zögernd wandte er sich zu ihnen um. Diesmal brachten sie eine andere Frau. Wie die erste hielten die Schwestern auch diese untergehakt, so dass ihre Füße den Boden nicht berührten. Als David die Frau dann genauer betrachtete, erschrak er entsetzlich, denn es war Frau Schwan, die dort wie tot zwischen den Schwestern hing. Hatte David auch bis jetzt nichts aus seiner merkwürdigen Ruhe gebracht, so traf ihn der Anblick von Frau Schwan doch mitten ins Herz. Mit einem Schrei des Entsetzens wandte er sich wieder zum Fenster, bedeckte sein Gesicht mit den Händen und lehnte seine Stirn an die Scheibe. Oh Gott, was war mit dieser Frau geschehen?

Eine ganze Weile stand er so und das Fensterglas kühlte seine Stirn. Er versuchte sich zu besinnen, einen klaren Gedanken zu fassen, zu begreifen, was hier mit ihm geschah. Aber so sehr er sich auch bemühte, es gelang ihm nicht. Jeder Gedanke, den er zu formen versuchte, trieb von ihm fort, haltlos, ohne Ziel, ohne Hafen.

„Gut", sprach David zu sich selbst, „ich werde mich jetzt zusammennehmen, mich langsam wieder umdrehen und Frau Schwan selbst fragen, was hier mit uns passiert. Vielleicht weiß sie ja eine Antwort. Vielleicht kennt sie ja einen Weg zurück."

Vorsichtig wandte er sich wieder den drei Frauen zu. Doch jeder Versuch, ein Wort herauszubringen, scheiterte. Es sollte ihm nicht gelingen, seine Fragen zu stellen, die mit einem Mal wieder in ihn gedrungen waren, wie die Flut in das Wattenmeer; Worte zerbrachen, wie von unsichtbarer Hand entzweit.

Sein Entsetzen bei dem Anblick von Frau Schwan war zu groß. Nein, kein einziges Wort vermochte er zu äußern. Was hatten sie ihr angetan? Was war geschehen?

Furchtbar entstellt zeigte sich ihr Gesicht: Tiefe, offene Wunden zerteilten es in Fetzen von Fleisch, ganz so, als hätte man ihr mit einem Messer das Gesicht zerschnitten. Ihre Haut glich einem alten, zähen Stück Leder, das durch tiefe Kerben und Risse von den Jahren gezeichnet worden war. Seltsamerweise blutete sie nicht aus diesen Wunden. Eher schien es, als fließe das Blut ihrer vielen Wunden erst nach innen und sammle sich in ihrem kranken Kopf, um dann aus sämtlichen Gesichtsöffnungen herauszuströmen. Sie blutete aus Mund, Nase und den Ohren so stark, dass das Blut auf den Fußboden tropfte und in kleinen Bächen über das glänzende Linoleum hinwegfloss. Es war ein unvorstellbar scheußlicher Anblick.

David schloss die Augen, denn er konnte diese Grausamkeit unmöglich länger ertragen. Gleich begann er damit, sich einzureden, dass all dies hier nur ein furchtbarer Albtraum sei und dass er gleich aus dem dunklen Schlaf erwachen werde. Doch es half nichts, das Bild der blutenden Frau Schwan hatte sich schon in seinen Kopf eingebrannt, beherrschte ihn, ließ ihn nicht wieder los.

Warum erschütterte ihn der Anblick von Frau Schwan so sehr, wenn er doch bei der ersten alten Frau, deren Anblick dem einer halb Verwesten gleichkam, keinerlei Gefühle von Entsetzen, Abscheu und Ekel verspürt hatte? Warum hatte er plötzlich seine natürlichen Emotionen wieder?

David drehte sich zum Fenster, öffnete es eilig und beugte sich weit hinaus. Tief atmete er die frische, kühlende Luft.

Irgendetwas muss jetzt geschehen, dachte er. Ich darf doch eigentlich gar nicht hier sein!

Und als er die Augen öffnete und in den fahlgelben Himmel schaute, fiel ihm Schlag auf Schlag alles wieder ein. Er hatte in der Stadt Besorgungen für Frau Schwan erledigt und anschließend mit ihr Kaffee getrunken. Sie war dann beim Schälen der Kartoffeln eingeschlafen, und auch er hatte es sich in einem Liegestuhl bequem gemacht, die Sonne genossen und ein wenig geschlummert.

Als David Schritt für Schritt die gesamte Situation in seinem Kopf zu wiederholen begann, begriff er, dass dies hier alles nicht wirklich sein konnte. Nein, er musste in eine fremde Welt gelangt sein, in die er eigentlich nicht gehörte. Wo aber war er? Wohin hatte er sich treiben lassen?

Plötzlich vernahm David deutlich eine Stimme, die seinen Namen rief.

„Du sollst verschwinden Vogel! Hier gibt es nichts für dich zu holen!", entgegnete David erregt.

Denn obgleich der Vogel noch immer genauso starr auf seinem Ast saß wie zuvor, wusste David intuitiv, dass er es war, der ihn rief.

Erschöpft legte David seinen Kopf auf das Fensterbrett und sprach mit verzweifelter Stimme:

„Verschwinde Vogel! Es darf nicht noch Schlimmeres geschehen, sonst vergehe ich an mir."

Da hörte er den Vogel sprechen:

„David, verfalle nicht den Tränen des Teufels, sonst bekommt er dich, noch ehe er dich verdient! Dies hier ist nicht dein Traum. Hier gehörst du nicht her!

16

Verstehst du, was ich sage? Du stehst inmitten der Fremde, kehre zurück, bevor du dich in ihr verlierst! Kehre zurück!"

„Wenn es aber keiner meiner Träume ist, wessen Traum ist es dann?", fragte David, wie aus dem Schlaf gerissen.

Doch der Vogel antwortete nicht.

Je mehr David versuchte zu begreifen, was hier mit ihm geschah, desto dunkler wurde es um ihn. Sein Denken erlahmte unter der Last der Eindrücke und Empfindungen, der Kopf wurde schwerer und schwerer, hielt sich kaum mehr aufrecht. Seine Seele ertrank in einem bitteren Meer aus grauenvollen, blutigen Bildern, fand selbst keinen Weg mehr, aus dieser fernen Fremde zu entkommen. Wie in einer Ohnmacht wiederholte er immer und immer wieder die Worte des Vogels:

„Verfalle nicht den Tränen des Teufels, sonst bekommt er dich, noch ehe er dich verdient!"

Als er nun eine ganze Weile an dem weit geöffneten Fenster gestanden hatte, bemerkte er plötzlich eine zarte, warme Hand, die auf seiner Schulter ruhte. Erschrocken drehte er sich um, doch im gleichen Augenblick verschwand die Hand von seiner Schulter, so dass er nicht mehr sah, woher sie kam, zu wem sie gehörte. Vor ihm standen noch immer die beiden schwarz gekleideten Schwestern, die in ihrer Mitte die blutende Frau Schwan hielten. Irritiert betrachtete David die drei Frauen.

Sie stehen immer noch genauso da, wie vorhin, als ich sie das erste Mal bemerkte. Und überhaupt sind sie ganz starr, so als seien sie gefroren. Einzig das

Blut fließt aus ihr hinab auf den Boden. Wie können sie wirklich sein, wenn doch weiter keine Bewegung an ihnen ist?, fragte sich David, dessen Geist und Sinne mit dem scheußlichen Anblick der Frau Schwan zurückgekehrt waren. Das alles ist nur Illusion! Das alles ist nichts weiter, als ein furchtbarer Albtraum. Meiner Fantasie entsprungen, zog er mich mit sich in die Tiefen der Dunkelheit.

Vorsichtig streckte David seine Hand aus, um die Gestalt, von der er angenommen hatte, sie sei Frau Schwan und welche er jetzt für eine widerliche Ausgeburt seiner kranken Fantasie hielt, zu berühren. Er wollte sich selbst versichern, dass sie nicht wirklich sei, und hoffte also, er könne durch sie hindurchfassen. Doch als er ihr Gesicht berührte, erschrak er fürchterlich, denn er fühlte ihr warmes Blut. Unaufhörlich rann es über ihr zerschnittenes Gesicht und jetzt, da er sie berührte, ergoss es sich auch über seine Hand.

„Oh Gott!", schrie er verzweifelt. „Ihr Blut an meinen Händen! Sie ist nicht Illusion, ist nicht böse Brut meiner Träume!"

Mit einem Mal verstummte David. Das, was ihn bei seinem Eintreten in den Saal von Beginn an vereinnahmt und befangen gemacht hatte, ihn begrenzte im Wahrnehmen und Denken, ergriff wieder Besitz von ihm, lähmte seine Gedanken, betäubte seine Erschrockenheit und Angst. Er fühlte keinen Schmerz, keine Verzweiflung. Er fühlte gar nichts mehr. Aller Schrecken und alles Grauen schienen von ihm abgefallen, wie der Putz vergangener Jahre von alten Häusern hinunterfällt.

An die Wand gelehnt, in einen makaberen Bann gezogen, stand er als ein Beobachter, und fragte sich lediglich, was man mit der blutenden Frau wohl anstellen werde. Seine persönliche Bindung zu ihr spielte nun überhaupt keine Rolle mehr. Im Gegenteil, David schien diese Frau als eine ihm vollkommen fremde Person zu betrachten.

Die zwei Schwestern standen, die blutende Frau Schwan tragend, noch immer an derselben Stelle und blickten ihn erwartungsvoll an. Doch es berührte ihn nicht mehr, obgleich sich das abstruse Bild nicht verändert hatte.

Mit kindlicher Neugier wandte er sich nun wieder der Verwesenden zu. Er war sich sicher, dass diese Frau auf das Einsetzen neuer Eierstöcke und einer Gebärmutter wartete. Wie sollte es auch anders sein? David lief zu ihr hinüber, setzte sich noch einmal neben sie auf die Bettkante und blickte sie, von einem naiven Mitgefühl ergriffen, an.

„Jetzt warten Sie schon so lange und der Arzt ist immer noch nicht da!", sprach er empört zu der Alten, die gleich einer Toten unbeweglich in ihrem Bett lag. „Vielleicht sollte ich ihn suchen gehen und fragen, warum das hier so lange dauert?", fügte er hinzu.

Und als er bemerkte, dass der alten Frau Tränen über die eingefallenen, kantigen Wangen liefen, sprang er von dem Bett hoch, baute sich ergriffen vor der Dürren auf und sagte mitleidig:

„Nun weinen Sie doch nicht gleich! Am besten, Sie warten hier und ich hole den Arzt."

Dann lief er hastig der großen Flügeltür entgegen.

Auf dem sterilen Fußboden hatte sich mittlerweile eine enorme Menge Blut zu einer großen Lache angesammelt, denn Frau Schwan blutete noch immer aus sämtlichen Gesichtsöffnungen. Inmitten dieser Blutlache standen die schwarzen Schwestern, deren lange Röcke sich mehr und mehr mit dem Sud tränkten. Frau Schwan hing wie eine Tote zwischen ihnen, die Arme auf den unbewegten Schultern der Schwestern, ihr Kopf schräg nach vorn hängend, blutüberströmt, wie Jesus am Kreuz.

Unberührt von diesem grauenvollen Anblick, als sei dies alles hier ganz natürlich und überhaupt in keiner Weise sonderbar, begab sich David zu der Flügeltür. Doch in dem Moment, als er sie öffnen wollte, fühlte er wieder diese warme, zärtliche Hand auf seiner Schulter. Blitzschnell drehte er sich um; sogleich erschrak er fürchterlich, denn vor ihm stand Frau Schwan. Mit einem ihm sehr vertrauten Lächeln blickte sie ihn an, herzlich, liebevoll.

Davids anfängliche Erschrockenheit und Fassungslosigkeit wandelte sich bald zu einer merkwürdigen Verwunderung. Frau Schwan schien ihm sonderbar verändert. Die Wunden in ihrem Gesicht waren verschwunden, man sah auch keinerlei Narben, die Zeugnis dieser Wunden gewesen wären. Es schien, als wären die Risse in ihrem Gesicht nie da gewesen. Frau Schwan hatte auch keinerlei Spuren von Blut in ihrem Gesicht. Wie konnte das sein? David blickte verwundert auf den Fußboden und suchte nach der Blutlache, die ebenfalls verschwunden war. Er war verwirrt, denn mit dem Anblick von Frau Schwan fiel auch die Einfalt von ihm ab. Eindrücke, Gefühle, Gedanken und Erinnerungen kehrten blitzartig zurück, brachen mit einem Mal über ihn ein und ließen ihn unter ihrer Last zusammenbrechen. David fiel in eine Ohnmacht, aus der er jedoch sogleich wieder erwachte.

Frau Schwan nahm seinen Kopf zärtlich in ihre Hände, drückte seine Stirn an die ihre und sagte dann ganz leise:

„Beim Anblick des Todes umfängt dich ein Schleier, der deine Sinne unscharf macht und deine Seele berauscht. Geh nach Hause David und ruhe dich aus! Dein Ziel ist fern und der Weg, auf dem du gehst, muss erst noch gefunden werden."

Sie gab ihm einen Kuss auf die Stirn, drehte sich um und lief zu einem der freien Betten.

David öffnete, noch immer benommen von dem Geschehen, die große Flügeltür. Als die Tür hinter ihm schloss und er vorsichtig seinen Kopf hob, fand er sich in dem großen Garten von Frau Schwan wieder, ganz so, als wäre er soeben aus ihrem Haus getreten. Er lief durch den Garten. Der Himmel war noch immer stark bewölkt, so dass David kaum etwas erkennen konnte. Dennoch sah er die beiden Liegestühle neben dem großen weißen Kaffeetisch stehen. Er stellte sich vor den Stuhl, in welchem Frau Schwan beim Schälen der Kartoffeln eingeschlafen war und dachte nach. Doch je mehr er sich zu besinnen versuchte, desto stärker verschwammen seine Erinnerungen an die Erlebnisse in dem großen Krankensaal. Auch wusste er kaum mehr, was vor seinem Eintreten in das Haus geschehen war. Alles schien sich im Dunkel zu verlieren. Alles schwand hinaus in die Nacht.

Noch immer benommen, lief er schließlich aus dem Garten von Frau Schwan und machte sich auf den Heimweg. Zu Hause angekommen, begab er sich in das Schlafzimmer seiner Mutter, welches er nach ihrem Tod nicht mehr betreten hatte und legte sich dort zu Bett. Im Glauben, dass er mit Frau Schwan noch Kaffee getrunken und sie sich anschließend eilig zu ihren Nachbarn begeben habe, schlief er schließlich ein.

Im Schlaf sah er seine Mutter. Sie befand sich auf einer großen Wiese, deren saftig zartes Gras bis zu ihren Knöcheln reichte und über und über mit Tautropfen benetzt war. Einige Meter von ihr entfernt standen zwei Männer in langen weißen Kitteln. David konnte jedes kleinste Detail erkennen, denn er schien dieses Geschehen aus jeder beliebigen Perspektive gleichzeitig beobachten zu können. Jedoch wechselte er die Perspektive nicht bewusst; eher schien es, als folgten seine Blicke einer unausgesprochenen Anweisung. Er sah genau das, was er zu sehen hatte. Allerdings trat er in keinerlei Kontakt mit den drei Gestalten dort auf der Wiese. Er sah sie, aber sie sahen ihn nicht.

Es war taghell; der Himmel strahlte in den prächtigsten Blautönen. David beobachte die Szene vorerst aus der Entfernung. Minna, seine Mutter, stand eine ganze Weile erstarrt auf der Wiese und blickte voller Ehrfurcht in den Himmel. David betrachtete sie. Ihre langen dunkelblonden Locken fielen sacht über ihre schmalen Schultern, und nur der Wind behielt es sich vor, ihr Haar dann und wann in seinem zarten Atem zu wiegen, es sanft zu streicheln. Wie gern hätte David dieses Haar berührt und daran gerochen, wie gern hätte er sie nach so langer Zeit einfach in die Arme genommen, sie an sich gedrückt und ihr warmes Herz gefühlt. Wie gern hätte er ihre sanfte Stimme gehört.

Als er noch ein kleiner Junge war, lag er oft in den Armen der Mutter, hörte sich die Geschichten und Märchen an, die er zuvor ausgewählt hatte, fuhr dabei mit seinen Händen durch ihr langes Haar und genoss das seidene Gefühl auf der Haut. Und wenn er dann sein kleines Kinn auf ihre Schulter legte, sein Gesicht ganz und gar unter ihrem wallenden Haar verbarg und ihren Duft ganz tief in sich aufnahm, fühlte er ihr warmes Wesen bis in seine Seele dringen. Manchmal schlief er in ihren Armen ein, dann trug sie ihn zärtlich zu Bett.

David versuchte etwas zu sagen, nach ihr zu rufen, aber seine Worte zerbrachen, noch ehe sie den Weg über seine Lippen fanden. Minna faltete ihre Hände wie zu einem Gebet und sprach laut in den Himmel. David hörte diese Worte zwar sehr deutlich, aber er konnte sie nicht verstehen. Es war als spräche seine Mutter eine Sprache, die er nicht kannte. Es klang wie ein Bitten, ein Flehen zu Gott. Je tiefer Minnas Worte in seinen Kopf drangen, desto näher kam er ihr, bis er plötzlich ganz vor ihr stand. David betrachtete ihr Gesicht. Ihre wunderschönen braunen Augen waren weit geöffnet; aber sie strahlten nicht in der liebenden Freude, die er in seinen Erinnerungen immer wieder in ihnen gefunden hatte. Statt dieser inneren Kraft und Wärme sah er lediglich die Reflexionen des Lichtes in ihnen. Tief in sich spürte er die Verzweiflung seiner Mutter und das Schwinden ihrer Kraft, dem Sturm der Enttäuschung, der in ihr wüten musste, standzuhalten. David kannte den Grund ihrer Enttäuschung nicht, er fühlte nur, welche gewaltige Ohnmacht er über sie brachte. Tränen flossen über ihr schmales Gesicht, und David wünschte sich so sehr, ihren zarten Kopf tröstend in seine Hände nehmen zu dürfen, aber er konnte es nicht. Minna fiel, ohne dass sie ihn wahrnahm, vor dem Sohn auf die Knie, legte ihre Stirn auf die Erde und schrie unter entsetzlichem Weinen immer wieder einzelne Worte in den Himmel. Doch David verstand sie nicht, sollte sie nicht verstehen.

Eine ganze Weile blickte er auf seine verzweifelte Mutter hinab. So sehr er sich auch wünschte, ihr auf irgendeine Art und Weise helfen zu können, es war unmöglich.

Für einen Augenblick schaute er hinüber zu den beiden Männern, die noch immer in ihren weißen Kitteln einige Meter von ihm und seiner Mutter entfernt standen; und plötzlich fand er sich genau zwischen ihnen. Ohne dass er zu ihnen hinübergelaufen war, ohne dass er überhaupt irgendeinen Ortswechsel bemerkt hatte, stand er noch im selben Augenblick, in dem er zu ihnen hinübersah, in ihrer unmittelbaren Nähe. David schaute nach links und betrachtete den Herrn. Der Mann, dessen weißer, aus schwerem Stoff gewebter Kittel bis auf die Erde reichte, hielt in seinen Händen einen Karton. Dieser Karton hatte die Größe eines gewöhnlichen Schuhkartons, aber die graubraune Pappe, aus der er bestand, war grob und unbehandelt. Der Mann hielt den Karton sehr sorgfältig fest, so als bewahrte er darin etwas Wertvolles und Kostbares, das bei der kleinsten Erschütterung zu zerbrechen drohte. David ahnte nicht im Geringsten, was es war, aber er spürte, dass er es bald erfahren würde. Das Gesicht des Mannes war leer, es trug keinerlei Züge. Man erkannte keine Augen, keine Nase, keinen Mund - all das, was ein Gesicht eigentlich ausmacht, fehlte hier. Doch obgleich David feststellte, dass dieser Mann fahl war, dass er statt eines Gesichts lediglich eine mit Haut bedeckte Rundung vom Haaransatz bis zum Hals zeigte, verwunderte es ihn nicht. Es schien, als sei es für David vollkommen normal, ganz so, als habe jemand einen Hut auf dem Kopf oder eine Brille auf der Nase. Er beachtete es nicht weiter.

David betrachtete jetzt den zweiten der beiden Herren. Zu seiner Verwunderung musste er feststellen, dass dieser ganz genauso aussah wie der andere. Er trug nicht nur die gleichen Schuhe und den gleichen weißen Kittel, sondern er war auch von gleicher Gestalt und Statur wie der andere Herr. Die beiden waren vollkommen gleich. Ihnen fehlte es an jeglicher Ausstrahlung, und wenn man vor sie trat, meinte man vor zwei gesichtslosen Schaufensterpuppen zu stehen, deren einziger Sinn und Zweck darin besteht, Kleidung zur Schau zu stellen. Der einzige Unterschied zwischen den beiden Männern bestand darin, dass nur einer von beiden, der links von David stehende, einen Karton trug. Die Hände des anderen waren leer.

Plötzlich wandte David seinen Blick von den beiden ab und schaute hinüber zu seiner Mutter, die noch immer weinend und mit ihrer Stirn auf der Erde im Gras kniete. Er sah sie an, so als warte er darauf, dass sie aufstehe und zu ihm hinüberlaufe. Und als er sie voller Erwartung einige Sekunden lang so angeschaut hatte, stand sie tatsächlich auf, wischte sich mit ihren Händen die Tränen aus dem Gesicht und lief langsam zu den beiden Herren hinüber.

Er spürte ganz deutlich, dass sie all ihre Kraft zusammengenommen hatte und sich nur mit Mühe beherrschen konnte, um nicht wieder in diese entsetzliche Ohnmacht der Verzweiflung zu fallen. Sie war mutig, das wusste David, und er hoffte, dass sie genug Kraft besaß, um durchzustehen, was auch immer folgen mochte.

Minna kam immer näher, und er fühlte, wie sie mit jedem Schritt in Richtung der gesichtslosen Herren unsicherer wurde. Sie zitterte am ganzen Körper und Angstschweiß lief kalt über ihre Stirn. Schmerzen entstellten ihr Gesicht, und obwohl sie Mühe hatte, sich überhaupt auf den Beinen zu halten, hob sie ihren Kopf, so wie ein sterbender Krieger seinen Kopf hebt, der selbst seinen letzten Weg noch ehrenhaft beschreiten will. Als Minna angelangt war, stellte sie sich David direkt gegenüber und er fühlte, dass neben allem Schmerz und aller Qual, die sie erlitt, auch noch etwas Hoffnung ihre Seele erfüllte. Es war dieser kleine, aber nie verglimmende Funke des großen Feuers, dessen Kraft nach jedem Ende einen neuen Anfang zu erschaffen vermag. Wenn auch die letzte Glut erloschen war und alle Aussicht auf ein neues Feuer mit dem Regen in der Tiefe des dunklen Flusses ertrank, wenn auch die Endgültigkeit all ihre Türen geschlossen hatte, dieser winzige Funke blieb, und es gab immer einen Weg, seine Kraft zu nutzen, ein neues Feuer zu entzünden. Dieses kleine Licht, das David nun in den Augen seiner Mutter erblickte, machte ihm Mut. Lange sah er den kleinen Funken in ihr glühen, und er wusste: Minna würde den Schatten des Schmerzes und der Trauer, der so schwer auf ihrer Seele lastete, sehr bald ablegen, so wie man einen alten, zerschlissenen Mantel ablegt. Er wusste, sie würde wieder zu sich finden. Aber er ahnte nicht, was noch alles geschehen würde.

Minna deutete mit der rechten Hand auf den Karton, und während sie das tat, drangen die Tränen noch heftiger aus ihren Augen. David sah sie an. Er sah, wie die Tränen über ihr wunderschönes Gesicht liefen, über die zarten Wangen rollten, und dieser Anblick schmerzte ihn. Eine nach der anderen sammelten sie sich still an ihrem schmalen Kinn, flossen ineinander und fielen von dort in das hohe Gras. Tränen und Tau wurden eins. Der Mann in dem weißen Kittel hielt ihr vorsichtig den Karton hin, welchen er noch immer mit beiden Händen festhielt, als ob er besonders sorgsam darauf Acht gäbe, dass der Karton nicht herunterfalle und sein kostbarer Inhalt zerbräche. Minna nahm ihn an sich, hielt ihn eine ganze Weile fest in ihren Händen. Voller Trauer kniff sie ihre Augen zusammen, ihre Hände begannen zu zittern. Noch immer weinte sie. Ihre Tränen fielen nun auf den Pappdeckel des Kartons; und ehe sie die Schachtel dem zweiten Manne, jenem, welcher rechts von David stand, herüberreichte, war der Deckel so voller Tränen geweint, dass Minna sich für einem Moment in ihm spiegelte. In diesem kurzen Augenblick - es waren vielleicht die Bruchteile einer Sekunde - geschah etwas Seltsames: David konnte plötzlich durch das Spiegelbild seiner Mutter hindurch in das Innere des Kartons blicken; und als ihm sein entsetzlicher Inhalt gewahr wurde, erschrak er fürchterlich.

Was waren das für Grausamkeiten? Was hatte man ihr angetan? Aber noch ehe er sich den Inhalt wirklich bewusst machen konnte, noch ehe er verstehen konnte, was er eigentlich sah, verlor sich der Einblick in das Innere des Kartons, wie eine Kerze erlischt, wenn sie der Wind mit seinem kalten Atem streift. Jetzt sah David nur noch den braungrauen Pappdeckel.

Was hatte er gesehen? Was befand sich in diesem Karton? Er wusste es nicht. Er versuchte sich zu erinnern, versuchte das Bild noch einmal in seinem Kopf wieder entstehen zu lassen, die verblassten Linien nachzuzeichnen. Doch es gelang ihm nicht. Aber während er so dastand, sich zu besinnen versuchte, noch krampfhaft nach dem Bild suchte, von dem er bald annahm, es sei irgendwo in seinem Gedächtnis begraben, für ihn auf immer unzugänglich, um seine Seele vor jener Grausamkeit zu schützen, die es zu offenbaren imstande war, baute es sich bereits auf ein Neues vor seinen Augen auf - und diesmal nicht nur für einen Augenblick. Nun sah er deutlich, was sich in der Schachtel befand: Alles war voller Blut. Klumpige Stücke geronnenen Blutes schwammen in einer roten, zähflüssigen Lache. Er sah Reste fleischigen Gewebes, die sich wie Inseln aus dem blutigen Ozean heraushoben. Es war ein widerlicher Anblick, und David durchdrang ein Gefühl von Ekel, das er in seinem ganzen Leben zuvor noch nie empfunden hatte. Einzelne Gewebeteile klebten an den rauen Wänden des Kartons; und das kleine Meer aus Blut schwappte wieder und wieder langsam an ihnen hoch, umspülte Fetzen von Fleisch, zog sie mit sich in die Tiefen des grausamen Ozeans und spülte sie schließlich wieder an den Wänden hoch. Wie saugende Blutegel hafteten sie daran, warteten still, bis die nächste dunkle Welle kam und sie mit sich riss.

Nicht allein der Anblick war es, der David erschreckte und anwiderte, denn er hatte in seinem Leben schon oft Blut gesehen. In seiner Schulzeit hatte er Fische und Frösche sezieren müssen und dabei nicht im Geringsten Ekel oder Abscheu gefühlt. Im Gegenteil, das Aufschneiden von Kuhaugen hatte ihm damals sogar besonderen Spaß bereitet; oft hatte sich freiwillig gemeldete, ein zweites Auge vor allen anderen Schülern auf dem Lehrerpult zu sezieren. Und als er acht Jahre alt war, fand er seine kleine Katze überfahren auf der Straße vor dem Garten. Sie lag in ihrer eigenen Blutlache, und ihr Hinterleib war fast vollständig vom Rest des Körpers getrennt. Er weinte damals bitterliche Tränen auf den blutigen Asphalt. Aber so sehr ihm der Abschied auch schwer fiel, so sehr er auch um das kleine Wesen trauerte, das ihn drei Jahre seines Lebens liebevoll begleitet hatte, er nahm die Katze doch schließlich selber in seine kleinen Hände, brachte sie in den Garten und grub ein Loch, um sie darin feierlich zu bestatten. Der weiße Kalkstein, den er anschließend auf das Katzengrab legte, liegt noch heute an derselben Stelle im Garten vor dem Haus und erinnert an die kleine Tragödie in seinen Kindertagen.

Nein, es war nicht das entsetzliche Bild an sich, das so bestialisch in seine Seele drang und ihn vor Ekel und Abscheu fast in die Ohnmacht trieb. Es war der Gedanke daran, dass dieser grauenvolle Inhalt in direktem Bezug zu den Schmerzen und der schier endlosen Verzweiflung seiner Mutter stehen könnte. Und dieser Gedanke raubte ihm fast den Verstand. David wusste kaum mehr, wo er hinblicken sollte, überall sah er nur Blut und totes Fleisch.

Er versuchte das Bild aus seinem Kopf zu bekommen, es abzuschütteln, aber es gelang ihm nicht. Nein, noch sollte es ihm nicht gelingen. Heftig versuchte er sich von dem Bild loszureißen, zwang sich, die Tautropfen in dem hohen grünen Gras zu zählen, doch vergeblich; unmöglich, sich abzulenken. Und wenn er versuchte, nach oben in den Himmel zu schauen, um statt Rot endlich das frische Blau in sich aufnehmen zu können, dann drang das Bild vom Inhalt des Kartons noch tiefer in seine Seele ein, ließ ihn vor Schmerzen verkrampfen und marterte ihn solange, bis er schier wahnsinnig wurde. Eine ganze Weile hielt er sich noch auf den Beinen, stand, betäubt vom Schmerz zwischen den beiden Männern, bis er schließlich ohnmächtig zu Boden fiel.

Inmitten der Wiese liegend, zu allen Seiten von hohem Gras umschlossen, erwachte er. Das feuchte Nass der Tautropfen benetzte sein Gesicht, und hell drangen die warmen Strahlen der Sonne durch seine Augenlider bis tief in seinen Kopf. Er lag auf dem Rücken, die Arme weit von sich gestreckt, mit angewinkelten Beinen, sein Gesicht dem Himmel entgegen. Obwohl er sich wach glaubte, behielt er die Augen noch lange Zeit geschlossen, denn er hatte Angst, dass das Bild wieder von ihm Besitz ergreifen könnte. Erst allmählich kam er wieder ganz zu sich, und als er sich endlich besann, zwang er sich, die Augen zu öffnen, denn er fühlte mit Widerwillen, wie Ewigkeiten an ihm vorüber strichen. Nein, er durfte nicht länger in Ohnmacht, in Dunkelheit liegen.

Jetzt blickte er direkt in den wolkenlosen, strahlend blauen Himmel. Doch zu viel Licht; wie geblendet hielt er die Hand vor seine Augen, die, noch ganz benommen von der Dunkelheit, sich erst langsam an die Helligkeit gewöhnten. Vieles schien ihm nun klarer.

Es ist schon merkwürdig, dachte er bei sich, dass ich inmitten der herrlichsten Sommerwiese liege, von Gras und Blumen umfriedet, und doch all das nicht genießen kann. Der Himmel über mir erstrahlt in wunderbarem Blau, darin die Sonne schwebt, warm und durchdringend. Wie gern läge ich hier unbeschwert, so ganz frei von allem, das Licht genießend! Aber unmöglich! Ein Schmerz quält mich, ein Gedanke, der mich nicht loslässt, den ich nicht abschütteln kann. Oh, wie weinte sie, als ich sie sah, wie schmerzverzerrt war ihr Gesicht, wie unglaublich verzweifelt blickten ihre Augen! Und der Karton, den man ihr gab - sein Inhalt war so grausam, so furchtbar grausam.

Das Bild lief noch einmal durch seinen Kopf, doch diesmal gelenkt, nicht herrenlos wild. Er selbst hatte es zurückkehren lassen, denn er wollte sich erinnern, wollte sich die gesamte Situation noch einmal vor Augen führen, wollte verstehen. Plötzlich brach er ab. Wie Schuppen fiel es ihm von den Augen, er begriff: All das war noch nicht vorbei. Er durfte nicht einfach hier liegen, durfte nicht versuchen, das Geschehene aufzuschlüsseln. Es war nicht an der Zeit, Fragen zu stellen und Antworten zu suchen, noch nicht. Vorerst hatte er das Ende abzuwarten. Nein, all das war noch nicht vorbei! Just in diesem Augenblick, den er mit Reflexionen sinnlos vergeudete, geschah es. Wenn er sich jetzt aus diesem Bild nahm, geschwächt durch eine lächerliche Ohnmacht, dann ginge es ohne ihn zu Ende, dann liefe stumm alles vorüber. Würde er am Ende begreifen, wenn er jetzt nur mühsam Fragmente aneinander heftete? Niemals! Nur wenn er jetzt durchhielt, wenn er statt des Halben das Ganze sah, würde er am Ende wirklich verstehen.

Endlich erhob er sich aus dem feuchten Gras. Sogleich wurde ihm bewusst, dass er sich nicht mehr an der Stelle befand, an welcher er vorhin zusammengebrochen und in Ohnmacht gesunken war. Suchend blickte er sich um. Bald sah er in weiter Entfernung die zwei gesichtslosen Gestalten und ihnen gegenüber seine Mutter. Merkwürdigerweise schien sich keiner der Drei bewegt zu haben, alle verharrten starr auf derselben Stelle, ganz wie zuvor, als David noch bei ihnen gestanden hatte. Für einen kurzen Augenblick flimmerte etwas in der Ferne, wie eine kleine Insel im offenen Meer, und als David gebannt hinsah, meinte er, sehr weit links von den drei Gestalten, den Kaffeetisch der Frau Schwan zu erkennen, gedeckt, als erwarte sie ihn zu Besuch. Als er aber den Gedanken, er könnte sich womöglich wirklich im Garten der Frau Schwan befinden, wieder verwarf, weil er ihn für absurd hielt, schwand auch das Bild in der Ferne und er glaubte sich letztlich von seinen Sinnen getäuscht.

Um jede ruckartige Bewegung zu verhindern, tastete er sich Schritt für Schritt vor, ging langsam auf Minna und die zwei Herren zu, deren Umrisse sich mehr und mehr zu klaren Linien formten. Nein, kein Zweifel! Da gab es keinen Unterschied, es war das gleiche Bild. Die Männer standen nebeneinander, der eine hielt den Pappkarton fest in seinen Händen. Minna stand mit geneigtem Kopf und hängenden Schultern ihnen gegenüber, bewegungslos, stumm vor Verzweiflung. Nur noch wenige Meter trennten David von seiner Mutter, als er sie plötzlich wegrennen sah. Sie schrie lauthals irgendetwas und weinte heftiger als jemals zuvor. David verstand sie nicht. Vor Erschöpfung schwankend lief sie, wie von einer Macht getrieben, über die Wiese, bald aber stolperte sie und fiel zu Boden. Sogleich rannte er zu ihr. Doch was sollte er tun? Er konnte ihr weder aufhelfen noch mit ihr sprechen, um zu fragen, was geschehen sei.

Minna lag am Boden, endlos drangen die Tränen aus ihren müden Augen, ihr Schreien erstickte unter heftigem Atmen. Sie schien große Schmerzen zu leiden, denn sie krümmte sich und wandte sich im Gras hin und her. David konnte nichts tun. Hilflos stand er bei ihr. Dann, ganz langsam, richtete sich Minna auf, saß eine Weile, als sammle sie Kraft, und erhob sich schließlich vorsichtig. Ohne ihn wahrzunehmen, stellte sie sich ganz nah zu ihrem Sohn und blickte in Richtung der beiden Herren. David betrachtete sie aufmerksam und bewundernd: Oh, wie lange war es her, dass er so dicht bei ihr gestanden hatte? Viel Zeit war vergangen. Zu viel Zeit. Verwundert stellte er fest, dass er sie so, wie sie jetzt neben ihm stand, noch nie gesehen hatte. Und ihr Anblick bezauberte ihn. Obwohl Schmerz und Verzweiflung in ihrem Gesicht standen, obwohl die Tränen wie dunkle Bäche aus ihren Augen liefen, wirkte sie wie eine junge Schönheit. Da strahlte irgendetwas aus ihr, das David nicht in Worte zu fassen vermochte, so sehr er auch Worte dafür suchte. Eigentlich erinnerte er sich sehr gut an seine Mutter, hatte viele Bilder von ihr in Kopf und Herz, die sie zeigten in all ihrer Schönheit - hier aber war sie anders: Sie stand da wie ein junger Baum, der im Sturm all seine Blätterpracht verloren hat - geschunden und bis auf den Boden geneigt -, der sich dennoch wieder aufrichtet, mühsam zwar, aber heimlich wissend und in großer Zuversicht, dass der Frühling erst noch bevorsteht, in dem er erblühen und Früchte tragen wird. Es war die Kraft der Jugend, die aus ihr strahlte in all ihrem Glanz.

Minna blickte zu den Herren hinüber, und es war, als würde sie jetzt das Ende des Sturms erwarten, der sie so lange gequält und gemartert hatte. Die Tränen waren längst aus ihrem Gesicht gewichen, und in ihrem Blick lag etwas von der Gleichgültigkeit, mit der ein zum Tode Verurteilter, dem bereits der Strick um den Hals gelegt worden war, auf das Klappen der Falltür wartet, wie auf einen Zug, mit dem er seine geliebte, gehasste Heimat für immer verlassen kann. Es war ein Abschied ohne Tränen, ohne Schmerz. Kein Wiedersehen, nein, Abschied für immer. Kein Wiederkehren, niemals. Niemals!

Die beiden Herren, aus einer Starre erwacht, vollzogen jetzt ein merkwürdiges Ritual: Stumm stellten sie sich einander gegenüber, nahmen den Karton in die Mitte, indem sie ihn beide sorgsam hielten. Sie beugten sich ganz langsam und mit gestreckten Beinen vor, dann hoben sie ihre Köpfe, als wollten sie sich einander anblicken. Nachdem sie eine ganze Weile so in ihrer Position verharrt hatten, ließen sie den furchtbaren Karton sachte, wie an unsichtbaren Seilen, in den Boden hinab. David hatte sie zuvor nicht graben gesehen - da war kein Loch, keine Kuhle im Boden, nichts als das hohe Gras. Dennoch sank die Schachtel immer tiefer in das Erdreich. Und er fühlte den kleinen Sarg schon geborgen in Mutter Erde. Sein Blick fiel auf das kleine unsichtbare Grab, und obwohl David nicht wusste, wessen Grab es war, fühlte er sich tief überwältigt von einer bitterlich schmerzenden Trauer, einer Trauer, die er zu überwinden nicht imstande war. Ein Schatten lag auf seiner Seele, ein Schatten, der ihn beklommen machte, der schwerer lastete als alles Dunkel seiner Welt. Er lief über die Wiese, bis hin zu der Stelle, an der die beiden Herren den Karton hinabgelassen hatten, setzte sich in das hohe Gras und weinte.

Er schaute suchend nach seiner Mutter, von der er gehofft hatte, sie würde ihm folgen, sich zu ihm an das kleine Grab setzen, aber Minna hatte sich längst umgedreht und war gegangen. Eine Weile sah er noch ihren Schatten, wie er weiter und weiter durch das Gras lief, der Sonne entgegen, bis er im Licht verblich.

Die beiden Herren waren verschwunden, und als sich David eine kleine Weile auf ihr plötzliches Verschwinden besann, war ihm, als habe er sie vorhin mit dem Karton in die Erde gleiten sehen.

Andächtig schloss er die Augen, und als er sie, wie von einem grellen Licht geblendet, wieder öffnete, fand er sich in dem Zimmer seiner verstorbenen Mutter.

Er lehnte mit dem Rücken am Fenster und blickte unwillkürlich auf die graue Wand, an der, in einen kleinen Holzrahmen gefasst, auf Weiß geschrieben stand:

Waschet ab das Grau eurer Seelen
und das Schwarz eurer Herzen,
noch ehe der Vogel im Dunkeln euch erreicht.
Denn wenn eure Seelen Licht und eure Herzen Feu-
er sind, dann wird er euch verschonen.

David wusste nicht, woher dieser Spruch stammte und er meinte, ihn in diesem Zimmer noch nie zuvor gesehen zu haben. Aber er hing nun einmal dort an der Wand, dieser seltsame Vers, und er tat das mit einer eigenartigen Selbstverständlichkeit, ganz so, als beanspruche er schon seit Ewigkeiten diesen Platz. Er verstand nicht. Was sollte das? Wer hatte diese merkwürdigen Worte verfasst? Wer hatte diesen Rahmen hier an die Wand gehängt? Galten sie ihm, diese Worte, die offensichtlich eine Warnung darstellten? Sollte seine Mutter zu ihren Lebzeiten der Verfasser gewesen sein? Konnte das möglich sein?
David begab sich auf die andere Seite des Zimmers, stellte sich vor den Rahmen und las den Spruch wieder und wieder. Was aber sollte das bedeuten? Je mehr er über den Vers nachdachte, je mehr er versuchte, seinem Geheimnis auf die Spur zu kommen, ihn zu entschlüsseln, desto rätselhafter erschien er ihm. Es war, als würde mit jedem Gedanken, den David über den Sinn des Spruches hegte, ein zarter dunkler Schleier über die Worte fallen, sie einhüllen in einer sanften ewigen Stille. Mit jedem

Versuch Davids, sie noch einmal zu lesen, sie zu deuten und zu verstehen, wurden sie blasser und blasser, bis die Worte schließlich ganz von dem Papier verschwanden. Wie in einen Zauber gehüllt, stand David nun vor dem leeren Holzrahmen und wusste nicht mehr, was er glauben sollte. Hatte er sich den Spruch nur eingebildet? War er ein reines Produkt seiner kranken Fantasie, die ihn wieder einmal quälen und entsetzen wollte? Oder waren diese seltsamen Worte, deren Bedeutung und Herkunft für ihn im Dunkel blieb, wirklich noch bis vor kurzem auf diesem Blatt Papier zu lesen, das jetzt so weiß und stolz in dem Holzrahmen hing, als hätte man es aus künstlerischer Absicht leer gelassen?

Er fand keine Antwort auf diese Frage, und das quälte ihn. Hastig lief er zum Schreibtisch, suchte in der Schublade nach einem Zettel und einem Stift, setzte sich, als er beides gefunden hatte, an den Tisch und begann, die Worte, die er an der Wand gelesen hatte, aufzuschreiben, denn er spürte deutlich, wie sie langsam aus seinem Gedächtnis schwanden. Aber noch ehe er den ersten Satz des Spruches zu Papier gebracht hatte, war auch schon das letzte Wort aus seinem Kopf gewichen. Er hatte versucht, es festzuhalten, vergeblich, zu schnell war es verblichen in dem Zauber, aus dem es gekommen war.

Noch eine ganze Weile saß er so, versuchte sich an den Vers zu erinnern, suchte verzweifelnd nach Fragmenten in seinem Kopf, aber vergebens, er fand nichts mehr, da war kein Wort. Sein Kopf war leer, leer wie das Blatt an der Wand. Verstört blickte er auf den kleinen Zettel in seiner Hand und las laut, was er aufgeschrieben hatte:

„Waschet ab das Grau -"
Zornig zerriss er den Zettel in viele kleine Teile, denn es war ihm zu wenig, es war nichts, was er festgehalten hatte. Halb glaubte er sich einem fremden Zauber unterlegen, halb hielt er sich für übermüdet und unfähig, als er enttäuscht zum Fenster hinüberlief, es öffnete und sämtliche Schnipsel hinauswarf.

Wie wunderbar klar und frisch war diese Nacht! Und der Mond zeigte sich erhaben, nur noch ein winzig kleiner Bogen fehlte ihm zur Vollkommenheit.
Es wird Vollmond geben morgen Nacht, dachte David und schaute ehrfürchtig in den fahlen Silberschein des Mondes.
Er erinnerte sich, wie er als kleiner Junge oft bei Vollmond nicht schlafen konnte, weil er sich vor dieser allzu großen, kalt leuchtenden Gestalt so sehr fürchtete. Dann kroch er immer zu Mutter unter die Decke, die ihn liebevoll in ihre Arme nahm und beruhigte. Wunderbare Lieder hatte sie ihm vorgesungen, bis er endlich in tiefen Schlaf sank. Ja, wunderbare Lieder! Kannte er nicht noch eines dieser Lieder? Wie ging es noch gleich? Nein? Konnte er sich etwa nicht mehr daran erinnern? Sollte Vergessen ihre schöne Stimme in Schweigen gehüllt haben? Schmerzlich stieg die Erkenntnis in ihm auf. Nein, da war kein Lied mehr in ihm, nicht einmal eine winzige Melodie.
„Der Wurm Vergessen frisst sich von Tag zu Tag tiefer in die Menschen, verschlingt gierig und zerstörerisch ihre Erinnerungen", sprach David vor sich hin. „Und oft bemerken sie es nicht einmal."

Unwillkürlich schaute er auf die hölzerne Wanduhr - gleich drei Uhr nachts. Sollte er zu Bett gehen? Er entschied, sich nicht schlafen zu legen, noch nicht. Er würde nur ewig wach liegen, nachdenken, traurig sein. Ruhe würde er jedenfalls nicht finden, denn viel zu sehr war er in den Sog seiner Erinnerungen geraten, viel zu sehr war er damit beschäftigt, die Bibliotheken in seinem Kopf nach Bildern, Klängen und Worten zu durchstöbern. Minna wollte er in sich finden, seine geliebte Mutter; irgendetwas musste doch noch in ihm sein. Gierig suchte er all die Fragmente seiner Kindheit und Jugend heraus, von denen er meinte, sie könnten ihm helfen, das Bild seiner Mutter lebendiger zu gestalten. Viel zu viele waren es, ungeordnet, chaotisches Durcheinander. Außerdem, es fehlte ihnen an Substanz. Sie konnten ihm nicht genügen.

Suchend lief sein Blick durch das kleine Zimmer, plötzlich blieb er an dem großen Kleiderschrank Minnas haften. Hier gab es Substanz, endlich. Alles musste noch so sein, wie zu ihren Lebzeiten, hatte David das Zimmer nach ihrem Tode doch nicht mehr betreten. Voller Erwartung ging er hinüber zu dem alten Bauernschrank. Doch als er an dem kleinen goldfarbenen Türgriff zog, um ihn zu öffnen, bemerkte er enttäuscht, dass der Schrank verschlossen war. Eigentlich durfte es ihn nicht verwundern, denn er wusste ja, dass Minna ihren Schrank immer verschlossen gehalten hatte, nicht etwa, weil sie Geheimnisse bewahren wollte, nein, es war reine Gewohnheit. Ein kleiner Automatismus, wie ihn jeder von uns in der einen oder anderen Sache hegt und unbewusst bewahrt. Doch David war diese Gewohnheit, jetzt, da Minna längst tot war, mehr als hinderlich, und sein Ärger darüber schien bald wie ein Vorwurf an die Tote, dass sie den Schlüssel nicht einfach hatte im Schloss stecken gelassen. Ausgesprochen wurmte es ihn, statt sich gleich der Wiederkehr seiner Erinnerung hingeben zu können, jetzt erst einmal nach dem Schrankschlüssel suchen zu müssen. Wo hatte sie ihn nur hingetan, diesen verflixten Schlüssel, der das Tor zu seinen Erinnerungen zu öffnen vermochte? Wo?

David meinte sich zu erinnern, dass Minna ihn immer an ein und derselben Stelle platziert hatte. Welche aber war es? Es fiel ihm nicht ein. Jetzt lief er zu ihrem Schreibtisch, öffnete das Schubfach und wühlte hastig zwischen Papieren, Schmuck und anderem Kleinkram; als er aber den Schlüssel auf diese Weise nicht fand, nahm er wie in einer Wut die Schublade aus der Halterung und schüttete ihren Inhalt auf die Dielen.

Der Mond schien mit all seiner Macht in das Zimmer, und es war, als stünde er direkt vor dem Fenster. Sein kaltes silbrig schimmerndes Licht durchflutete den Raum, so dass alles darin hell erleuchtete. David durchwühlte die verstreuten Sachen auf dem Fußboden, fand aber den Schlüssel nicht. Zwischen einer Art von naivem Zorn, der niemandem zu gelten schien, und Verzweiflung pendelte sein Gemüt hin und her. Warum fand er diesen verdammten Schlüssel nicht? Wo in Gottes Namen hatte Minna ihn versteckt? Hastig wandte er sich nun der kleinen dreifüßigen Kommode zu und zog die erste Schublade heraus, um sie ebenfalls heftig über den Dielen auszuschütten. Doch als der Inhalt auf den Boden fiel, erschrak er, denn es waren lauter alte Fotografien.

Ehrfürchtig, wie vor einen kostbaren Schatz, setzte er sich vor sie auf den Boden. Hier lagen sie alle beisammen, tausend Schlüssel; und ein jeder konnte die Tür zu fernen, vergessenen Erinnerungen öffnen. Ja, hier würde er zu seiner Mutter finden. Sorgsam begann er nun, jedes Foto genauestens zu betrachten. Auf dem ersten Bild, das er wahllos herausgegriffen hatte, sah er seinen Bruder auf einem großen Felsen inmitten einer Gebirgslandschaft stehen. Er hatte sich vortrefflich in heroischer Pose ablichten lassen, gleich einem großen Entdecker auf neuem Land.

Wo er sich wohl gerade wieder herumtreibt, mein großer Bruder, in der weiten Welt?, dachte David und wendete das Foto. Mühsam las er die fast verblichenen Buchstaben:

„Mein kleiner Held Martin."

„Dein kleiner Held Martin!", sagte er plötzlich laut spottend vor sich hin, indem er sich heftig über die Bezeichnung ereiferte. „Wo war er denn, dein kleiner Held, als der Krebs sich durch deinen Körper fraß? Auf hoher See, weit weg von dir, weit weg von deinem Leiden!"

Wie er sich plötzlich so reden hörte, erschrak er ein wenig über den harten Klang seiner Worte, denn er liebte seinen Bruder über alles. Und das, was ihm selbst gerade wie böser Zorn klang, konnte nicht mehr als eine kleine Empörung sein, seine Liebe zu Martin vermochte sie nicht im Geringsten zu mindern. Ja, er liebte ihn! Vorsichtig legte er das Bild in die kleine Schublade zurück, die er neben sich auf die Dielen gestellt hatte und griff sogleich ein anderes Foto willkürlich aus dem Haufen heraus.

„Oh, mein lieber Vater", sprach er, andächtig auf das Bild blickend, „du bist schon so lange tot und die Erinnerung an dich ist blass, verblasst von Jahr zu Jahr mehr - verzeih'!"

Eine Träne rollte seine Wange hinunter, und als er sie abwischte, wusste er nicht recht, wem sie galt, seinem Vater, der schon über fünfzehn Jahre unter der Erde lag, den er kaum gekannt hatte, oder vielleicht gar ihm selbst, David Kamm, der nur in billiger Melancholie bedauerte, dass er vaterlos aufgewachsen war. Und als er einige Zeit darüber nachdachte, wurde ihm immer klarer, dass die einsame Träne, die er da verloren hatte, keine Träne der Trauer oder der Wehmut war, sondern ein Tropfen bitterer Gleichgültigkeit. In all den Jahren seiner Kindheit und Jugend, die er mit seiner Mutter und seinem Bruder durchlebte, hatte er, wenn er einmal mit ungetrübtem Blick zurückschaute, nie einen Vater vermisst. Und jetzt wunderte er sich sogar ein wenig über die unangebrachte Schwermut, der er so plötzlich und widerstandslos verfallen war, als er seinen Vater auf dem Foto erkannt hatte, denn eigentlich, und er betrachtete noch einmal ganz genau das Bild, war ihm diese Person vollkommen fremd. Er schob das Foto wieder zurück in den Haufen mit den anderen Bildern.

Weil es ihn plötzlich unheimlich fror, stand er auf und lief hinüber zu dem noch immer weit geöffneten Fenster, um es zu schließen. Doch als er vor das Fenster trat und den Mond erblickte, der in seiner ganzen Größe und Herrlichkeit vor ihm erstrahlte und dem er jetzt so klein und winzig gegenüberstand, fühlte er plötzlich wieder diese Furcht in sich wachsen, jene, die in seinen Kindertagen so oft Besitz von ihm ergriffen hatte. Noch nie war ihm der Mond so groß und hell erschienen, so unheimlich und geheimnisvoll wie in diesem Augenblick. Noch nie hatte er sich ihm so greifbar nahe, so ausgeliefert gefühlt. Deutlich spürte er, wie die silbernen Strahlen durch seine Augen hindurch bis tief in seinen Körper drangen, ihn vereinnahmten und geißelten. Er fühlte, wie sie eine grenzenlose Energie in ihn einspeisten, eine sonderbare Kraft, die in ihm zu wachsen begann, bald unermessliche Größe erlangte. Wie durch zauberhafte Eingebung, wurde ihm bewusst, dass er diese neue Kraft brauchte, genau wie sie ihn, dass er eines Tages von ihr zehren würde, stärker noch, als sie im Augenblicke von ihm zehrte. Zwar ahnte David nicht im Geringsten, wozu ihm diese seltsame Kraft einmal dienlich sein könnte, aber er wusste, dass sie wesentlich, dass sie bedeutend war. Ja, diese Kraft war bedeutend! Aber er fühlte auch heftig, dass er niemals Herr über sie sein würde. Niemals würde er sie kontrollieren können, nie lenken, da sie ihm nicht unterstand, selbstständig war, vielleicht, oder von anderer Hand regiert. Oh, wie sehr sie ihn jetzt durchbrauste, tausend tobende Winde, tausend Richtungen. Ja, sie würde ihn gänzlich zerbrechen, ihn zerstören, ihn auslöschen, sein Dasein für immer beenden, wenn er sich ihr entzöge.

Als habe die Kraft wortlos zu ihm gesprochen, als warne sie ihn auf ihre ureigene Art und Wesenhaftigkeit, so kannte David alle Regeln ihrer gemeinsamen Symbiose, wenn ihm ihre Zweckmäßigkeit auch im Verborgenen blieb. Mit ausgestreckten Armen, den Kopf in den Nacken geworfen, stand er vor dem unwirklich nahen Mond, gefesselt, in einen rätselhaften Bann gezogen, dem er sich zu entziehen längst nicht mehr imstande sah. Wie ein Sturm tobte die fahl leuchtende Macht in seiner Seele, zugleich zerstörerisch, aber auch in ungeheurer Form belebend. Er ließ sie gewähren. Eine Wahl hatte er nicht. Leidenschaft zuckte in ihm auf, gleichzeitig Widerwillen.

Bei halbem Bewusstsein, zwiespältig, ein Ich willkürlich aus der Situation hinausgeschleudert, sah er sich selbst, den anderen Teil von ihm, das andere Ich. Er sah sich kämpfen gegen silberne Schwerter, und er sah sich sterben, von tausend eisernen Klingen geritzt. Noch im selben Augenblick sah er sich gebettet auf grelles Licht, sah sich als ein Ganzes in vollkommener Hingabe, glückselig. Dann war ihm, als stünde er in einem unsagbaren Licht, einem Licht, wie er es noch nie zuvor gesehen und gefühlt hatte, einem Licht, das nicht nur vor ihm, sondern auch in und um ihn war, in dem er sich verlor und wieder fand, in dem er sich auflöste und neu formte. Dieses Licht in seinem ganzen Wesen zu erfassen, war er nicht imstande, er fühlte es nur.

Doch etwas anderes trat hinzu, störte diesen Moment. Obgleich er wie im Licht versunken schien, obgleich er nicht mehr fähig war, einen klaren Gedanken zu fassen, bohrte doch etwas in seinem Hirn, zog an seinen Windungen, versuchte in sein Bewusstsein vorzudringen. Etwas hatte sich aktiviert, aber erst spät bemerkte David, wie sehr es ihn forderte, wie sehr es ihm zu sagen versuchte, dass er sterben würde, wenn zu viel dieser fremden Energie in ihn dringen würde, wenn die Kraft in ihm wucherte, statt wüchse. Wie mechanisch, entsprungen aus dem inneren Trieb der Selbsterhaltung, schob es sich langsam durch alle Schichten seines Ichs hindurch, bis es auf eine Mauer stieß.

David war durch das Licht gegeißelt, stand betäubt, ohne jeglichen Zugang zu seinem Selbst, und dennoch fühlte er diesen dumpfen Schmerz, welcher aus seinem tiefsten Innern kam und der anfangs nur ganz leicht an seine taube Seele klopfte, mit jeder Sekunde aber intensiver wurde, bis er schließlich in seinem Bewusstsein explodierte und ihn aus dem Bann des Mondes riss. Als hätte jemand die schweren stählernen Fesseln, mit denen er Jahrzehnte lang an einer Wand halb stehend, halb hängend gekettet war, mit einem Male von ihm geschlagen, glitt er in vollkommener Erschöpfung zu Boden. Er sah noch, wie das Licht des Mondes zart in der Morgendämmerung verblich, ehe ihm die Augen zufielen und er kraftlos, bald ohnmächtig in den Schlaf fiel.

Etliche Stunden hatte er auf den kühlen Dielen gelegen, und er erwachte nur durch den penetranten Ton einer Klingel, der von der Straße herauftönte. Es war der Eismann, der fast jeden Tag mit seinem kleinen Wagen durch die Straßen der Stadt fuhr, an jeder Kreuzung hielt, die große alte Glocke schwang und den aus den Häusern herausströmenden Leuten sein Eis verkaufte. David stand auf, blickte verdutzt aus dem Fenster, das noch immer offen stand und lächelte selig, als er den kleinen Mann sah, der gebückt vor seiner Klappe stand und einige Päckchen Eis herausholte. Es war ein vertrautes, heimisches Gefühl, und David genoss es, an dem Fenster zu stehen, herabzublicken und genau das auf sich wirken zu lassen, was man eigentlich jeden Tag dort draußen sehen konnte: Alltäglichkeit.

Und dennoch, dieser Tag war nicht wie jeder andere, das fühlte David, denn diesem Tag war eine Nacht vorausgegangen, die seltsam, erschreckend und doch auf irgendeine Art und Weise bezaubernd gewesen war, wie keine andere Nacht zuvor. Niemals hatte er in seinem Leben Ähnliches erlebt. Also entschloss er sich, heute einmal nicht arbeiten zu gehen, sondern sich diesen Tag freizunehmen. Außerdem wäre er sowieso zu spät ins Büro gekommen, denn es war bereits Mittag. Er schloss das Fenster und begab sich in die Küche, um ausgiebig, ja festlich zu frühstücken; und statt der obligatorischen Tasse Tee, die er sonst jeden Morgen trank, ehe er zur Arbeit ging, gönnte er sich an diesem Morgen eine ganze Kanne starken Kaffee, schließlich hatte er in der letzten Nacht unruhig und viel zu wenig geschlafen. Während er eine Scheibe Brot nach der anderen aß, sich selbst ein wenig darüber wunderte, warum er so hungrig war, überlegte er, was mit diesem wunderbaren Sommertag anzustellen sei.

Er entschied sich für einen ausgiebigen Spaziergang im großen Stadtpark. Im Anschluss daran wollte er noch bei Frau Schwan vorbeischauen, die sich über seinen Überraschungsbesuch sicherlich sehr freuen würde. Und während er sich die letzte Tasse schwarzen Kaffee eingoss, drei gehäufte Löffel Zucker dazugab und in der Tasse rührte, als wolle er aus der nicht vorhandenen Milch in seinem Kaffee Sahne schlagen, erschien vor seinem geistigen Auge bereits das deftige Abendmahl, welches ihm Frau Schwan wieder einmal bereiten würde. In Vorfreude auf das, was ihm dieser Tag bringen sollte, und er erwartete einiges, zog er sich seine Schuhe an, schloss die Tür hinter sich und tat, was er seit seinen Kindertagen nie mehr getan hatte: Er rutschte, gerade wie kleine Jungs es zu tun pflegen, das Geländer herunter.

Als er aus der Haustür trat, hielt er einen Moment inne, blickte in den blauen, vollkommen wolkenlosen Himmel, atmete die laue Sommerluft tief in sich ein und kramte dann, als suche er etwas Bestimmtes, in seiner Hosentasche. Aber er fand nicht, was er zu finden gehofft hatte: Da war kein Einziger der zarten Sahnebonbons, die ihm Frau Schwan jedes Mal mitgab, wenn er sich von ihr verabschiedete. Ohne deshalb in irgendeiner Weise betrübt zu sein, ging er auf die andere Straßenseite und bog dann in die schmale Gasse ein, die zum Park führte. An der kleinen Bäckerei blieb er stehen, überlegte eine ganze Weile, ob er hineingehen solle oder nicht, trat dann schließlich ein und kaufte sich ein Schweineohr, das er genüsslich auf dem Weg zum Park verzehrte.

David erinnerte sich, wie er früher als kleiner Junge immer mit Mutter diesen Weg gegangen war und sie ihm jedes Mal, wenn es nicht gerade Sonntag war und der Bäcker geschlossen hatte, ein kleines Stückchen Kuchen gekauft hatte. Oh, wie hatte er seinen Schulweg durch den Park genossen: Wie wunderbar war es, in der einen Hand Mutter, in der anderen die süße Wegzehrung zu halten. Später dann, als er sich nicht mehr von Minna zur Schule bringen ließ, hatte sie ihm manchmal drei Groschen zugesteckt, damit er auf die Streuselschnecke, das

Schweineohr oder das kleine Stückchen Heidelbeerkuchen trotzdem nicht verzichten musste.

Der Park war fast menschenleer, nur ein altes Paar saß auf einer Bank, und auf der großen Wiese spielte eine Mutter mit ihrem Kind Ball. David war etwas überrascht, den Park so leer zu sehen, denn meistens - und gerade in der Sommerzeit - tummelten sich hier ganze Massen, die im wenigen, aber liebevoll gepflegten Grün der Stadt Erholung suchten. Als er eine ganze Weile durch die kleinen sauberen Wege gegangen war, setzte er sich auf eine der vielen Bänke. Mit Hingabe genoss er das Licht der Sonne, fühlte die Wärme sein Gesicht durchdringen.

Dieser Tag ist wunderbar, fand er und schloss die Augen, um ein wenig auszuruhen.

Etwas später nahm er ein kleines Büchlein aus seiner hinteren Hosentasche, las darin eine Weile, wurde aber, geblendet durch das Licht der Sonne, immer müder, gab das Lesen schließlich auf und schloss die Augen ein zweites Mal. Entspannt lehnte er sich nach hinten, um ein Schläfchen zu halten. Allerdings wollte es ihm nicht so recht gelingen, denn der Frühstückskaffee war noch lange nicht aus seinem Blute, und so döste er mit geschlossenen Augen halb vor Müdigkeit versunken, halb wach und in Gedanken, vor sich hin, bis ihn plötzlich ein alter Mann, der sich vor ihn gestellt hatte und einen langen dunklen Schatten über sein Gesicht warf, ansprach, indem er höflich fragte:

„Darf ich mich zu Ihnen setzen?"

David erschrak, als er ihn hörte, denn in seiner Stimme lag etwas, das nicht so recht zu dem freundlichen Ton, mit dem er ihn ansprach, zu passen schien. Etwas schwang finster und bitter in dem schwammig freundlich feuchten Klang seiner Worte mit.

„Können Sie sich nicht auf eine der vielen freien Bänke setzen?", fragte David freundlich aber bestimmt. „Ich möchte hier nämlich ein wenig ausruhen und beanspruche, wie Sie wohl sehen können, die gesamte Bank für mich allein."

Wenn er eines wirklich hasste, dann war es diese merkwürdige, aufdringliche Manie der Leute, sich direkt neben einen zu setzen, obgleich es weit und breit noch genügend Plätze gab. Der Mann hatte Davids Antwort aber gar nicht abgewartet, sondern saß bereits neben ihm auf der Bank. Und noch ehe David seiner Empörung über das aufdringliche Verhalten des alten Mannes Ausdruck verleihen konnte, hatte ihn der Alte schon in einen seltsamen dunklen Bann gezogen, der ihn einnebelte und ihm jegliche Reaktion verbot. Ein Schatten lag auf seiner Seele und er lastete schwer.

„Erinnerst du dich an die vergangene Nacht?", fragte der Alte, der David wie besessen anblickte. „Du hast etwas von mir bekommen, erinnerst du dich?"

Nach einem langen Schweigen fuhr er fort: „Ich bin gekommen, meine Schulden einzutreiben, denn du hast deine Zeche nicht bezahlt, hast dich von mir losgerissen, viel zu früh, und bist gegangen."

David starrte ihn wie benommen an. Der Mann war ganz in Schwarz gekleidet. Er trug schwarze Lederschuhe und einen schwarzen, schweren Mantel, der trotz des Sommerwetters bis oben hin zugeknöpft war. Seinen Kopf bedeckte ein schwarzer Hut, der ebenfalls aus Leder gefertigt war und den er tief in das graue Gesicht gezogen hatte. Der Alte saß nach vornübergebeugt, hatte die Ellenbogen auf den O-berschenkeln und stützte mit den Händen, die in schwarze Lederhandschuhe gehüllt waren, sein merkwürdig spitzes Kinn, welches grauenhaft vom Rest des Gesichtes abstand. Dann aber lehnte er sich langsam zurück, indem er seine Beine weit ausstreckte und übereinander schlug.

„Glaubtest du, ich würde dich nicht finden, oder meintest du gar, ich würde dir kostenlos überlassen, was du an Kostbarkeiten gierig von mir nahmst?", sprach der Alte mit finsterem Ton.

Doch David konnte nicht antworten, denn er saß gefroren, gleich einem Tier, das vom Scheinwerfer geblendet, in eine taube Starre verfällt, aus der es sich erst zu lösen beginnt, wenn das grelle Licht schon lange verschwunden ist. Keineswegs aber war er ganz abwesend, nein, er hörte die Worte des alten, merkwürdigen Mannes deutlich, nahm auch durchaus seine seltsame Erscheinung wahr, jedoch war er zu erschrocken, zu schockiert, als dass er dem Alten hätte etwas entgegnen können. Selbst wenn er bei allen Sinnen gewesen wäre, hätte er sich dem Alten schwerlich entziehen können. Als hätte ihn der Alte hypnotisiert, hätte ihn hörig ge-macht, saß David still auf der Bank, gleich einem verschüchterten Kinde.

„David", sprach der Alte nun in einem sehr ernsten und eindringlichen Ton, „ich gab dir etwas, das noch keinem Menschen zuteil wurde, keinem einzigen. Ich gab dir etwas von meiner Kraft, und sie wird dich halten in der Welt, wenn du sie nur richtig einzuset-zen weißt. Aber sie kostet dich eine Kleinigkeit! Es ist nicht viel, und du wirst kaum bemerken, dass es dir fehlt, aber zuweilen wirst du erwachen, wie man kurz aus einem Traum aufschreckt, ehe man wieder darin versinkt und etwas wie einen Druck verspüren, einen dumpfen Schmerz."

Wieder schwieg er eine Weile, ehe er sprach:

„Ich werde jetzt gehen und es fürs erste gut sein lassen, denn ich sehe schon, dass du erst noch lernen musst, mit dem neu Erworbenen umzugehen. Fürchte dich nicht davor, sondern nutze, was nun zu dir gehört, zu deinem Wesen. Mit mir nehme ich den Preis, den du zu zahlen gestern Nacht vergaßest; fair ist er berechnet."

Als er diese Worte gesprochen hatte, verschwand er so schnell, wie er gekommen war.

David saß noch eine ganze Weile benommen, erwachte aber, als ein Gewitter den Sonnenschein ablöste und der Regen kühl auf ihn niederprasselte. Nur langsam wurde er wieder Herr über sich selbst. Verängstigt und verstört, wie ein kleines Kind, das aus einem bösen Traum erwacht, lief er durch den Park, immer weiter und weiter, und erst nach einigen Stunden merkte er, dass er im Kreis gelaufen war. Er hielt einen Moment lang inne, schaute sich hastig um, suchte den Weg, von dem er gekommen war, den Weg, der nach Hause führte. Der Regen nahm zu. Wie in Strömen rann das Wasser über sein Gesicht, lief ihm in den Hemdkragen und schwappte schon in seinen Schuhen hin und her; er war bis auf die Haut durchnässt. Zu allem Übel nahm auch noch der Wind zu. Aus dem leichten sommerlichen Hauch wurde eine eisig kalte Böe und David fror fürchterlich. Mühsam versuchte er sich zu orientieren, aber die Dunkelheit brach bereits über den Park herein, und obgleich David fast jeden Winkel der Parkanlage kannte, in der er als Kind so oft gespielt hatte und die er auch jetzt hin und wieder für einen Wochenendspaziergang nutzte, fand er nicht den Weg zurück zu der kleinen Gasse, aus welcher er vorhin gekommen war. Alles schien von einem Zauber verwandelt. Keiner der Wege hatte ein Ende, keiner der Wege führte aus dem Park wieder in die vertrauten Straßen der Innenstadt.

Die seltsame Begegnung mit dem alten Mann noch immer vor Augen, dessen Furcht erregende, finstere Gestalt, der dunkle Zauber, mit dem er ihn in seinen Bann gezogen hatte, den Klang seiner seltsamen Stimme noch im Ohr, lief David irrend durch das schmale Labyrinth, weder auf den Süd- noch auf den Nordausgang der Parkanlage treffend. Mit jedem Schritt, den er tat, wurde ihm der Park fremder, unheimlicher. Die Bäume schienen sich in monströse Gestalten zu verwandeln, die ihn mit ihren langen gierigen Armen zu fassen versuchten. Statt der hübschen Gaslaternen, die den Park nachts beleuchteten, sah er jetzt an den Seiten des Weges Fackeln stehen. Stolz steckten sie in dem roten Schotter und brannten kalt silbern, dem Regen zum Trotz.

David wusste nicht mehr, wo er war; die Wege schienen sich hinter ihm aufzulösen, abzubrechen, ins Leere zu fallen. Wohin er auch trat, immer stand er an einer Gabelung, schien sich für eine der beiden Richtungen entscheiden zu müssen. Besessen von Angst und Verzweiflung, rannte er weiter und weiter durch den Irrgarten bis zur vollkommenen Erschöpfung seiner Kräfte. Als ihn seine Beine nicht mehr tragen wollten, ließ er sich, so sehr er sich auch von seiner Furcht getrieben fühlte, auf den roten Schotter fallen. Dort lag er gleich einem Toten. Seine Hülle von oben betrachtend, wie ein Ich, das aus seinem Körper geflohen ist, erschrak er vor sich selbst, vor dem fahlen, todesblassen Gesicht. Oh nein, er durfte nicht glauben, was er hier sah! Er durfte nicht glauben!

Für einen Augenblick schloss er seine Augen, aber da trat das Bild des finsteren alten Mannes wieder in seinen Kopf, und sofort öffnete er sie wieder, um es abzuschütteln, um ihn, den Dunklen, nicht sehen zu müssen. Lieber wollte er diese mörderischen Ausgeburten ertragen, wollte dieses Labyrinth wieder und wieder erfolglos durchlaufen, als das Gesicht des Alten noch einmal sehen zu müssen, dieses vernarbte, halb verbrannte widerliche Gesicht mit den kalten, bitteren Augen und dem spitzen knöchernen Kinn.

Langsam stand er auf, versuchte sich, indem er seine Blicke scheu nach links und rechts wandte, glaubend zu machen, dass alles, was ihm hier so fremd und Furcht erregend, so erschreckend und grauenvoll erschien, dass all dies nur Einbildung, nur Teil seiner kranken Fantasie sein konnte. Und je höher er seinen Kopf hob, je weiter er seine Augen öffnete, desto mehr fand er seine Vermutung bestätigt: Die monströsen, gierigen Gestalten wurden mehr und mehr zu kleinen, liebevoll beschnittenen Bäumen, Wege entgabelten sich, wurden fester, beständiger. Die im roten Schotter steckenden Fackeln erloschen und wuchsen zu hohen, grün gestrichenen Gaslaternen heran, und ihr vertrautes Licht ergoss sich über die friedlich liegenden Wiesen und Wege des Stadtparks. Allmählich hörte es zu regnen auf, den Sturm löste ein zartes Frühlingslüftchen ab; und David, verwundert, doch froh, alles überstanden zu haben, stand plötzlich inmitten einer sternenklaren, warmen Nacht. Schüchtern sah er sich um, sah sogleich den kleinen Wegweiser mit den Schildern >Zum Parkcafé<, >Toiletten<, >Nordausgang< und >Südausgang<.

In seiner Hemdtasche nach einem Päckchen Zigaretten kramend, lief er erleichtert in Richtung Südausgang, stellte dabei mit großer Freude fest, dass die Zigaretten, entgegen seiner Vermutung, nicht aufgeweicht waren und also auch der Regen allein seiner Einbildung entsprungen sein musste. Nach wenigen Minuten erreichte er den Ausgang, lief durch die schmale Gasse an der kleinen Bäckerei vorbei und freute sich über den Anblick der ihm wohl vertrauten Umgebung, wie jemand, der nach einer sehr langen Reise wieder nach Hause, in die geliebte Heimat, zurückkehrt.

Endlich zu Hause angelangt, zog er sich die Schuhe aus, wunderte sich ein wenig über die nassen Strümpfe, dachte aber schon bald nicht mehr daran, denn als er das Zimmer seiner Mutter betrat und die auf den Dielen verstreuten Fotografien liegen sah, verfiel er sogleich wieder dem ewigen Sog der Erinnerung. Er setzte sich auf den Fußboden, griff wahllos in den Bilderhaufen und betrachtete das Foto in seinen Händen. Es war ein Bild seiner Mutter, ein Portrait, das sie als junges Mädchen zeigte.

„Ach, liebe Mutter, was bist du für eine schöne Frau gewesen", sagte er voll Wehmut in der Stimme.

Und während er das Bild betrachtete, fiel ihm plötzlich wieder ein, dass er sich ihre Kleider hatte ansehen wollen und dass er den Schlüssel zu ihrem Schrank gesucht und doch nicht gefunden hatte. Sorgsam legte er das Bild seiner Mutter in die Schublade, gleich neben das Bild seines Bruders, dann stand er auf und zog die zweite Schublade aus der Kommode. Zu seinem Ärgernis aber fanden sich darin nur Unterlagen, Versicherungspolicen, Mietverträge und polizeiliche Formulare, die wohl noch aus der Zeit stammten, als Minna wegen des Todes seines Vaters vor Gericht auszusagen hatte. Der Schlüssel, den er zu finden gehofft hatte, war nicht darin.

Vielleicht ist er in der Küche, dachte David bei sich. Ja, der Schlüssel ist mit Sicherheit in der alten Kaffeemühle!

Sogleich verließ er das Zimmer seiner Mutter, um in der Küche nach dem Schrankschlüssel zu schauen. Doch als er die Küchentür öffnete, hineintrat und geradewegs auf die alte Kaffeemühle zugehen wollte, die an der Fensterwand befestigt war, erschrak er entsetzlich, musste sich an der Wand festhalten, um nicht vor Ohnmacht und Entsetzen umzufallen. Kaum bemerkte er, dass er im Schrecken das Atmen vergaß, denn an seinem Küchentisch saß ein Herr, so Anfang vierzig, rauchte gemütlich, die Beine auf den Tisch gelegt, eine Zigarre und kratzte sich gelangweilt am Kopf.

„Schön, dass du heute auch noch mal nach Hause kommst David, ich warte jetzt schon fast fünf Stunden auf dich", sagte der Herr harsch, als wäre er mit David verabredet gewesen. „Setze dich zu mir an den Tisch, wir haben etliches zu besprechen! Und bitte", fügte er hinzu, „vergiss das Atmen nicht, du bist ja schon ganz blau."

„Was tun sie hier in meiner Küche?", fragte David den Herrn wie im Affekt, und obwohl der Schreck noch immer tief in seinen Gliedern steckte, setzte er sich zu ihm an den Tisch, denn er meinte die Stimme irgendwoher zu kennen. Zwar wusste er im Moment nicht, wo er sie einzuordnen hatte, aber in ihrem Klang schwang eine merkwürdige, uralte Vertrautheit mit.

„David, bist du nicht ganz beisammen?", entgegnete der Herr. „Seit wann siezen wir uns denn und bitte schön, seit wann erhebst du denn den Anspruch alleiniger Herr im Haus zu sein und von >deiner Küche< zu sprechen? Ich wohne hier auch noch, schon ganz vergessen?"

David wusste kaum mehr, was er sagen sollte.

„Hast du denn wenigstens an das Buch gedacht, wenn du schon scheinbar den ganzen Tag irgendwo vertrödelt hast?", fragte der Herr und blickte David mit einer solchen penetranten Selbstverständlichkeit an, dass dieser nur halb verwirrt antwortete:

„Was? Welches Buch?" Bald aber fing er sich einigermaßen und fragte in scharfem Ton:

„Wer sind Sie überhaupt und was zum Henker machen Sie in meiner Küche?"

„Pass mal auf mein lieber Freund", sagte der Herr, der nun langsam die Geduld zu verlieren schien und zornig wurde, „wenn du nicht augenblicklich mit deinen Spielchen aufhörst, dann kannst du mich mal richtig ausrasten sehen! Seit wann redest du so mit mir? Du bist wohl vollkommen verrückt geworden!"

David zuckte zusammen, als er das hörte; und obgleich er in seinem ganzen Schrecken und seiner grenzenlosen Verwunderung über das Erscheinen des seltsamen Mannes dessen Worte kaum verstanden, kaum wahrgenommen hatte, fiel es ihm mit einem Mal wie Schuppen von den Augen. Plötzlich wusste er, woher er diese Stimme kannte. Plötzlich wusste er, dass sie ein Teil längst vergangener Jahre und längst verschütteter Erinnerungen war: Der Mann, der da so selbstverständlich die Beine auf den Tisch gelegt hatte, war sein Vater.

David sah ihm ins Gesicht. Lächelte dieses Gesicht? Lächelte es ihn an? Nein, es lachte ihn aus! Es lachte ihn aus, wie es das Gesicht einer blassen Leiche zu tun pflegt, die jahrzehntelang unter der Erde gelegen hatte und jetzt auferstanden war, um an dem Küchentisch seines noch lebenden Sohnes Schabernack zu treiben. In welches merkwürdige Schauspiel war er da geraten? Wo sollte das alles noch einmal enden? Betreten, schon halb in geistige Umnachtung versunken, starrte David auf den Küchentisch.

„Man wird sich wohl noch einen Spaß mit dir erlauben dürfen, oder? Man wird doch mal für einen Augenblick so tun dürfen, als gehöre man noch dazu, wo es doch sonst so wenig zu lachen gibt", sagte der Herr, indem er die Beine vom Tisch nahm.

Jetzt stand er von seinem Platz auf und lief zu David hinüber. Dabei nahm er einen tiefen Zug aus seiner Zigarre, schien den Rauch zu inhalieren, als zöge er an einer Zigarette, stellte sich ganz dicht hinter David, beugte sich zu ihm hinunter und fuhr fort, indem er David die gesamte Rauchmasse in das linke Ohr blies:

„Außerdem hat es ja auch sein Gutes: Dir ist wieder eingefallen, wer ich bin und wir können nun ganz offen miteinander sprechen - so von Vater zu Sohn."

Die ganze Situation wirkte mittlerweile so komisch und absurd, dass David, aus seiner Ohnmacht halbwegs erwacht, nicht so recht wusste, ob er nun vor Entzücken lachen oder vor Schreck und Entsetzen weinen und davonlaufen sollte. So, als wolle er sich die Entscheidung noch vorbehalten, als wolle er die seltsam blasse Gestalt, die angab, sein Vater zu sein, und von der er selbiges bereits vermutete, vorerst prüfend in Augenschein nehmen, drehte er sich langsam um und blickte dem Rauchenden musternd in das fahle Gesicht. Keine Frage, es war sein Vater, der da neben ihm stand! Und obgleich seine Haut kreidebleich und ledern war, wie die Haut eines Toten, obgleich er merkwürdige Löcher im Hals hatte, die tiefe Gänge in sein Inneres zu bilden schienen und in denen sich Regenwürmer, Ameisen und andere tierische Gestalten tummelten, die fleißig und voller Hingabe an dem sauberen, stetig fortschreitenden Prozess der Verwesung und Erdwerdung arbeiteten und zuweilen sogar neugierig aus ihren Schlupflöchern hervorblickten, obgleich seine schmale, aus Lehm und schwarzer Erde modellierte Haarpracht fast vom Kopf zu fallen drohte und er überhaupt aussah, als käme er geradewegs aus seiner Gruft dahergeschritten, wirkte er doch wahrlich lebendig.

Geduldig hielt sein Vater inne, verharrte die gesamte Zeit der Musterung eisern in seiner gebückten Position, die Zigarre zwischen Daumen, Zeige- und Mittelfinger haltend, erleichterte David aber schließlich doch die Entscheidung, indem er ihn erst krampfhaft gestellt anlächelte, als säße er bei einem Fotografen, und dann merkwürdige, zwanghaft komische Grimassen zog.

„Was bist du nur für ein komischer Kauz, Vater, der du eigentlich schon lange tot und begraben friedlich unter der Erde ruhen müsstest?", fragte David dann entzückt.

„Wunderbar mein Junge!", entgegnete sein Vater. „Wirklich wunderbar - so hatte ich mir das vorgestellt. Erst wirst du vor Schreck und Entsetzen genauso totenbleich wie ich, und dann erkennst du mich als deinen lieben alten Papa. Wunderbar, ja, das ist wahrlich wunderbar! Lass uns erst einmal eine Kanne Kaffee machen und dann plaudern wir ein bisschen."

Er lief zum Küchenschrank, nahm die Büchse mit dem Kaffee, zwei Tassen und eine Kanne heraus, füllte dann Wasser in einen Kessel, den er anschließend auf den Herd stellte.

„Ich will dir mal ein bisschen was erklären, mein Junge, damit du verstehst, warum ich damals so frühzeitig von euch schied", sagte er dann im Tone einer merkwürdigen Mischung aus Wehmut und Selbstironie.

„Die Welt, in der du lebst, ist eine kranke und verkommene", setzte er an, „nichts im Vergleich zu der wunderbaren Ewigkeit meiner Tage. Aber das konnte ich ja vorher nicht wissen - ich war nur im Nachhinein sehr glücklich darüber, wie alles so gekommen ist.

Einundzwanzig Jahre war ich jung, als ich deine Mutter kennen lernte, die schöne, ausgesprochen hübsche Minna. Es war am Hauptbahnhof in München; ich wartete auf den Zug nach Berlin, wollte von meiner Fortbildung, die wieder einmal mehr als langweilig war, zurück nach Hause. Damals hatte sie neben mir auf der Bank gesessen, mit ihrem kleinen

Koffer zwischen den Beinen, und als sie sich eine Zigarette anzündete, ergriff ich sofort die Gelegenheit, sie anzusprechen. Ich bat sie um eine Zigarette, fragte verlegen, wo es denn hingehen solle, und als sie sagte, sie wolle zurück nach Berlin, lächelte ich in mich hinein, denn der liebe Gott hatte meinem Schicksal wieder einmal auf die Sprünge geholfen. Als der Zug einfuhr, bot ich ihr an, ihren Koffer zu tragen. Wie ich ihrem Blick entnehmen konnte, war sie merklich entzückt, auf einen solchen Kavalier gestoßen zu sein, der zudem noch hervorragend aussah. Den Koffer brachte ich sogleich in ein Abteil, legte ihn und den meinen auf die Gepäckablage und setzte mich ans Fenster. Sie setzte sich mir gegenüber, und wir sahen uns eine ganze Weile schweigend an, bis der Zug losfuhr. Wir hatten kaum ein Wort gewechselt, und dennoch war schon alles gesagt, was gesagt werden musste. Stundenlang saßen wir so auf unseren Plätzen, blickten uns an, wussten beide, dass wir nicht zufällig in demselben Zug, in demselben Abteil saßen, wussten beide, dass wir zusammengehörten, dass wir auf dem Weg in ein gemeinsames, glückliches Leben waren. Und obwohl wir das beide wussten - deine Mutter hat es mir später einmal verraten -, lag noch immer diese abgrundtiefe Schlucht der Fremde zwischen uns, die nur durch das sorgsame Ausführen sämtlicher alberner Kennenlernrituale mit all ihren Schikanen und Raffinessen überwunden werden konnte. Uns beiden war das klar. Es war albern, kindisch, berührte uns peinlich und trieb uns sogar ab und an die Röte ins Gesicht, aber es gehörte dazu, wie die Milch zum Kaffee gehört."

Einen Moment hielt er inne, lief zum Kessel, der nun schon seit mehreren Minuten vor sich hin kochte, drehte den Gashahn zu und goss das brodelnde Wasser endlich in die Kanne. Schwelgend und schwebend in den Erinnerungen an seine Verliebtheit vergaß er, Kaffee in die Kanne zu schütten, und so stand jetzt die Kaffeekanne statt mit Kaffee nur mit heißem Wasser gefüllt auf dem Küchentisch. Dann lief er zum Kühlschrank, öffnete ihn, suchte eine Weile vergebens die Milch und rief dann etwas empört:

„Junge, wo ist die Milch, die in den Kaffe gehört?"

Doch David antwortete nicht. Viel zu sehr war er in Gedanken versunken, viel zu sehr drang er durch die Erzählungen seines Vaters in die Vergangenheit. Er sah sich selbst in diesem Zug, in diesem Abteil, er sah sich dort sitzen, sah seinen Vater, sah seine Mutter, fühlte diese schweigsame Verlegenheit zwischen den beiden. Dann aber merkte er plötzlich, dass der Zug stillstand, nicht weiterfuhr, merkte, dass sein Vater nicht fortfuhr mit seiner Erzählung, hörte ihn jetzt an seinem linken Ohr nochmals fragen:

„Junge, wo ist die Milch, die in den Kaffee gehört?"

„Ich trinke meinen Kaffee schwarz", entgegnete er blitzschnell, nahm die Kanne, schenkte sich ein, bemerkte aber nicht, dass statt Kaffee nur Wasser in seiner Tasse war.

„Erzähle weiter Papa, erzähle weiter!", bat David, und es klang, als fordere ein kleiner Junge seinen Vater auf, mit der Geschichte, die er ihm vorlas, fortzufahren.

„Na gut", sagte sein Vater, der nun nicht mehr wie eine Leiche aussah, sondern wie ein gesunder, gut-aussehender Herr Anfang vierzig. „Wo war ich ste-hen geblieben - ach ja richtig, die Kennenlernrituale!" Er setzte sich wieder an den Tisch, brachte seinen Stuhl in Kippstellung und zündete sich noch einmal die Zigarre an, an der er zu rauchen vergessen hat-te.

„Ich glaube, ich brauche dir gar nicht zu schildern, wie das mit dem Bekanntmachen ist, du kennst das sicher - oder", und jetzt wurde er neugierig, „hast du etwa noch kein Mädchen?"

„Vater", sagte David ernst, „Mutter ist gerade gestor-ben, und bisher hatte ich wenig Gelegenheit dazu, an Mädchen auch nur zu denken!"

„Ach ja richtig, Minna ist ja tot - na gut, lassen wir das mit dem Fragenstellen", entgegnete sein Vater und fuhr nun endlich mit seinen Erinnerungen fort:

„Irgendwann im Laufe der Zugfahrt habe ich Minna dann gefragt, ob ich sie in das Zugrestaurant zu ei-ner Tasse Kaffee und einem Stück Kuchen einladen dürfe und sie nahm an. Wir gingen also gemeinsam, ich hinter ihr, entgegen der Fahrtrichtung, weil sich der Restaurantwagen natürlich ganz hinten am Ende des Zuges befand. Gott sei Dank, der Zug fuhr so unruhig, dass es uns hin und her rüttelte und schüt-telte. Minna hielt sich für einen Augenblick nicht fest, fiel nach hinten, und ich durfte in den süßen Genuss kommen, sie zu halten. Oh, war das eine Wonne! Das brachte uns meilenweit voran, die ersten Hür-den waren genommen. Im Restaurant saßen wir dann eine Weile, aßen Kuchen mit Sahne und tran-ken Kaffee, unterhielten uns über dies und jenes und wussten dabei jeder für sich, dass es gar nicht wichtig war, dass es eigentlich vollkommen egal war, was wir sagten, ja dass wir überhaupt etwas sagten. Als wir das Restaurant dann später verließen, fühlten wir uns schon viel bekannter als vorher, setzten uns im Abteil dann auch gleich nebeneinander und schauten gemeinsam aus dem Fenster - nein - ich lüge ja: Sie schaute aus dem Fenster und ich sah sie an. Was hatte sie für ein schönes Gesicht, diese großen braunen Augen, die doch nicht sahen, was draußen an uns vorbeirauschte, die mich sahen, mein flüchtiges Spiegelbild in der Scheibe. Ihre zarten, blassen Wangen, halb unter ihren braunen Locken verborgen, wie ein samtener Schmetterling unter den Blättern einer Blüte. Ihr voller Mund, rot wie Mohn! Sie war der Schmetterling, sie war die Blüte, sie war betörend wie Mohn. Ahnend, dass ich meinen Sinnen nicht mehr Herr war, nicht mehr Herr sein konnte, fühlend, wie sie selbst die Kontrolle über ihre Sinne verlor, sich nicht länger halten konnte, nicht halten wollte, blickte ich sie begehrend, zugleich schüchtern an - sie wendete sich langsam zu mir um, streichelte dann mit ihrer zarten Hand mein Gesicht und küsste mich zärtlich fordernd auf den Mund. Ich war wie im Nebel, benommen von ihrem Kusse, von der Zartheit ihrer Haut und der innigen Tiefe ihrer Berührung, benommen von dem Rot, von dem Mohn, von dem überwältigenden Gefühl der Liebe."

Nach einer langen Pause fuhr er mit bewegter Stimme fort:
„Deine Mutter, David, deine Mutter ist eine göttliche Frau! Aber das Schicksal wollte sie mir nicht lange gönnen, diese Blume, diese zarte Orchidee. Das

Schicksal wollte es anders, riss mich fort aus dem Leben, riss mich fort von ihr und den Früchten unserer Liebe, unseren beiden Söhnen."

Als er das sagte, drangen die Tränen bereits aus seinen sehnsüchtigen Augen, die irgendwo fern in diese wunderbare schmerzliche Vergangenheit blickten.

David war ergriffen von der Leidenschaft dieser Liebe, von ihrem schmerzlich bitteren Ende, von der Macht des Gefühls, das ihn beinahe glauben machte, er sei es gewesen, er habe mit dieser Blume im Zug gesessen, er habe an ihren zarten Lippen gehangen und sich an ihrer Seele gelabt, er sei vom Schicksal verraten und von ihr gerissen worden. Aber er dachte dabei keineswegs an seine Mutter, sah nicht sie dort im Zug sitzen, sondern sah eine andere, eine, die ihm erst geschenkt würde, die ihn lieben würde, der er sich vollkommen hingeben würde, ehe ihn das Schicksal bald von ihr reißen würde; er dachte an eine, die noch fern war, die im Schleier der Unerreichbarkeit mehr und mehr verblich.

„David, sie wird dir im Traum erscheinen. Aber es ist noch nicht an der Zeit, habe Geduld!", sagte sein Vater, und es war, als sehe er nur allzu deutlich, was David in diesem Moment fühlte.

„Ich ahnte, dass irgendwo in dir diese Sehnsucht lodert, wenn auch das Feuer noch klein und zu beherrschen ist. Irgendwann wirst du auf sie treffen, so ist es angedacht. Kein Grund zu verzweifeln, die Liebe kommt, glaube mir, sie ist noch fern, aber bald wird sie dich fesseln, wie mich einst."

David schaute ihn an, sagte nichts, fühlte nur, dass sein Vater mehr über ihn wusste, als er annahm und als er augenblicklich zu fassen imstande war.

„Aber ich muss dir erzählen, wie es endete", fuhr er fort, „muss berichten, was mich von ihr riss, denn sie hat es dir nie gesagt, auch nicht deinem Bruder, wollte euch schonen, wollte euch die Grausamkeit ersparen. Jetzt aber ist es an der Zeit. Du musst es erfahren, so ist es angedacht!"

David blickte ihn fragend an. Es stimmte, seine Mutter hatte nie darüber gesprochen, und er war auch nie in die Verlegenheit gekommen, danach zu fragen, denn er hatte seinen Vater in den Zeiten seiner Kindheit kaum vermisst, hatte sich nicht für dessen Schicksal interessiert.

„Du warst sechs Jahre alt, als es geschah", begann er. „Ich war zu meinem Vater aufs Land gefahren, wollte ihm helfen, das Haus neu anzustreichen. Schon lange dachte er daran, schließlich war das Haus seit seiner Erbauung nicht mehr von außen gestrichen worden. Minna hatte nicht mitfahren wollen, sie blieb lieber mit euch zu Hause. Es war ihr immer etwas unangenehm bei meinem Vater, denn er mochte sie nicht besonders; und obwohl er seine Abneigung ihr gegenüber nie offen zeigte, spürte sie diese dennoch sehr deutlich.

Jedenfalls kam ich an, Vater stand schon auf der Leiter und war fleißig am Streichen. Gelb sollte das Haus werden, gelb wie eine Zitrone. Als er bemerkt hatte, dass ich angekommen war und mich aus dem Wagen steigen sah, rief er mir zu, ich könne gleich noch einmal losfahren, die Farbe sei ausgegangen, er habe vergessen, dass der Schuppen und die Garage ja auch noch gestrichen werden müssten. Ich kannte Vater. So war er immer, er konnte einfach nicht kalkulieren. Ich solle mir ein Etikett von den leeren Farbeimern mitnehmen, es müsse unbedingt die gleiche Farbe sein. Also nahm ich mir ein Etikett, stieg in mein Auto und fuhr in die nächst größere Ortschaft zu dem Laden, wo Vater die ersten Eimer gekauft hatte. Ich kaufte fünf Eimer dieser zitronengelben Farbe, nahm noch ein paar Rollen und Pinsel mit und machte mich auch gleich wieder auf den Rückweg. Hier sollte es geschehen, hier sollte ich mein Ende im Diesseits finden, mich lossagen von allem, was mir lieb und teuer war.

Es war eine Strecke von etwa zwanzig Kilometern, auf der rechten Seite Felder, auf der linken ein Waldstück. Etwa auf der Hälfte der Strecke stand ein Auto; ich weiß nicht, warum ich es so besonders fand, jedenfalls bemerkte ich es, während ich an ihm vorbeifuhr. Der Wagen war gelb lackiert, zitronengelb - wahrscheinlich ist er mir deshalb aufgefallen. Ich bremste scharf, legte, weiß Gott warum, den Rückwärtsgang ein, fuhr, parkte vor dem Wagen und stieg aus. Langsam lief ich um das Auto herum, blickte hinein, sah niemanden, blickte auf das Kennzeichen, aber ich kannte es nicht. Plötzlich, ich weiß nicht, was es war, zog es mich in den Wald. Eigentlich bestand kein Anlass, Schlimmes zu vermuten, denn das Auto war ganz normal dort geparkt, hatte weder Schrammen noch Beulen, die auf einen möglichen Unfall hingedeutet hätten. Mir schien, als würde da eine Stimme meinen Namen rufen, eine Stimme, die ich gut kannte. Mag es auch absurd klingen, David, aber ich hörte die Stimme nicht, jedenfalls nicht wirklich. Da rief niemand, meine Ohren vernahmen lediglich das Rauschen des Windes und das Zwitschern von Vögeln, aber keine menschliche Stimme oder etwas dergleichen. Ich fühlte sie nur, spürte sie tief in meinem Inneren, wusste, dass dort im Wald jemand war, der mich rief. Eine ganze Weile stand ich so vor dem Wagen und überlegte, versuchte mir auszureden, dass dort etwas war, dass mich jemand rief, aber je länger ich so dort stand, je mehr ich mich gegen diese Stimme in mir wehrte, je mehr ich versuchte, mich glauben zu machen, dass diese Stimme nur bloße Einbildung sei, desto deutlicher vernahm ich sie, desto bewusster wurde mir, dass dort wirklich jemand nach mir rief. Ich war wie gespalten. Der eine Teil in mir sagte, es sei nur meine kranke Fantasie, ich solle nicht gehen, da sei niemand und falls doch, dann sicher nur zwei, die spazieren gehen. Der andere Teil in mir aber sagte: Geh! Folge deinem Gefühl, glaube, da ist jemand, der dich ruft! Und während ich mit mir kämpfte, nicht recht wusste, was ich nun machen sollte, gehen, oder nicht gehen, ob ich vielleicht schon vollkommen verrückt sei, schlug es in mir ein wie ein Blitz. Plötzlich war mir klar: Es war Minnas Stimme, die ich in mir rufen hörte.

Aber das konnte nicht sein, dachte ich, sie war ja zu Hause in der Stadt geblieben, sie konnte gar nicht hier sein. Doch die Stimme wurde immer lauter, rief mich, wie in einer Sehnsucht, rief: ‚Markus! Markus!‘ Und ich war kaum mehr in der Lage, klar zu denken, wusste nur, dass ich sie nicht rufen hörte, sondern nur rufen fühlte, tief, ganz tief in meinem Inneren. Dann, als ihr Ruf mich vereinnahmte, mich einschränkte im Denken, mich zu sich zog, lief ich in den Wald, folgte ihrem Ruf. Ich weiß heute nicht mehr, wie lange ich so gerannt bin, vielleicht eine halbe, eine ganze Stunde, ich weiß nur, dass ich immer tiefer und tiefer in den Wald gelangte, ihrem Ruf, meinem Gefühl folgend. Irgendwann traf ich auf eine Lichtung und blieb stehen, wusste nicht mehr weiter, denn ihr Rufen in mir war verstummt. Zweifel plagten mich. War sie dort irgendwo? Nein, sie konnte nicht dort sein, sie saß ja bei den Kindern in Berlin. Aber ich hatte sie doch gehört, nein, ich hatte sie gefühlt.

Ich setzte mich auf einen Baumstumpf, zermarterte mir meinen Kopf, was um alles in der Welt mit mir los sei, was mich hier bis zum Wahnsinn trieb. Aber während ich so grübelte, nach der Stimme in mir suchte, nach ihrer zarten, sehnsüchtigen Stimme, sie nicht fand, sie verleugnete, sie wieder und wieder suchte, hörte ich plötzlich ein seltsames Geräusch. Ja, ich hörte es wirklich, durch meine eigenen Ohren. Es war da! Ich hob meinen Kopf, konzentrierte mich vollends auf dieses Geräusch und versuchte mir bewusst zu machen, was es war, was ich dort hörte. Dem reinen Klang nach war es ein Plätschern, nein, ein Tropfen, aber es war zu dumpf, war zu träge um nur Wasser zu sein. Es klang, als fielen nacheinander einige Tropfen herab. Aber keine Wassertropfen; eher hörte es sich nach einer zähflüssigen Masse an, nach einem trägen, seltsamen Element. Frage mich nicht, wie ich darauf kam, aber als ich mich eine Weile lang nur auf das Geräusch besann, wurde mir klar: Es war Blut! Ja, es war Blut, das irgendwie auf etwas heruntertropfte. Ich erschrak über meine Feststellung, denn ich dachte sofort an Minna, machte mir klar, dass ich sie bis vor kurzem, bis ich auf diese seltsame Lichtung getroffen war, noch hatte nach mir rufen hören. Tief in mir hatte sie sehnsüchtig nach mir gerufen. Und jetzt war es still, ich hörte nur noch das Tropfen, dieses grausame Tropfen, von dem ich wusste, ohne es gesehen zu haben, dass es Blut war. Ja, Blut war es, das dort so mörderisch tropfte. Ich rannte, wie ich noch nie zuvor gerannt bin, rannte unaufhaltbar, immer dem widerlich bestialischen Tropfen folgend, das mehr und mehr in meine Seele zu dringen versuchte, mehr und mehr mich einnahm, mich quälte, indem es mir leise zuflüsterte: „Markus, sie blutet, sie stirbt!", bis ich erschöpft an einen Platz kam - an den Platz, wo alles ein Ende finden sollte.

Da war eine Brücke, die mich noch von dem Tropfen trennte, die mich trennte von dem Platz, an dem es geschehen sollte, an dem ich enden sollte; und als ich sie betrat, ging sie in Flammen auf. Ich fühlte keine Angst, glaubte nicht, dass ich mit ihr verbrennen würde. Ich hielt inne, schaute über das brennende Geländer der Brücke hinweg, suchte etwas unter ihr zu finden, suchte einen Fluss, vielleicht eine Schlucht, fand aber nichts dergleichen. Unter der brennenden Brücke, auf der ich stand, war kein Wasser, floss kein Fluss, lag keine abgrundtiefe Schlucht - es war eine Brücke über die Leere, über das Nichts, eine Brücke, deren schmaler Weg in eine andere, seltsame Welt zu führen schien. Es war eine Brücke, unter der sich zwei ferne, nahe Welten des Universums einander trafen, sich berührten, sich auflösten, zu Nichts wurden. Vorsichtig ging ich nun weiter, schritt über die brennenden Bretter der Brücke hinweg, stützte mich an ihrem brennenden Geländer - meine Hände in Glut und Flammen - ohne Furcht, ohne jegliches Gefühl. Obgleich ich mitten in ihnen stand, schienen die Flammen vor mir zu weichen, ergriffen mich nicht, als hätten sie einer höheren Weisung Folge zu leisten. Dann, als ich die andere Seite erreichte, blieb ich wieder stehen, blickte mich, wie von einer Ahnung geleitet, um, sah die Brücke hinter mir zusammenbrechen, verbrennen, in das Nichts stürzen. Weder fühlte ich Angst vor dem, was da vor mir lag, noch etwas wie Erleichterung, die flammende Brücke sicher hinter mir gelassen zu haben. Alles, so schien mir, sollte genau so sein. Alles schien von unsichtbarer Hand arrangiert, nicht nur die seltsame Umgebung und die Situation, in der ich mich befand, nein, auch mein Wahrnehmen, mein Denken und Fühlen schien organisiert, gesteuert, von fremder Hand bewegt. Und dennoch fand ich in mir ein Wissen, unwillkürlich kam mir plötzlich in den Sinn: Das ist dein Ende, Markus! Die Brücke ist verbrannt, einen Weg zurück gibt es nicht.

Das blutige Tropfen drang nun immer tiefer in mich hinein, quälte mich, marterte mich, und so lief ich verzweifelt weiter, getrieben, gehetzt, lief bis in die Mitte des Platzes, wo eine riesengroße Trauerweide, weit ihre tausend Arme nach mir ausstreckend, mich schon erwartete. Obwohl Sommer war, trug sie nicht ein einziges Blatt. Seltsam, wie sehnsüchtig, blickte sie mich an und für mich stand fest: Sie war tot. Doch gleichzeitig drängte sich mir ein merkwürdiger Gedanke auf: Ihr Leben ist der Tod, und ich empfand den Tod als einen Zustand, nicht als ein Ende. In ihrer Ewigkeit lebte die Weide den Tod, schien ihn auszukosten, ihn zu genießen wie eine süße Frucht.

Endlich blieb ich vor ihr stehen. Nur einen kurzen, verlorenen Moment blickte ich sie an, beneidete sie um ihre tote Schönheit, um ihre Zeitlosigkeit. Dann zog es mich auf die andere Seite des Platzes, von dort kam das Tropfen, von dort roch es nach Tod. In einen Bann gezogen, lief ich langsam um die Weide herum, willenlos, einzig geführt von dem Tropfen, diesem grausamen, endlosen Tropfen. Auf der anderen Seite angekommen, blieb ich unwillkürlich stehen, wendete mich, so dass ich nun wieder vor dem riesigen Baum stand. Meine Augen blickten in die Äste, schienen etwas zu suchen, schienen zu wissen, dass irgendwo dort etwas war, etwas, das sie mir zeigen wollten, nein, zeigen mussten. Plötzlich hielten sie inne, hatten gefunden, wonach sie gesucht hatten. Das Bild schlich sich langsam in meinen Kopf, drang in meine Seele, und noch ehe ich mir bewusst machte, was ich dort sah, durchfuhr mich ein entsetzliches Gefühl des Schreckens. Ein eiskalter Hauch von Tod und Verderben ließ meinen Körper erstarren.

Das Bild drang in mein Bewusstsein und, David, es war so überaus grausam, was ich dort sah: Es war Minna! Sie hing ganz oben in den Ästen der Trauerweide an einem Strick. Ihre Füße waren zusammengebunden. Sie hing totenbleich mit dem Kopf nach unten. Ihr braunes Haar war ganz von ihrem Blute durchtränkt, denn man hatte ihr die Kehle aufgeschnitten, aus der nun unaufhörlich ihr Blut rann. Grausam flossen die roten Bäche über ihr zartweißes Gesicht auf den Boden. Wie unter Zwang, ungewollt, schaute ich nach unten, blickte auf meine besudelten Schuhe, die inmitten dieser furchtbaren Pfütze ihres Blutes standen. Mit meinen vor Trauer und Elend kranken, verdorrten Augen sah ich die Pfütze unaufhörlich anwachsen, sah sie bald den ganzen Platz bedecken. Aus Minnas Haaren tropfte endlos das Blut, schon sah ich meine Füße ganz und gar bedeckt, fühlte Feuchte und Wärme widerlich an meinen Hosenbeinen hinaufkriechen. Es war grauenvoll. Wer hatte ihr das angetan? Nein, ich dachte nicht wirklich an diese Frage, dachte gar nichts mehr, war wie trunken durch dies schreckliche Bild. Dann bemerkte ich plötzlich einen Strick, der ganz nah bei ihr hing, ein grobes Stück Seil mit einer Schlaufe, und sofort wusste ich, als ich ihn wie erwartend ansah, dass er mein Galgen sein würde, dass dieser Strick mich aus dem Leben reißen würde. Er hing dort leer neben meiner toten Minna, die mir alles war, die ich liebte, die ich seelentief liebte, wie nichts auf der Welt. Er hing dort, der Strick, dieser Galgen, und ich fühlte, er war wie für mich gemacht. Lange stand ich noch vor der Weide, stumm vor Entsetzen, bald erstarrend zu Eis, lange blickte ich sie an, sah Minna totenbleich hängen, ihr rotes Blut, noch warm, wie es von dem Baum tropfte. Ich sah den Strick, diesen leeren Galgen, der mein sein sollte. Kein Zweifel regte sich in mir, mein Entschuss stand fest. Schon sah ich mich neben ihr hängen, sah meinen Kopf zu ihren Füßen, als ich plötzlich wieder diese sehnsüchtige Stimme in mir spürte, jene, die mich hierher gelockt hatte, die mich verwickelt hatte in das seltsame Bild, mich mit ihm verflochten hatte. Es war Minnas Stimme und sie rief: ,Markus! Markus!', und dann etwas, das ich nicht verstand, etwas ganz Zartes. An der Weide hinaufgeklettert, den Strick mir selbst schon um den Hals gelegt, vom Ast springend, fühlte ich sie noch einmal rufen und jetzt verstand ich es, im Fall verstand ich endlich, was sie sagte: ,Markus! Markus! Gehe nicht! Springe nicht!', aber es war zu spät, ich hing bereits an meinem Galgen. Der Tod bekam, was er begehrt hatte. Er siegt immer, der Tod, so ist es angedacht."

Von den Worten seines Vaters gebannt, unbeweglich, wie gefesselt in dessen Schicksal, hatte David die ganze Zeit über auf seinem Stuhl gesessen und ins Leere gestarrt. Jetzt schaute er zu seinem Vater auf, blickte fragend, als suche er etwas.

„Hier ist das Mal, hier ist der Abdruck des Galgens, David", sagte Markus, indem er seinen Kragen etwas zurückschlug.

Verstört blickte David ihn an, schien angestrengt etwas zu überlegen und sagte dann schließlich:

„Aber Mutter war nicht tot, sie konnte nicht dort an dem Baum gehangen haben!"

„Natürlich nicht, David", entgegnete sein Vater, „natürlich war sie nicht tot, jedenfalls nicht wirklich. Es war eine Vision, meine Vision, in der sie tot an der Weide hing, und ihr Anblick trieb mich in den Wahnsinn, trieb mich bis hin zum Suizid. Er hatte alles wunderbar inszeniert. Keinen einzigen Unterschied gab es zwischen dieser prächtigen Inszenierung und der Wirklichkeit. Ein wunderbares Theaterstück! Das perfekte Trugbild."

„Wer?", fragte David energisch. „Wer hat das alles inszeniert?"

„Der Tod, David, unser alter Vetter!", antwortete Markus. „Sein Werk war es, sein kleines Schauspiel. Und es erfüllte mit Bravour seinen Zweck, auch wenn das Publikum nicht klatschte, weil es kein Publikum gab, weil ich der einzige Schauspieler in dieser absurden Komödie war. Alles andere, das zitronengelbe Auto, dieses merkwürdige Tropfen, der Wald und die brennende Brücke, die kahle Trauerweide, ja selbst Minna, alles andere war nur Kulisse, wunderbar zauberhafte Kulisse. Und sie wurde so perfekt von ihm gestaltet, dass die Wirklichkeit in ihr aufging, ja dass sie gar ganz ersetzt wurde durch die Kulisse."

Tausend wirre Gedanken gingen jetzt durch Davids Kopf. Er konnte das nicht begreifen. Es war zu viel. Da saß sein Vater, ein Toter, leibhaftig vor ihm und erzählte die absurde Geschichte seines Zugrunde-gehens. Was sollte das alles? Wie konnte das sein?

„Junge", sagte Markus plötzlich mit einem zufriede-nen Lächeln im Gesicht, „der Kaffee ist ausgezeich-net. Aber wie sollte es auch anders sein, schließlich habe ich ihn ja gebrüht. Allerdings fehlt mir die Milch ein wenig."

David griff unwillkürlich nach seiner Tasse, und als er trank, bemerkte er endlich, dass sich lediglich lauwarmes Wasser in ihr befand.

„Was redest du da?", schrie er plötzlich in wirrer Verzweiflung. „Das ist Wasser, nichts als Wasser! Es kann nicht nach Kaffee schmecken, du hast ihn ver-gessen. Du hast vergessen, Kaffee in die Kanne zu schütten!"

„Ach", sagte sein Vater leise indem er die Tasse auf den Tisch stellte.

Als würde David eine Erklärung erwarten, blickte er Markus an. Aber plötzlich erschrak er, denn dessen Gesicht verwandelte sich langsam wieder in die bit-terlich lachende Visage eines auferstandenen Toten. Wieder wurde er kreidebleich und blickte unendlich fahl aus seinen toten glasigen Augen. Aber Markus lachte nicht mehr, im Gegenteil, er sah todtraurig aus. Es schien eher, als sei in ihm etwas, das lachte, das ihn selbst auslachte. Ja, in ihm grinste etwas arrogant und fies, als schaue es auf ihn und sein verzweifeltes Dasein herab. Und als David seinem

Vater ganz tief in die Augen sah, spürte er, wie sehr dieses Lachen ihn quälte, wie sehr es Markus peinigte, ihn zerstörte und doch letztlich am Leben hielt. „Ein Toter schmeckt nicht mehr, David! Und wenn ich meinen Kaffee lobe, dann ist es der Kaffee der Vergangenheit, der Kaffee, den ich vielleicht jeden Morgen mit deiner Mutter getrunken habe, als sie und ich noch irdisch waren. Es ist die Erinnerung an Kaffee", sagte Markus und in seiner Stimme schwebte ein bitterer Hauch von Melancholie.

David saß bewegungslos auf seinem Stuhl. Was sollte er noch glauben? Krampfhaft suchte er in seinem Kopf nach einer Möglichkeit, Wahrheit von Lüge, Traum und Vision von der Wirklichkeit zu trennen, aber vergebens, er fand keine. Er ahnte bereits, dass er sich diesmal nicht werde darauf berufen können, wieder einmal Opfer seiner eigenen kranken Fantasie gewesen zu sein. Diesmal war es nicht bloß Einbildung, das wusste er, diesmal war es kein elendes Hirngespinst seiner kranken Seele, es war viel mehr. Und gerade diese Ahnung, die immer tiefer in sein Bewusstsein drang, deutlicher wurde, bis sie nicht mehr nur Ahnung, sondern bittere Erkenntnis war, machte ihm Angst.

Dunkle Flecke zeichneten sich auf Markus Haut ab, darin abermals die kleinen Löcher zum Vorschein kamen. Mit einem Mal - David glaubte seinen Augen nicht zu trauen - erschienen lauter muntere Kröten in den Löchern. Ja, jetzt sah er es ganz deutlich: Im Inneren dieser kleinen Löcher saßen grüne und braune Kröten; und diese durchaus aufgeweckten Tierchen rauchten Zigarren. Eiskalt lief es David über den Nacken. Was sollte sich nun schon wieder für eine entsetzliche Szenerie entwickeln? Er zwang sich, wegzuschauen, aber die Flucht, der Blick nach unten auf den leeren Tisch half überhaupt nichts, denn die Kröten krochen nun gemächlich, aber ausdauernd aus ihren Gängen heraus, ließen sich auf den Küchentisch fallen und hüpften dann mit ihren Zigarren fuchtelnd in Richtung David. Eine nach der anderen, grüne wie braune Kröten, alle sprangen sie auf seinen Kopf, saugten sich mit ihren schleimigen Gliedmaßen an seiner Kopfhaut fest.

David schloss die Augen, aber auch das half nichts, denn er sah dieses scheußliche Froschgetier auch mit geschlossenen Augen. Die Bilder drängten durch seine geschlossenen Augenlider hindurch direkt in sein Gehirn. Als würde auf zwei dicht nebeneinander liegenden Bühnen synchron das gleiche Schauspiel ablaufen und der Zuschauer bewege, je nach Lust und Laune, seinen Kopf mal nach links zu der einen, mal nach rechts zu der anderen Bühne, öffnete und schloss David seine Augen nun im Wechsel, ohne eine Veränderung wahrzunehmen. Da gab es kein Dunkel mehr, in das er fliehen konnte. So sehr er sich auch anstrengte, sich bemühte, die Bilder von sich zu schütteln, es gelang nicht. Kröte um Kröte sah er auf seinen Kopf springen, und alle kamen sie aus der lebenden Leiche, aus seinem Vater Markus Kamm.

Allmählich wurde sein Kopf unter der Last der Kröten schwerer, aber er zwang sich, ihn aufrecht zu halten, denn er ahnte, dass er, wenn er sich wieder einer Ohnmacht hingeben würde, diesmal nicht aus ihr erwachen würde. Wie im Wahn begann er sich einzubilden, die Kröten würden ihn mit sich unter die Erde ziehen, sich an ihm laben und ihn schließlich bis zum letzten Knochen verzehren. Nein, er zwang sich, er hielt sich am Tisch, und es könnten jetzt noch weitere Hundertschaften von Kröten kommen und auf seinen Kopf springen, er würde ihnen standhalten, so viel war sicher.

Aber es kamen keine weiteren Hundertschaften, lediglich eine einzige schlüpfte noch aus einer der dunkel fleckigen Hautöffnungen in Markus Hals. Diese vorerst letzte Kröte war ganz besonders groß, und sie wirkte auch viel fetter und breiter als die vorigen. Als sie sich aus ihrem Loch herausfallen ließ und mit ganzer Wucht auf den Küchentisch schlug, spritzten einige feuchte Tropfen ihres bräunlichen Schleims David direkt in das Gesicht. Es war geradezu widerlich und David hatte Mühe, die schleimige Masse aus seinem Gesicht zu entfernen, ohne sie dabei allzu sehr zu verteilen. Er nahm ein Taschentuch aus seiner Hosentasche, tauchte es in die Tasse mit dem lauwarmen Wasser, das eigentlich Kaffee sein sollte, und rieb damit den zähen Schleimfilm aus seinem Gesicht. Anschließend warf er das Taschentuch unachtsam auf den Tisch, und es fiel genau auf die letzte, fette Kröte, welche sich bereits auf halbem Wege zu Davids Kopf befand und jetzt, durch die plötzlich eingetretene Dunkelheit überrascht und erschrocken, stehen blieb und merkwürdige, halb spastische Bewegungen machte, scheinbar, um sich von dem Tuch, das man ihr ungefragt übergeholfen hatte, wieder zu befreien. David, von dem Krötenspektakel auf seinem Kopf sichtlich angeekelt, bemerkte sogleich das zappelnde Tuch auf dem Tisch und versuchte, sich an dem wirklich komischen Anblick ein wenig zu erheitern. Es fiel ihm gar nicht schwer, und schließlich verfiel er in ein schrilles, schadenfrohes Gelächter.

„Siehst du", sagte er, „das hast du nun davon, armseliges Krötentier! Da hast du deine ganze Meute vorgeschickt, damit sie dir auf meinem Kopf ein hübsches Nest zusammenbauen und dich wie einen König darin erwarten und dann passiert so etwas! Plötzlich bricht die Nacht über dich herein und du findest den Weg zu deinem Schloss nicht mehr. Wie ungeheuerlich! Welch eine Schmach!"

David konnte sich vor Lachen nunmehr kaum halten und er schlug dabei wieder und wieder mit der Faust auf den Tisch.

„Ach, wenn dein ganzes hilfloses Gezappel nicht so komisch aussehen würde, dann könnte man wahrlich Mitleid mit dir haben!", fügte er noch hinzu, dann grinste er nur noch und schüttelte in einer sehr einfältigen Art und Weise den Kopf.

Doch das Lachen sollte ihm gleich vergehen, denn wie unter Zwang hob Markus seine Hand, griff das Taschentuch von der Kröte und stopfte es in das Loch, aus dem die Kröte gekommen war. David blickte nun stumm vor Erschrockenheit auf die fette Kröte. Sie bewegte sich nicht mehr, kein Zappeln, keine krampfartigen Bewegungen mehr. Sie schien wie tot. Ihre Glieder waren weit von ihr gestreckt, und ihr weißer Bauch schimmerte totenbleich. David blickte ängstlich zu seinem Vater auf, doch der nickte nur, deutete stumm auf die Kröte. Und als David ein zweites Mal die Kröte anblickte, durchfuhr ihn ein eiskalter Schauder, denn plötzlich steckte im Bauch der fetten Kröte ein Skalpell. David glaubte zu träumen, denn er verstand nicht im Geringsten, wie das Chirurgenmesser in die Kröte gekommen war, wer das arme Tier so misshandelt und anschließend erstochen hatte.

Man hatte der Kröte den Bauch aufgeschnitten, längs der Wirbelsäule entlang. Es war ein sauberer, makelloser Schnitt, der anschließend scheinbar zugenäht worden war, denn man konnte in der bleichen Haut noch Stiche zu beiden Seiten entlang des Schnittes erkennen. Aber der Faden war wieder entfernt worden, ganz säuberlich lag er neben der toten Kröte. Die offene Bauchhöhle brachte eine weitere Grausamkeit zum Vorschein: Man hatte ein Kuhauge in ihren Bauch gesteckt. Mit größter Sorgfalt war es zwischen den Gedärmen der Kröte positioniert worden.

David betrachtete dieses widerliche Kunstwerk, und für einen Augenblick glaubte er, etwas derartiges schon einmal gesehen zu haben, verwarf den Gedanken daran aber sehr schnell wieder. Während der Schauder, der ihn beim Anblick des toten Tieres befangen hatte, langsam von ihm abfiel, entwickelte sich in ihm allmählich eine spielerische Objektivität der Kröte gegenüber. Er fand es nun weniger ekelhaft, vielmehr interessant, und bald fühlte er in sich den wachsenden Drang, den Bauch der Kröte noch ein wenig weiter zu öffnen, damit er einen besseren Einblick ins Innere des Tieres bekäme. Erst zögerte er, seinem immer größer werdenden Drang nachzugeben, dann aber hielt er es nicht mehr aus; er zog das Skalpell aus dem Bauch der Kröte und verlängerte den schon vorhandenen Schnitt ein wenig. Aber der Einblick in das Innere der Kröte, der ihn so sehr lockte, wurde nicht wesentlich besser, und so entschied er sich, einen neuen Schnitt zu machen, einen, der die Bauchdecke ganz vom Rest des Tieres trennen würde, einen, der alles offen legen würde. David wusste nicht recht, warum er sich so dringend für die Innereien einer Kröte interessierte, aber irgendetwas reizte ihn, hinter diese glitschige Fassade zu schauen. Irgendetwas zwang ihn die bereits geschundene Kröte vollständig auseinander zu nehmen. Also schnitt er in einem Zug die ovale Bauchdecke von der Kröte, ganz vorsichtig, aber dennoch zügig, ganz so, als sei ihm diese Handlung schon vertraut, als sei es seine Profession, Bauchdecken von Kröten aufzuschneiden. Als ihm der Schnitt gelungen war, blickte er zufrieden, legte den hübschen Fetzen Haut neben den Tierkadaver, dazwischen das Messer, so dass alles wunderbar übersichtlich angeordnet lag. Dann beugte er sich ordentlich vor und betrachtete aufmerksam und mit einer bemerkenswerten Objektivität das Kuhauge, welches nun vollständig zum Vorschein kam. Er freute sich außerordentlich, als er feststellte, dass noch ein weiteres Kuhauge, eines, das wesentlich kleiner war als das erste und wahrscheinlich von einem Kalb stammte, zwischen den Gedärmen der Kröte steckte. Es war nicht unbedingt die Freude eines Sadisten und Tierquälers, die aus David strahlte, sondern eher die kindliche Freude eines Entdeckers, vielleicht die eines Wissenschaftlers.

Aha, die beiden Kuhaugen werden wohl der Grund dafür sein, warum diese Kröte fetter ist als alle anderen, warum sie so unproportioniert breit und plump dahergeschritten kam, dachte David und bohrte intensiv mit seinem linken Zeigefinger in dem Kadaver, ganz so, als suche er begierig nach einem dritten Kuhauge. Aber er fand keine weiteren Besonderheiten im Inneren der Kröte, und so gab er sich schließlich mit dem Fund der zwei Kuhaugen zufrieden und beendete das Sezieren, indem er die Bauchdecke wieder auf den Kadaver legte.

Jetzt saß er, den Kopf auf die Hände gestützt, am Tisch und blickte auf das tote Tier. Irgendetwas in David begann sich zu wandeln, begann ihm Fragen zu stellen, auf die er keine Antwort hatte. Irgendetwas begann ihn aus seiner eher wissenschaftlich-biologischen Faszination herauszureißen, ihn zu schelten, sein ganzes Wesen in Frage zu stellen, es zu verachten und zu quälen. Irgendetwas begann Protest zu schlagen, Protest gegen die penetrante Selbstverständlichkeit, mit der er das Tier auseinander genommen hatte.

Hatte er soeben auch ohne jeglichen inneren Ekel, ohne moralische Abscheu mit dem Messer an der Kröte herumgeschnitten und bedenkenlos ihre Bauchdecke vom Rest des Körpers getrennt, hatte er auch schamlos, obwohl er sich dieser Schamlosigkeit noch nicht bewusst war, mit seinen Fingern in dem toten Tier herumgewühlt, sich neugierig und forschend jedes kleinste Detail ihrer zarten Innereien angeschaut und sich wie ein Kind über die Entdeckung der beiden Kuhaugen gefreut, anstatt über die Gräueltat beschämt und empört zu sein, hatte er sich auch zu dieser penetranten Objektivität verleiten lassen, so brach jetzt die Welle der Entrüstung über sich selbst, über seine Gnadenlosigkeit und abstoßende Grausamkeit, die Welle des marternden Schuldbewusstseins mit aller Macht über ihn nieder, zog ihn mit sich in den dunklen Ozean, ertränkte ihn in den Tiefen der Selbstverzweiflung und Selbstverachtung.

Was habe ich hier angerichtet? Ein Blutbad, ein grausames, fürchterliches Blutbad!, dachte David, und jetzt blickte er zu seinem Vater auf, als wolle er ihn um Vergebung bitten.

„Hättest du mich nicht davon abhalten können? Hättest du nicht einfach sagen können: David, überlege dir gut, was du tust? Hättest du nicht meinen Arm festhalten können, als ich nach dem Skalpell griff und mit der fürchterlichen Bluttat begann?", fragte er mit reuevoller Stimme.

Aber sein Vater schüttelte nur mit dem Kopf, ganz so, als wundere er sich über diese verzweifelte, selbstzerstörende Depression, der David sich nun ganz und gar hinzugeben schien. Immer und immer wieder betrachtete er die Froschleiche, und während er sie mit Tränen in den Augen, nach Vergebung lechzend, ansah, wurde ihm sehr deutlich bewusst, dass ihm die geschundene Kröte nie mehr würde vergeben können für das, was er ihr angetan hatte. Blut lief aus ihrer übergroßen künstlichen Körperöffnung, die David, je öfter er hinsah, immer hässlicher und grausamer erschien, und schon bald war der ganze Küchentisch über und über damit besudelt. Es war ein grauenvoller Anblick. David jammerte wie ein kleines Kind, und die Ärmel seines Hemdes tränkten sich mit dem Blut des Krötentieres.

„Hättest du nicht dies, hättest du nicht das...?", plapperte ihm Markus nach, der in seinem bleichen Hals noch immer das vor Schleim triefende Taschentuch trug, als sei es eine unkonventionelle Krawatte.

„Glaubst du, dass es Konsequenzen für dich haben könnte? Meinst wohl, dass man dich jetzt hinrichten werde, weil du eine Froschleiche in ihrer Totenruhe gestört und sie geschunden hast? Aber da kann ich dich beruhigen mein Junge, deine Zeit ist noch nicht gekommen. Und deine Waisenrente wird man dir deswegen auch nicht gleich streichen. Also mach nicht gleich ein Theater, als stünde der Weltuntergang bevor. Du warst doch früher auch nicht so ein Jammerlappen!", sagte Markus, der jetzt aufstand, um seinem Sohn auf die Schulter zu klopfen.

„Sieh mal her!", fügte er hinzu, indem er das Taschentuch aus dem großen Loch in seinem Hals zog. „Es gibt noch mehr von den Viechern!"

Jetzt verzog sich sein bleiches, erdverschmiertes Gesicht zu einer ekeligen Fratze. Doch David bemerkte es nicht gleich, denn sein Blick haftete fest an der kleinen Öffnung in Markus Hals, in welcher sich nun so einiges tat: Aus dem Loch im fahlen Hals seines Vaters schlüpfte eine weitere Kröte, und diese war von unfassbarer Größe. David vermochte es nun nicht mehr seine Augen von ihr zu wenden, denn er war wie in einen Bann gezogen. Die Kröte hielt sich erst eine Weile auf dem von den vielen anderen Kröten bereits breit getretenen Hautlappen, der wie eine Luke auf das Loch zu passen schien, der jetzt aber - wie zu Ehren des Froschgetiers - zu einem kleinen Podest waagerecht ausgebildet worden war. Dort saß sie also, und David war von ihrer merkwürdigen Gestalt so fasziniert, dass er über die Kröte seinen Vater vergaß, welcher noch immer in gebückter Haltung neben ihm stand, seinen Arm auf Davids Schulter gelegt, rauchend, ihn mit einer widerlichen Fratze anblickend.

David musterte das fette Krötenwesen. Sofort fiel ihm der schwarze Ring auf, den die Kröte erhaben um den Kopf trug; königlich wirkte er, ganz so, als sei es die Krone eines stolzen Herrschers. Dabei erkannte David aber nicht, ob der Ring nur eine zufällige schwarze Färbung der Haut war oder ob es sich tatsächlich um ein besonderes Accessoire handelte. Der Kopf der Kröte war erhoben, und ihre großen, kreisrunden Glupschaugen schienen unbewegt. Als David ihren fetten Körper betrachtete, musste er für einen Augenblick schmunzeln, denn er dachte sofort wieder an die beiden Kuhaugen in der toten Kröte und stellte sich nun vor, wie viele Kuhaugen wohl in diese Riesenkröte passen würden. Als wolle er die Größen der beiden Kröten miteinander vergleichen, schaute er auf den Tisch, aber zu seiner Verwunderung musste er feststellen, dass der Kadaver mit den Kuhaugen verschwunden war. Nicht einmal mehr Spuren von Blut zeugten von dem armselig verstümmelten Wesen, als habe sich alles im Nichts aufgelöst. Verstört blickte David auf den Tisch, dann auf den Fußboden, aber er fand keinen Kadaver mehr. Er sollte ihn nicht mehr finden.

Noch in Gedanken versunken, in seinem Kopf gierig nach Fragmenten tastend, die ihm vielleicht helfen konnten, die verschwundene Froschleiche wiederzufinden, voll Reue im Herzen und willens, den Kadaver zu suchen, wenn es sein musste ein ganzes Leben lang, fest entschlossen, ihn zu finden und zu begraben, vernahm er plötzlich eine Stimme, und sie rief seinen Namen.

„David! David!", verstand er, aber ehe er ausmachen konnte, woher die Stimme kam, wer da so sehnsüchtig seinen Namen rief, verstummte sie wieder in dem stillen Meer ihrer seltsamen Einsamkeit.

Leise, zarte Worte, die im Nebel der Finsternis ertranken. Erschreckt, wie aus einer Art Halbschlaf gerissen, blickte David zu der königlichen Kröte hinüber, die noch immer unbewegt auf ihrem Podest saß. Sie sah aus wie tot.

Er war verstört, hatte den Faden verloren, wusste nicht mehr so recht, wo er sich gerade befand und was geschehen war. Ängstlich verwirrt blickte er sich um. Unwillkürlich fiel sein Blick auf das kleine Küchenregal, jenes mit den wunderbaren Holzverzierungen, die sich wie ein Relief aus den alten Eichenbrettern erhoben und die er blau angemalt hatte. Jetzt erschienen ihm diese Verzierungen wie ein schmaler, aber sehr tiefer Fluss, der sich von oben nach unten schlängelte. Langsam versuchte er die Gedanken in seinem Kopf, die sich wie dünne verlorene Fäden zu einem wirren, chaotischen Knäuel verwoben hatten, zu ordnen, sie in eine Art logische Linie zu bringen. Was aber war oben? Und was war unten? Er wusste es nicht. Er sah nur in das klare Blau des Flusses, und er sah, wie allmählich alles, woran er je geglaubt hatte, alles, wofür er je gelebt hatte, mit den Wassern weit von ihm getragen wurde.

Woran aber hatte er geglaubt? Und woran glaubte er jetzt? Er glaubte an gar nichts. Zumindest bildete er sich ein, an nichts zu glauben. Es galt nur das, was er mit seinen Sinnen selbst wahrnahm.

Konnte man überhaupt an etwas anderes glauben, an etwas, das den Sinnen widersprach? Er hatte sich doch eigentlich nie mit solcherlei Gedanken beschäftigt, oder? Solche Gedanken waren doch kaum bis in seinen Kopf gedrungen, und wenn sie doch manchmal an die schwere Tür seiner Einsamkeit pochten, öffnete er höchstens kurz und sagte dann: „Danke nein! Ich habe zu tun!" Solche Gedanken waren doch eher etwas für Dichter und Philosophen. In der Vergangenheit hatte er auch gar keine Zeit für solcherlei Überlegungen gehabt, er hatte Wichtigeres getan! Was aber war denn dieses Wichtige? Was hatte er denn getan? Ach ja, richtig, er pflegte lange Zeit seine kranke Mutter. Zwei, drei Jahre werden es wohl gewesen sein, die er da an ihrem Bett saß, die er allein damit verbrachte, schwüle Witze zu erzählen und fröhliche Lieder zu singen, immer den feinen Satz im Hinterkopf: „Es wird schon alles wieder gut werden, Mama!"

Und als der stechende Geruch der Verwesung immer penetranter durch seine Nase in seinen Hinterkopf drang, konnte er diesen wunderbaren Satz nicht mehr zurückhalten, musste ihn immer häufiger aussprechen, ihn in seine hübschen Lieder mit einbauen, bis er ein eigenes Geschwür im Wust der Knoten im Leib der Mutter bildete. Indem er ihre kotverschmierten Einlagen wechselte, einen kalten Lappen nach dem anderen auf ihre wunden Stellen legte, sie täglich fütterte und wusch, floh dieser Satz aus seinem Inneren, und er sprach ihn aus, zu oft, die letzten Worte fast verschluckend. Und jedes Mal klang es wie eine schäbige, den Ohren der Mutter aber wohl vertraute und geduldete Lüge. Er sprach diesen Satz immer wieder aus, obwohl er daran jedes Mal fast erstickte, denn er wusste damals sehr wohl, dass seine Worte Lüge waren, wusste, dass nichts mehr gut werden, dass Minna widerlich dahinsiechen würde, gemartert durch das fremde, teuflische Fleisch in ihr, gequält von dumpfen, drückenden Schmerzen, die sie wie ein Martyrium ertrug, an das Bett gefesselt, zur Unfreiheit verdammt.

Mit diesen Worten belog er nicht seine Mutter, denn die glaubte schon längst nicht mehr an das rosige Erwachen, das ihr jeder Besucher mit einem Strauß frischer Blumen und einem mitleidigen Lächeln wünschte. Nein, sie selbst wusste, wie elendig sie sterben würde. Ohne auch nur einen Funken von Selbstmitleid in sich zuzulassen, ging sie diesen steinigen Weg ihres Schicksals bis zum Ende, ohne Zorn, ohne Hass und Neid denen gegenüber, die lebten, die frei waren von körperlichem Schmerz. Sie akzeptierte, was ihr zugedacht war, und beschwerte sich nicht. David belog sich selbst. Obwohl Minna bereits mit dem Leben abgeschlossen hatte, nur noch zerfallende Hülle war, in der einsam und träge ein kleines, verfaultes Herz schlug, das sich nichts sehnlicher wünschte, als mit dem Schlagen aufzuhören, endlich abzusterben, wollte David ihren bevorstehenden Tod nicht wahrhaben, behandelte sie noch in den letzten Tagen als eine baldig Genesende. Er sang ihr Lieder vor und sah sich mit ihr alte Filme im Fernsehen an, wie damals, als sie noch nichts von ihrem leidlichen Ende geahnt hatte. Indem er ihr vorzugaukeln versuchte, dass sie bald wieder im Mittelpunkt des Lebens, in ihren besten Jahren stehen würde, richtete er in sich selbst einen kaum zu tilgenden Schaden an. Tief in ihm zerbrach etwas, ging unwiederbringlich verloren, das ahnte er bereits damals. Aber selbst jetzt, da ihr Tod etliche Monate her war, wusste er noch nicht, was es war, das so schwer in ihm begraben lag.

Manchmal, wenn er im Stillen seiner Mutter gedachte, wenn er sich ihr Leiden wieder und wieder vor Augen führte, sie in ihrem Bett sterben sah, kam er sich wie ein geisteskranker Mörder vor. Er sah sich selbst, wie er Minna über Jahre hinweg pflegte, wie er ihr dabei immer eine fröhliche Miene vorspielte, zuweilen sorglos vor sich hinpfiff, während er ihr mit einem feuchten Tuch das zähflüssige, im eigenen Sud moderne Blut von der fahlen Haut wusch. Das Opfer, die eigene Mutter, entführt, an das Bett gekettet, gezwungen in ihren Fäkalien langsam zu verwelken. Was war er nur für ein elender Sadist! Er hatte sie mit seiner heuchlerischen Unbeschwertheit zu Tode gepflegt.

Wofür hatte er gelebt, für sie, Minna, die schon damals mehr tot als lebendig war, oder für sich selbst? Hatte er überhaupt gelebt? Konnte man das Pflegen einer Sterbenden denn Leben nennen? Er wusste es nicht. Er wollte es nicht wissen.

Durch irgendetwas aus seinen Gedanken herausgerissen, oder selbst mit dem Denken abbrechend, weil es zu nichts führte außer zu Verzweiflung und Selbstaufgabe, fand er sich in seiner Küche wieder. Noch immer blickte er in das Blau der Holzverzierungen auf dem hübschen Küchenschrank. Einen Augenblick lang versuchte er sich zu orientieren, versuchte sich bewusst zu machen, was hier mit ihm geschehen war, versuchte diesen merkwürdigen Moment in seinem Kopf noch einmal durchzuspielen und musste plötzlich aus vollem Halse lachen, als sein Blick auf die groteske Fratze fiel, die ihm gegenüber am Tisch saß. David sah seinen Vater an und konnte das alles nicht fassen.

Seltsamerweise fragte er sich nicht, warum Markus hier war, fragte nicht danach, wie es sein konnte, dass hier ein Toter mit ihm an einem Tisch saß, ihm Teile seiner Vergangenheit preisgab und ihn in die

Geheimnisse des Dunkels einlud, die zwischen dem lagen, was man Leben nennt, und dem, was der Lebende Tod nennt. David war wieder in diese absonderlich Befangenheit geraten, die ihm verbot nach Gründen, nach rational logischen Ursache-Wirkung- Ketten zu suchen, die ihn einschränkte im Handeln, die ihn verwirrte. Er wandelte immer zwischen dem Trauma seiner eigenen, unendlich schwer lastenden Verzweiflung und dieser ihn begrenzenden Macht.

In seiner Einfalt blickte David den Vater an, sah die fette Kröte, wie sie auf dem kleinen Podest aus Knorpel und halb verwesten Hautfetzen saß und konnte sich vor Lachen kaum mehr auf seinem Stuhl halten, bis das fette Froschgetier plötzlich einen Satz machte und vor David auf dem Tisch an genau der Stelle zum Sitzen kam, an der vorher der Krötenkadaver gelegen hatte. David erschrak entsetzlich, denn bis vor wenigen Sekunden hatte die Kröte noch bewegungslos auf ihrem Platz gesessen, ganz so, als sei ihr toter Körper in Leichenstarre verhärtet. Jetzt aber sah das Tier mehr als lebendig aus. Gebannt betrachtete er das Wesen mit der schwarzen Krone auf dem Kopf. Alles an ihm schien wie bei einer gewöhnlichen Kröte, nur eben übermäßig groß. Dann aber bemerkte er etwas Seltsames, etwas, das wie ein Schriftzug aussah, ganz zart und fein, dennoch trat es deutlich auf der linken Seite des Froschkörpers hervor.

Vielleicht ist es eine Tätowierung, eine Nummer oder etwas Ähnliches, dachte David indem er sich bemühte, das Geschriebene zu erkennen.

Aber es war zu klein und die Kröte saß noch verhältnismäßig weit von ihm entfernt. Doch sogleich ergriff ihn wieder diese wissenschaftlich vernarrte Neugier, und er wollte dringend wissen, was da auf der einen Seite der Kröte geschrieben stand. Schließlich überwand er sein Zögern und gab seinem inneren Drang nach. Er beschloss, die Kröte zu berühren, sie eventuell in die Hand zu nehmen, sie ordentlich zu begutachten. Vorsichtig hob er also seine Hand, und plötzlich wunderte er sich selbst darüber, wie sehr vorsichtig er doch war. Noch nie war er so schüchtern gegenüber Tieren gewesen. Noch nie hatte er diese sonderbare Art von Respekt verspürt. Behutsam tippte er die fette Kröte an. Vorerst wollte er testen, wie die Kröte auf die Berührung reagierte, ob sie vielleicht davonspränge. Vielleicht war auch ein wenig Angst in ihm, ein winziges Gefühl, das ihn warnte, das ihm sagten wollte: „Verfalle ihr nicht! Lass sie dort sitzen!" Aber wenn es so einen Funken in ihm gab, dann war er zu klein und zu schwach, als dass er David jetzt noch davon abhalten konnte.

Die Kröte reagierte sofort auf die Berührung, sprang in einem Satz David auf die Hand, blickte lächelnd auf seinen Kopf und sagte dann:

„Du solltest mal in den Spiegel schauen mein lieber Freund! Dein Kopf ist voll von Krötenkot!"

David erschrak halb über die plötzlichen Worte des Froschtieres, halb freute er sich über sie, denn er hielt es nicht von ungefähr für äußerst selten, auf eine sprechende Kröte zu treffen.

„Wer bist du?", fragte David erstaunt.

Doch die Kröte antwortete nicht, sie saß auf Davids Hand, blickte zu seinem Kopf auf und schien entsetzlich laut zu lachen. David fragte noch einmal:

„Wer bist du, kleines Krötentier?"

Aber er bekam keine Antwort.

Die Kröte verfiel nun in ein höllisches Gelächter, ihr Mund verzog sich dabei zu einer schäbigen, hässlich arroganten Fratze und ihre Glupschaugen traten weit aus ihrem übergroßen Kopf hervor. Und plötzlich schien es David, als lache nicht die Kröte selbst, sondern etwas anderes, etwas, das in ihr ist und das die Kröte nur als Hülle benutzt. David interessierte sich nicht für das Gelächter, er war nun wieder damit beschäftigt, die Schriftzeichen zu erkennen, die seitlich auf der Haut der Kröte geschrieben standen, aber es wollte ihm noch nicht gelingen.

Ich brauche eine Lupe. Ja, mit einer Lupe würde es gehen!, dachte David und erhob sich ruckartig von seinem Platz. Dann wühlte er hastig in einer der beiden Tischschubladen, fand sogleich eine Lupe und setzte sich wieder auf seinen Stuhl. Gierig begann er mit Hilfe des großen Lupenglases zu lesen. Es waren drei Buchstaben, die dort in Schwarz auf dem Tier standen. Er las sie laut:

„T o d."

Als der Sinn dieser drei Buchstaben mit einem Mal über David hereinbrach, als er verstand, was sie zu bedeuten hatten, erschrak er so sehr vor Entsetzen und Vorahnung, dass er wie ein Gejagter vom Küchentisch aufsprang, den Raum verließ, seine Wohnungstür öffnete und eiligen Schrittes die Treppen herunterstürzte. Angst trieb ihn. Angst, die er nie zuvor in seinem Leben so stark gespürte hatte, wie in diesem Moment.

David wohnte im dritten Stock des Hauses, und so brauchte er eine ganze Weile, bis er den Hausflur erreichte. Im Zeitraffer liefen die Bilder noch einmal vor ihm ab: Wie er in die Küche ging, um den Schlüssel zu dem Kleiderschrank seiner Mutter zu suchen. Dann, wie er fast zu Tode erschrak, als er seinen Vater, diese lebendige Leiche, am Küchentisch sitzen sah; wie er mehr und mehr in seinen Bann gezogen wurde, ihm voller Hingabe zuhörte und bald in die dunkle Geschichte, in die Vergangenheit seines Vaters, hineintauchte, sich mit ihr verwob. Er labte sich an dem Rot der Liebe, die zwischen Markus und Minna in der Erzählung ein zweites Mal erglüht war, und er roch an dem Rot des Blutes, das aus Minnas durchtrennter Kehle in dieses tote Meer der Elendigkeit tropfte. Beide Farben sah er an, beide waren tief rot - vollkommen glichen sie einander. Ihm stand fest: Liebe und Tod lagen zu dicht beieinander!

David sah ein zweites Mal die Kröten aus Vaters fahlem Hals schlüpfen, sah sie auf seinen eigenen Kopf springen, fühlte sie in den Haaren. Er sah die besonders fette Kröte auf den Tisch fallen, erst quicklebendig, dann tot. Er sah sich, wie er sich über sie beugte, sah, wie er dem armen Wesen die Würde nahm, indem er es sezierte, es zerstückelte, es mit seinen schmutzigen Fingern durchwühlte und sich über den Fund der beiden Kuhaugen schamlos begeisterte. Er sah sich selbst, wie er dann reuig am Tisch saß und alles dafür gegeben hätte, seine Schandtat ungeschehen zu machen. Er, David Kamm, der bestialischer Mörder, bedauerte seine Tat.

Sein Vater, diese lebende Leiche zeigte ihm dann eine weitere Kröte, eine, die riesengroß war, und er musste sogleich wieder an die Kuhaugen denken, wollte vergleichen, errechnen, wie viel davon wohl in dieser Kröte stecken könnten. Doch ganz plötzlich war der Kadaver der ersten fetten Kröte verschwunden, und David war bereit, ihn zu finden und anständig zu begraben. Eine wunderbare, zarte Stimme erklang nun, und sie rief ihn. Ganz deutlich, voller Sehnsucht, rief sie: „David! David!" In Gedanken verloren erinnerte er sich an die Zeit mit seiner Mutter, wie er sie über Jahre hinweg gepflegt, wie er sein Leben für ihres aufgeopfert hatte, obwohl ihr Leben schon lange nicht mehr existierte. Er wollte aufhören, an diese Zeit zu denken, wollte sich vor der fatalen Einsicht schützen, sich ihr verwehren, dass all diese Jahre verschwendete Zeit, nichts als tote Jahre waren. Noch einmal hörte er die Kröte sprechen, sah sie mit ihrem königlichen Haupte ihn anblicken. Was hatte sie noch gleich gesagt? „Dein Kopf ist voll von Krötenkot!" Und jetzt wusste er, dass sie Recht hatte.

Während er eine Stufe nach der anderen hinuntersprang, und ihm die Treppe seines Hauses unendlich erschien, tastete er mit beiden Händen nach den Kröten auf seinem Kopf, ergriff sie und schleuderte sie auf die Treppe. Einige hatten das Glück zu entkommen, viele aber wurden unter den schweren, wütenden Füßen rücksichtslos zermatscht. Deutlich erschienen noch einmal die drei Buchstaben vor seinen Augen, >T o d<. Heftiger noch als zuvor drangen sie in ihn ein, beängstigten und befingen ihn mehr und immer mehr. Und so sehr er jetzt auch versuchte, dieses letzte der Bilder von sich abzuschütteln, es gelang ihm nicht. Es sollte ihm nicht gelingen.

Endlich im marmornen Hausflur angelangt, atemlos, den kalten Schweiß von seiner Stirn wischend, traf David auf einen jungen Mann, dessen Gesicht ihm sehr bekannt vorkam und der ihn wie selbstverständlich begrüßte. Für einen kleinen Augenblick blieb David stehen, blickte den Mann an, als suche er nach dem Namen, der zu diesem Gesicht gehöre, drehte sich dann aber hastig um und ging eilig durch die Haustür hinaus auf die Straße. Wie vom Teufel getrieben rannte er in Richtung Stadtpark, spürte tief in sich nur noch ein einziges Gefühl: Angst.

Der junge Mann schien reichlich verdutzt über die merkwürdige Begegnung, verließ dann ebenfalls das Haus und rannte David hinterher. Auf der Höhe des Bäckers, in dem Davids Mutter immer das kleine Stückchen Kuchen für den Schulweg gekauft hatte, holte er ihn ein, hielt ihn kräftig an seinem Ärmel fest, bis David endlich stehen blieb.

„Was soll das denn, David?", fragte der junge Herr kopfschüttelnd. „Seit wann ergreifst du die Flucht vor mir? Sehe ich heute so Furcht erregend aus, dass man meinen könne, vor einem mordlüsternen Monster zu stehen?"

Wieder blickte David ihn an, als fehle ihm der Schlüssel zu den verborgenen Erinnerungen seiner Seele, als suche er krampfhaft den Namen dieses bekannten Gesichts, den Namen, der ihm wieder einen Zugang zu den verschütteten Teilen seiner jugendlichen Vergangenheit herstellen würde, aber er fand ihn nicht, da war kein Name. David erschien es wie eine kleine Ewigkeit, als er dort stand und den jungen Mann betrachtete, und während er sich immer tiefer unter die Oberfläche seiner Seele grub, sich in die Schluchten zwischen Vergangenheit und

94

Gegenwart fallen ließ, um endlich den Namen des Menschen zu erfahren, der ihm hier so verdutzt gegenüberstand und von dem er wusste, dass er ihn kannte, wich allmählich der dunkle Schatten von ihm, verschwanden langsam die penetranten Buchstaben aus seinem Kopf und mit ihnen verlor sich das Gefühl dieser sonderbar leidenschaftlichen Angst.

„David, träumst du?", fragte der Mann, während er mit der rechten Hand winkende Bewegungen vor Davids Gesicht machte. „Ich bin es, dein Freund Christopher. Wir waren verabredet."
Da, das war er, dieser Name und er schlug heftigst, gleich einem Blitz in Davids Bewusstsein ein. Sogleich wandelte sich sein verstörter Blick zu einem Ausdruck inniger Verbundenheit und Freude.
„Na, das ist ja eine Überraschung!", sagte David freudig. „Christopher, was machst du denn hier?"
Die großartige Welle der Erinnerung brach mit einem Mal über ihm zusammen. Da stand er, sein alter Schulfreund Christopher. Allerdings schien dieser merklich weniger überrascht zu sein, David zu treffen, als über die Art und Weise, wie er ihn antraf.
„Ich wollte dich abholen. Bist du fertig?", fragte Christopher schmunzelnd, als hätte er soeben Davids Verhalten als einen schlechten Scherz enttarnt.

***

Christopher Gemms war ein Mensch von großer, dabei aber sehr schmaler Gestalt, ein schlaksiger Typ. Er maß vielleicht einen Meter und fünfundachtzig, hatte kurzgeschnittene braune Haare und trug eine Brille, deren Gläser so groß und schwer wie Lupen waren, denn er litt an starker Weitsichtigkeit. Christopher war nicht gerade klug, und er gehörte eben nicht zu den Menschen, denen das Lernen besonders leicht fiel. Im Gegenteil, in der Schule hatte er immer große Mühe gehabt, sich auf die Themen zu konzentrieren und eigentlich interessierte er sich auch nicht sonderlich für den Schulbesuch. Es hieß immer, der Christopher Gemms hätte Probleme in der Schule. Aber er selbst sah das nie so. Er machte sich überhaupt nichts daraus, jedes Mal, wenn es Arbeiten und Aufsätze zurückgab, mit der schlechtesten Note der gesamten Klasse nach Hause gehen zu müssen. Zweimal blieb er sitzen und wiederholte die vierte und die sechste Klasse. Aber letztendlich brachte er sich trotz seines Desinteresses und seiner Unfähigkeit zu lernen, die eigentlich nur Unwillen war, immer wieder irgendwie durch und schloss die Schule zur Verwunderung aller mit der mittleren Reife ab.

Merklich komisch an ihm war seine hohe Stimme, die oft blechern klang und, wenn er etwas lauter redete, zu einem ohrenbetäubenden Fiepen mutierte. Es schien, als wäre er inmitten des pubertären Stimmbruchs plötzlich stehen geblieben. Jedoch fiepte es nicht gerade sehr häufig, denn Christopher wusste um seinen Makel und er versuchte ihn so gut es ging zu verbergen. Also sprach er nur, wenn man ihn ausdrücklich dazu aufforderte. In seiner Klasse hatte er es nicht leicht gehabt, eben wegen seiner schlaksigen Gestalt, wegen seiner Brille und dieser fremdartig blechernen, penetranten Stimme. Er wurde ausgelacht, geneckt, manchmal von den Schülern höherer Klassenstufen verprügelt. Das war das eigentliche Problem, was er mit der Schule hatte. Aber er ließ sich nie etwas anmerken, fraß allen Kummer in sich hinein, und obwohl er voller Komplexe und Verzweiflung, voller Hass gegen seine Mitschüler war, schien all das nie aus ihm herausplatzen zu wollen. Seine Eltern waren zu allem Übel auch noch sehr klein geraten, ab der achten Klasse überragte sie Christopher um einige Zentimeter, und es war wirklich ein ausgesprochen komisches Bild, wenn die Familie gemeinsam auftrat. Von Feierlichkeiten in der Schule, von Elternversammlungen und Theateraufführungen erfuhren seine Eltern erst überhaupt nichts, denn er wollte nicht mit ihnen gemeinsam gesehen werden. Liebevoll nannten ihn seine Mitschüler „doppelter Aschenbecher" und „Gemmsen, die alte Fiep- Pfeife".

David schaute ihn begeistert an. Wie lange musste das her sein, sechs Jahre oder sieben? Begierig erinnerte er sich an den Tag, an welchem er Christopher kennen gelernt hatte:
Es war der erste Schultag nach den großen Sommerferien und mit ihm begann die sechste Klasse. Christopher hatte neben dem Lehrerpult gestanden und hatte gelangweilt die freundlichen Worte der Lehrerin und die neugierigen Blicke der Klasse über sich ergehen lassen. Die Situation, als Sitzenbleiber vor einer neuen Klasse zu stehen, in der alle anderen jünger waren als er selbst, war ihm schließlich nicht neu. Frau Arnold, so hieß Davids damalige Lehrerin, stellte Christopher seinen neuen Mitschülern vor und bat die Klasse, ihn mit in die Gemeinschaft zu integrieren und ihn vor allem nicht als Sitzenbleiber zu beschimpfen. In der mittleren Reihe

war noch ein Platz frei, dort sollte Christopher von nun an sitzen. Es war der Platz neben David. Und obwohl die beiden Jungen von außen betrachtet verschiedener nicht hätten sein können, fanden sie zueinander und aus Banknachbarn wurden beste Freunde.

David war im Gegensatz zu Christopher ein sehr interessierter und fleißiger Schüler. Er ging gern zur Schule und arbeitete auch am Nachmittag und in den Ferien viel. Dass David ein hübscher Knabe war, stand keineswegs im Gegensatz zu seinem Freund Christopher, denn dieser war mindestens ebenso schön im Tiefsten seiner Seele. Doch diese innere Schönheit hielt er verborgen, war sich ihrer auch nicht wirklich bewusst. Aber von welchem Bengel im Alter zwischen acht und siebzehn Jahren kann man schon erwarten, dass er einen Blick für die tiefe Schönheit der Seele eines Menschen hat, wenn sie auch nach außen verkommen und niederträchtig scheint? Also wurde Christopher weiter gehänselt, zwar nicht von seinen neuen Klassenkameraden, denn die hatten aufgrund der Tatsache, dass er zwei Jahre älter war als sie, einen gewissen Respekt vor ihm, aber dafür umso mehr von den Mitschülern seiner alten Klassen, die sich in ihrer Annahme bestätigt fühlten, dass Christopher ein hässliches, dummes Entlein in schlaksiger Gestalt war, ein unschöner Taugenichts, eben „Gemmsen mit den Aschenbecher- Gläsern". David dagegen wurde von den Lehrern gelobt und von den Mitschülern bestaunt, denn er hatte zu seiner schönen Seele auch noch ein schönes Gesicht und einen hübschen Körper. Der Freundschaft zwischen den beiden tat dieser scheinbare Zwiespalt allerdings keinen Abbruch, im Gegenteil, sie festigte sich dadurch. Voreinander legten sie die Masken nieder, die sie zuweilen in der Schule trugen, zeigten sich ihr wahres Ich, und jenes unterschied sich sehr von ihren übermütigen Fratzen, mit denen sie täglich die Schule betraten.

Christopher trug einen wahrlich zarten Kern in sich. Empfindungen nahm er ganz besonders intensiv wahr, auch wenn er vor seinen Klassenkameraden nie eine andere Reaktion als kühle Ignoranz zuließ. Seine Schale war dick und zäh, durch sie trat alles nach innen, aber selten gelang etwas nach außen. Nur wenn er mit David allein war, erzählte er von seinem Innersten. David hatte die wunderbare Fähigkeit, geduldig zuhören zu können und tröstete seinen Freund in schwerem Kummer. Christopher gewann durch David schnell ein kleines Stück seines gebrochenen Selbstvertrauens wieder, denn er spürte, dass er in David einen wahren Freund hatte. Die schwere Brille, seine schrille Stimme, seine schlaksige Gestalt, all das störte ihn bald nicht mehr, denn er begann es zu akzeptieren, begann zu begreifen, dass sein Aussehen zu ihm gehörte und dass er endlich aufhören musste, sich gegen sein Selbst zu stellen, bevor er daran innerlich zerbräche. Es war der erste Schritt auf eigenen Füßen, der erste kleine Schritt in Richtung: „Nur wer beginnt, sich selbst zu lieben, wird fähig sein, andere zu lieben und von anderen geliebt zu werden." Solche Sätze sprach der Pfarrer sonntags in der Kirche, und sie klangen geschwollen und trocken zugleich, aber in ihnen steckte sehr viel Wahres. Dieser Prozess der Selbstakzeptanz war ein langer Weg und man hatte viel zu tun, wenn man anfing, die Steine wegzutragen, die man sich selbst in den Weg gelegt hatte. Christopher zog und schob an seinen Steinen, aber sie rollten immer wieder zurück auf den Weg, den er zu gehen versuchte. So war es sein ganzes Leben lang.

Nachdem er in David endlich einen wahren Freund gefunden hatte, begann er in der Gegenwart seiner Mitschüler, sein neues Selbstbewusstsein zu präsentieren, denn er war stolz darauf. Aber das, was er dort präsentierte, schien weniger wirklich als gespielt und bis an die Grenzen übersteigert zu sein. Obwohl er noch auf dem Wege war, sah er sich bereits längst am Ziel. Wenn er wieder einmal „Brillenschlange" oder „Aschenbecher" gehänselt wurde, brüllte er forsch „Halt dein blödes Maul, sonst gibt's was!" zurück. Und wenn ihm ältere Schüler neckisch einen Tritt in den Oberschenkel versetzten, dann schlug er mit aller Kraft zurück. Nicht selten wurde jemand mit einer blutigen Nase oder einem gebrochenen Finger zum Arzt geschickt. Bald hänselte man ihn nicht mehr. Bald trat man ihn nicht mehr. Bald hatte er sich auf eine sehr grobe Art und Weise Respekt verschafft. Und wenn die Gehässigen und die Grobiane einmal ehrlich zu sich selbst waren, dann konnten sie es Christopher nicht wirklich übel nehmen. Aus dem anfänglich zarten Selbstvertrauen, das er durch die Freundschaft mit David ganz allmählich aufgebaut hatte, wurde sehr schnell Übermut und der schlug zuweilen sogar in Bitterkeit und Feindschaft gegen Mitschüler und Lehrer um. Sein ganzer Zorn, seine ganze Verachtung den Lästerern gegenüber, alles, was er an fremden Boshaftigkeiten still und heimlich über die vielen Jahre hinweg in sich angesammelt hatte, all das, was er nach außen hin längst verdaut zu haben schien, platzte dann und wann aus ihm heraus und brach über all denjenigen, von denen er meinte, sie stünden nicht auf seiner Seite, brutal zusammen. Sein Selbstvertrauen wurde zu arroganter Oberflächlichkeit, und da sich wegen seines Aussehens und seiner neuen, manchmal komisch wirkenden Art vorerst auch kein Mädchen für ihn interessierte, verstärkte sich sein abstruses Gehabe.

Obwohl David derjenige gewesen war, der Christopher aus seiner Selbstvergessenheit und seiner tiefen Depression herausgeleitet hatte und obgleich er durch die vielen Gespräche, die er mit seinem Freund geführt hatte, wahrlich etwas anderes hatte bewirken wollen als diese Art der gespielten Selbstliebe, färbte ein Teil der Arroganz und der groben Art Christophers auch auf David ab.

Jetzt, da er so entzückt vor seinem Freunde stand und meinte, ihn schon lange nicht mehr gesehen zu haben, erinnerte er sich stolz an jene Zeit, in der sie zusammen die Schule als ihre Festung und zugleich als ihren Kampfplatz beansprucht hatten.

***

„Ich glaube, wir sollten jetzt losgehen David. Wir haben nicht viel Zeit, und wenn wir alles schaffen wollen, dann sollten wir uns etwas beeilen", sagte Christopher, indem er David beim Arm fasste und ihn zum Gehen bewegen wollte.

David war aber so in seine Gedanken an die alte Zeit versunken, dass er Christophers Worte kaum wahrnahm. Dennoch ging er mit ihm, vollkommen unbewusst, ging, als wandle er im Schlaf.

Sie liefen die kleine Straße entlang in Richtung Park. Keiner der beiden sprach etwas; schweigend gingen beide nebeneinander her, und dennoch schien es, als gingen sie auf getrennten Wegen. Am Eingang des Stadtparks zuckte David heftig zusammen, denn er erinnerte sich plötzlich an den sonderbar anmutenden alten Mann, der hier mit ihm auf einer Bank gesessen hatte. Seine Worte kamen ihm wieder in den Sinn, unwillkürlich sprach er sie leise vor sich hin:

„Ich gab dir etwas, das noch keinem Menschen zuteil wurde, keinem einzigen. Ich gab dir etwas von meiner Kraft, und sie wird dich halten in der Welt, wenn du sie nur richtig einzusetzen weißt. Aber sie kostet dich eine Kleinigkeit! Es ist nicht viel, und du wirst kaum bemerken, dass es dir fehlt, aber zuweilen wirst du erwachen, wie man kurz aus einem Traum aufschreckt, ehe man wieder darin versinkt und etwas wie einen Druck verspüren, einen dumpfen Schmerz."

Was sollte das bedeuten? Was war das für eine Kraft und was sollte der Preis dafür sein? David verstand das alles nicht. Hatte er sich den alten Mann nicht nur eingebildet? War er nicht wieder so eine finstere Ausgeburt seiner kranken Fantasie gewesen? Unversehens stand für ihn fest: Ja, dieser widerliche Alte musste Einbildung gewesen sein! Endlich war er sich sicher.

„Christopher", fragte David plötzlich, „wohin gehen wir überhaupt?"

„David, entschuldige, aber ich glaube du bist heute nicht ganz bei Trost!", antwortete Christopher nur kopfschüttelnd und verstummte sogleich wieder in diesem bizarren Schweigen.

Sie gingen entlang der grünen Laternen durch den Park. Eine befremdliche Stille herrschte hier, und David wunderte sich darüber, denn wenn er sonst hier gewesen war, hatte er doch wenigstens die Straßenbahn und die Geräusche der Autos gehört, die zu allen Seiten des Geländes durch die Stadt rollten, auch wenn der Park selbst wie abgeschirmt vom Rest der Stadt lag, wie eine kleine Insel der Ruhe. Verwundert blickte er sich um. Hier war kein Mensch. Niemand saß auf einer der Bänke. Niemand lag auf einer der Wiesen. Niemand ging auf einem der vielen Wege. Der Park war wie leergefegt.

„Christopher, wo sind all die Menschen und warum ist es hier so unheimlich still?", fragte David bedrückt.

„Die Menschen", antwortete Christopher in einem sehr schwermütigen Ton, „sind längst gegangen. Hier sollen sie nicht sein, nicht jetzt." Dann fügte er harsch hinzu: „Frag nicht, David! So ist es angedacht."

Bald verstummte er wieder, ging nur geraden Weges durch die Anlage, blickte sich nicht um, ging, als müsse er gehen, schwieg, als müsse er schweigen. David folgte ihm, fragte sich mit jedem Schritt, warum er ihm folgte, fand keine Antwort; aber er konnte nicht anders, das wusste er, das fühlte er tief in sich. Als sie an der weißen Bank vorbeigingen, auf der sich David nach der unruhigen, befremdenden Nacht, die er auf den Dielen des Zimmers seiner Mutter verbracht zu haben glaubte, ausgeruht hatte, hielt er einen Augenblick lang inne. Ein merkwürdiges Gefühl von Schwere überkam ihn. Mit einem Mal fühlte er sich müde und kraftlos, ganz so, als sei er schon sehr sehr lange unterwegs gewesen.

„Lass uns einen Moment hier sitzen und ausruhen, Christopher!", bat er, und ohne die Meinung des Freundes abzuwarten, setzte er sich auf die Bank, lehnte sich zurück und schloss die Augen. Als er sie wieder öffnete und sich hastig nach Christopher umsah, saß dieser bereits stillschweigend neben ihm auf der Bank.

„Siehst du, wie gut das tut, einen Moment zu verweilen!", bemerkte David zu seinem Freund.

Dieser aber reagierte nicht, er saß wie starr, und sein Blick war auf einen Baum gerichtet, der in einiger Entfernung gegenüber der Bank stand. Es war eine alte Weide und sie stand unnahbar stolz inmitten des kurzgeschnittenen Grases der Parkanlage. Ihre mattgrünen Blätter waren noch jung und schmal, aber ihre Zweige, die sich bis tief auf den Boden zogen, waren spröde und alt. Der Tod hing bereits in ihren Ästen, und es schien, als sei dies das letzte Frühjahr, welches die alte Weide erleben würde.

Von dem starren Blick seines Freundes geleitet, versank auch Davids Gemüt in den seltsamen Zweigen des alten Baumes. Er dachte daran, wie er vor Jahren oft in diesem Park gesessen hatte, nur ein Stückchen von hier entfernt, an diesem alten wunderbaren Brunnen, vor dem die prächtige Eiche stand. Manchmal, wenn er seine kranke Mutter für eine kleine Weile allein zu Hause gelassen hatte, wenn er die Kraft besessen hatte, sich für magere Augenblicke von ihrem bitteren Schicksal zu lösen, war er hierher gekommen und hatte eine Weile auf der Brüstung des Brunnens ausgeruht, hatte die wunderbare Eiche angeblickt und sie um ihre Stärke beneidet. Ihm fiel ein, dass er damals oft sein kleines Büchlein mitgebracht hatte und zuweilen darin gelesen, meist aber die weißen Seiten zwischen den einzelnen Kapiteln mit Tagebuchnotizen versehen hatte. Jetzt, im Zuge der Erinnerung an die Zeit, in der er seine Mutter gepflegt hatte, tastete er in seiner Hosentasche nach dem kleinen Büchlein und tatsächlich, er fand es sogleich. Hastig blätterte er nun zwischen den Seiten, suchte nach seinen mit Bleistift geschriebenen Eintragungen. Die erste, die zwischen den gedruckten Seiten des Buches zum Vorschein kam, las er sich selbst leise vor:

„Die ganze Nacht lang lief ich irrend in den Straßen umher, jetzt wird es Morgen. Ich sehe die Sonne von Osten her aufgehen und kann sie nicht fühlen. Ich spüre keine Wärme, keine Kälte mehr. Alles in mir ist Nichts, alles um mich wird mir zu Nichts. Nur manchmal, wenn ich so wie heute hier auf der Brüstung des alten Brunnens sitze und in die Kronen dieser ehrbaren Eiche schaue, gönne ich mir einen zarten, verlorenen Augenblick und gebe mich der seligen Vorstellung hin, ich sei eins mit den wunderbaren Eichenblättern, träume, ich hätte Teil am Leben dieses großen Baumes. Ein einziges Blatt scheint so klein und unbedeutend in der Welt, aber es lebt. Ja, es lebt! - Spürt es doch den zarten Hauch der Sommerluft und den tobenden Sturm des Herbstes, fühlt es doch die Sonnenstrahlen und deren Wärme. Und wer glaubt, es stürbe im Winter, der täuscht sich! Der Winter bedeckt es mit seinem zar-

ten Schnee, nährt und schützt es, damit das Blatt im nächsten Frühjahr als ein Teil des Baumes neu geboren werden kann.

Für mich gibt es kein Wiederkehren, kein Erstarken und Auferstehen nach dem Tode. Wohin sollte ich auch zurückkehren? Ich bin doch nirgendwo. Kein Anfang, kein Ende, nur ewige Sinnlosigkeit beschreibt mein Dasein. Ein jeder Tag ist wie der andere. Was ist das? Was soll ich hier auf dieser Welt? An den Freitod dachte ich für einen kurzen Augenblick. Ich wäre mein eigener Mörder und hätte doch niemanden umgebracht. Wie kann ich etwas töten, das schon nicht mehr lebt? Und was würde mein Tod verändern? Nichts! In das Nichts hineingeboren, im Nichts gelebt und zu Nichts geworden. Das wird auf meinem Grabstein stehen - und niemand wird es lesen."

Tränen liefen Davids Wangen hinunter. Tränen, die nicht ihm gehörten, sondern der Zeit, in der er sie zu weinen vergessen hatte. Mit seinem Daumen fuhr er über die gebundenen Seiten des kleinen gelben Büchleins und suchte wehmütig nach weiteren Zeilen seiner schweren Vergangenheit. Bald stieß er auf einige lose zusammengefaltete Blätter Papier. Eilig nahm sie aus dem Büchlein und entfaltete sie. Es war ein Brief an seinen Cousin Pierre, getippt auf der Schreibmaschine. Er hatte ihn nie abgeschickt. Gierig verschlang er das Fragment seiner Vergangenheit, indem er die Zeilen immer lauter werdend vorlas:

„Mein lieber Pierre,

was kann, nein, was muss ich dir berichten! Lange ist es her, seit ich dir das letzte Mal schrieb. Zu viel ist geschehen und mehr noch wird geschehen. Ich bin überglücklich!
Endlich habe ich aus meiner bitteren Selbstvergessenheit gefunden, und ich habe das dringende Bedürfnis, dir mitzuteilen, wie ich dazu kam, diese widerliche Depression aus meinem Leben zu verbannen. Eigentlich kann ich gar nicht in Worte fassen, was mir hier begegnet ist, was mich wieder glücklich werden ließ, aber ich will es dennoch versuchen, denn du, lieber Pierre, sollst teilhaben an meinen Empfindungen, an meinem Leben.
Alles begann mit dem Tod meiner Mutter. Du weißt, wie sehr ich an ihr gehangen habe, wie sehr ich sie liebte. Ihre Krankheit hatte sie an das Bett gefesselt, sie konnte nicht mehr arbeiten und benötigte meine Hilfe für die einfachsten Dinge. Vater war, wie du ja weißt, schon lange tot und hatte uns nichts hinterlassen als seine persönlichen Sachen und einige unzufriedene Kunden, die sich von der Versicherungsgesellschaft, die er vertreten hatte, betrogen fühlten und nach Ausgleich verlangten. Noch Jahre nach seinem Tod fanden sich Briefe mit Drohungen und Klagen an ihn unter unserer Post.
Wie du dir sicher vorstellen kannst, verging ein Tag wie der andere. Alles was ich tat, tat ich für Mutter, denn sie brauchte mich und ich war es ihr schuldig. Sie quälte sich von Tag zu Tag mehr, manchmal schrie sie stundenlang vor Schmerzen und ich hatte meine Mühe, sie zu beruhigen. Ich glaube sie wünschte sich den Tod. Keineswegs deshalb, weil

sie die Schmerzen nicht ertragen hätte - sie war stark und sie liebte das Leben -, sondern weil sie sah, dass sie mich begrenzte. Drei Jahre hatte ich sie gepflegt. Drei verdammte Jahre lang hatte ich mich für sie zurücknehmen müssen. Im September letzten Jahres starb sie.

Mir schien damals, als opferte sie sich für mich, doch so war es nicht. Erst jetzt, zwei Monate nach ihrem Tod, habe ich begriffen, dass sie mein Opfer nicht mehr wollte. Mutter wünschte sich nichts seliger, als mich glücklich, mich frei zu sehen und sie wusste, dass sich dieser Wunsch nur durch ihren Tod erfüllen konnte.

Die darauf folgenden Tage waren schrecklich, ich fühlte mich einsam, und über diese endlose Einsamkeit vergaß ich, dass ich mich einsam fühlte. Ich dachte nichts mehr. Ich fühlte nichts mehr. Die Leere hatte mein Inneres voll und ganz eingenommen. Wochen geschah nichts, denn ich ließ nichts geschehen. Sinnlos, dunkel, schwer und endlos erschien mir mein Leben. Keine Möglichkeit, dem Nichts zu entkommen, kein Ausweg. Ein einziges Gefühl überkam mich zuweilen, und ich ließ es zu. Heute würde ich es Verachtung nennen, obwohl ich weiß, dass dieses Wort mein Gefühl nicht einmal annähernd erfassen könnte. Ich verachtete mich selbst. Ich verachtete mein erbärmliches Leben. Ich verachtete diese erbarmungslose Welt. Dieses Gefühl trieb mich immer tiefer und tiefer in die Endlosigkeit der Leere hinein, denn, obwohl es mich nur für Augenblicke überkam, zehrte es doch schon lange an meinem Wesen und zerstörte mich. Ich hatte es erzeugt, und ich hatte zugelassen, dass es mich zerstörte.

Es war eine grauenvolle Zeit, aber ich habe sie überstanden.

Ein kurzer Augenblick der Hingabe war es, der in mir eine neue Welt erschuf, der meine Leere endlich wieder mit Leben füllte. Ich kann auch heute noch nicht begreifen, wer oder was es war, aber irgendetwas zog mich an: Ich saß auf meiner Bank im Park und betrachtete diesen Baum, eine alte Eiche. Sie hatte so eine majestätische Ausstrahlung. Ich bewunderte sie, nein, ich beneidete sie um ihren Glanz, um ihre Kraft der alljährlichen Verwandlung. Immer tiefer und tiefer verflochten sich meine Gedanken mit diesem Baum. Seine Blätter, diese grüne, zärtlich klingende Pracht, betörten mich, ließen mich endlich wieder fühlen und die Leere wich allmählich aus meinem Gemüt. Aber ein einziges dieser so unwirklich glänzenden Blätter durchdrang mich bis ins Innerste. Alles andere trat in den Hintergrund. Der Baum, der Park und die Menschen in ihm, ja selbst ich - alles verschwand und es war nur noch das Blatt.

Ich verlange nicht von dir, dass du dies alles verstehst, Pierre. Ich kann es ja selber kaum mehr nachvollziehen, geschweige denn in verständliche Sätze fassen. Kein Wort kann beschreiben, was ich erlebte. Nimm die Gesamtheit der höchsten Gefühle, die dich je durchdrangen und du erlebst nicht einmal einen Bruchteil dieser Intensität!

Als ich dann zu mir kam, hatte sich alles verändert. Nichts war geblieben von der Schwere des Lebens, der Verachtung und der Sinnlosigkeit. Die Sonne schien und zum ersten Mal fühlte ich sie wieder. Ihre wunderbaren Strahlen erwärmten mein Herz und meine Seele. Ich badete im Hauch des Windes und mit jedem Atemzug kräftigte sich mein Innerstes. Ich schaute noch einmal nach der alten Eiche. Irgendwie schien es, als hätte sie ihre Gestalt verändert. Ich betrachtete sie genauer und stellte dann fest, dass sie einen Großteil ihrer Blätter verloren hatte. War denn so viel Zeit vergangen? Ich stellte mich unter die Eiche, schaute in ihre nunmehr karge Krone hinauf und versuchte gerade zu verstehen, als da dieses leuchtende Blatt zu Boden fiel. Ich hob es auf, nahm ein Stück Papier aus meiner Brusttasche, wickelte das Eichenblatt vorsichtig darin ein und setzte mich wieder auf die Bank. Die Nacht brach herein, und als sich der sonderbar klare Sternenhimmel zart über mich gelegt hatte, ließ ich meine Seele ganz und gar in ihm zergehen. Mein Ich schwebte im Glanze der Sternenpracht durch die nächtlichen Sphären, erfuhr den Sonnenauf- und untergang, den Wechsel der Jahreszeiten, das Werden und Vergehen, ja die gesamte göttliche Schöpfung aus Feuer, Wasser, Erde und Luft in einem einzigen Moment genialischer Erkenntnis.

In der Morgendämmerung lief ich nach Hause. Als ich durch die Tür unseres Hauses trat und diese vier Treppen mit ungewohnter Leichtigkeit aufstieg, ergriff mich ein Gefühl des Abschieds. Ich wusste nicht recht warum, aber es drang mich, jede einzelne Stufe ganz bewusst unter meinen Füßen wahrzunehmen. Zuweilen sprach ich gar ein paar Worte mit ihnen. Ob sie die Last fühlten? Ob sie spürten, wie jeden Tag Menschen auf sie traten, um nach oben oder nach unten zu gelangen? Im Durchschnitt waren es vielleicht dreißig Mal fünfundsechzig Kilogramm pro Tag, die diese Stufen ungefragt zu be-

fördern hatten. Was hilft da Widerwillen gegen den gleichgültigen Tritt des hinauf- oder hinabstrebenden Bürgertums, wenn er denn schweigsam ist? Was hilft Klage ohne ein Medium, dieser Ausdruck zu verleihen? Ich griff nach dem Geländer. Tausende von Händen hatten im Laufe der Jahrzehnte den Lack abgetragen und das Holz mehrerer alter Eichen bloßgelegt. Ich spürte diese raue unebene O-berfläche ganz deutlich. Wir hatten Natur gebrochen und ihr ein unnatürliches, dabei durchaus nicht hässliches Gewand angelegt, doch unsere unbewusste, penetrante Gegenwart riss ihr dieses Kleid wieder vom Leibe.

In meiner Wohnung angekommen, packte ich eilig ein paar Sachen zusammen, aß einige Scheiben Brot und staunte dabei derart über meinen zurückkehrenden Hunger, dass ich mich mehrmals verschluckte. Kurz darauf verließ ich das Haus wieder, fest entschlossen, einige Tage auf dem Grundstück meines Großvaters zu verbringen, um das zu genießen, was ich gerade wiedergefunden hatte: mich selbst. Die graue Unendlichkeit lag hinter mir. Endgültig!

Auf dem Wege zu dem wunderbaren Grundstück, dem Platz der Ruhe und des In- sich- Gehens, fuhr ich plötzlich an einem Warndreieck vorbei, das ganz einsam mitten auf dieser endlos langen Landstraße stand und versuchte, mir etwas zu verkünden, das ich erst Minuten später begreifen sollte. Nein, es ging nicht um die Warnung vor einem defekten Fahrzeug, nicht um einen Unfall, nicht um verletzte Personen oder dergleichen. Davor warnte mich dies

*Zeichen nicht. Es war die Warnung davor, dass sich
mit den nächsten Metern, die ich diese Landstraße
weiterfuhr, etwas Grundlegendes in meinem Leben
ändern würde. Plötzlich stand dort am Straßenrand
ein Fahrzeug mit geöffneter Motorhaube, ein knallig
gelber Kombi. Ich hielt, um meine Hilfe anzubieten,
traf aber niemanden an. Also stieg ich wieder in
meinen Wagen und fuhr weiter, bis ich plötzlich eine
Frau am Rande der Straße winken sah. Endlich hielt
ich an.
,Wohin darf ich Sie mitnehmen?', fragte ich und war
wie verzaubert, als ich in ihr wunderbares Gesicht
blickte.
Ach Pierre, sie hatte so hübsche Augen, und erst ihr
Mund!
,Ich muss ganz dringend nach Fahrenstätt, dort ist
heute Ratssitzung. Es wäre außerordentlich freundlich von Ihnen, wenn Sie mich dort hinführen', sagte
sie mit ihrer zarten Stimme und stieg ein.
Ich zögerte noch einen kleinen Augenblick, bevor ich
losfuhr. Vielleicht vor Entzücken? Vielleicht, weil mir
bewusst wurde, dass dieser Tag im Zeichen meiner
glücklichen Fügung stand? Ich weiß es nicht.
Schließlich fuhr ich los, fuhr an dem Grundstück
meines Großvaters vorbei in Richtung Fahrenstätt.
Ich sah sie nicht an, ich sah auf die Straße, aber ich
fragte:
,Sind Sie Stadträtin oder Bürgermeisterin, dass Sie
so eilig nach Fahrenstätt müssen?'
Und jetzt spürte ich, wie sie zu mir hinübersah, wie
sie mich ansah mit ihren großen Augen, lächelnd
und ein wenig entzückt über meine Vermutung, sie
könne Bürgermeisterin oder Stadträtin sein. Oh, wie*

tief drangen ihre Blicke jetzt in meine Seele, benetzten sie mit zarten, verzaubernden Ölen.

‚Nein, ich bin weder Stadträtin noch Bürgermeisterin. Ich bin freischaffende Journalistin, arbeite aber schon seit längerer Zeit für das Tagesblatt Fahrenstätt‘, sagte sie mir mit ihrer sanften Stimme.

Ich brachte nichts als ein stotterndes ‚Ach so, Journalistin sind Sie also‘ heraus und kam mir so furchtbar trocken vor, wie ich mich dort am Steuer meines Wagens sitzen sah und diese belanglosen Worte mit ihr sprach. Dann sprachen wir nicht mehr, saßen die ganze Zeit über - es müssen etwa zwanzig Minuten gewesen sein - schweigend auf unseren Sitzen und schauten stumm aus der Frontscheibe, als säßen wir im Autokino. Ab und an sah sie zu mir hinüber, flüchtig nur, scheinbar zufällig, aber sie sah mich an. Und in diesen Momenten zitterte alles in mir, bebte vor ihrer Magie. Als wir in Fahrenstätt ankamen und ich vor dem Rathaus dieser tristen Kleinstadt hielt, geschah es dann. - Oh, Pierre, ich bin so überglücklich. - Diese sanfte Stimme fragte mich doch tatsächlich, ob sie sich mit einer Einladung zum Essen revanchieren dürfe. Ich sagte, dass es wirklich nicht nötig sei und ich sie gern mitgenommen habe, aber sie bestand darauf und fragte also, ob ich diesen Abend Zeit hätte. Natürlich hatte ich Zeit, Zeit genug, um die ganze Welt zu durchfliegen, Zeit, um ihr die seltensten Blumen aus den höchsten Gebirgen zu pflücken. Schüchtern gab ich zur Antwort:

‚Na gut, wenn sie darauf bestehen, sich zu revanchieren, dann werde ich nicht ablehnen.‘

Später, als ich mir in meiner kleinen Euphorie all unsere Worte und diese Situation noch einmal vor Augen führte, kam ich mir so kindisch und albern vor, wie ich dort auf meinem Sitz saß und sie verkrampft anlächelte, sie, die tausend schönere, zartere Lächeln verdient hätte. Hatte ich ihr eigentlich die Tür geöffnet? Hatte ich ihr, wie es sich für einen Gentleman gehört, aus dem Wagen geholfen? Nein. Oh Gott, nein! Ich hatte es vergessen, hatte sie selbst aus dem Wagen steigen lassen.

‚Wo darf ich Sie abholen?‘, fragte sie, und plötzlich fiel ihr ein, dass ihr Wagen ja defekt war und noch irgendwo auf der Landstraße lag.

‚Ach‘, fügte sie hinzu, ‚mein Kombi fährt ja nicht mehr. Ich kann Sie nicht abholen. Sie müssen mich abholen!‘

‚Ja‘, erwiderte ich, ‚das ist gar kein Problem, aber was ist mit Ihrem Wagen? Soll ich ihn mit einem Nachbarn abschleppen?‘, fragte ich.

‚Nein, da machen Sie sich keine Sorgen, ich telefoniere sofort mit einem Abschleppdienst, der kann mein Auto gleich mit in die Werkstatt nehmen.‘

Sie blickte auf ihre Uhr.

‚Um neunzehn Uhr wird die Sitzung zu Ende sein, dann können wir auch gleich los. Ich kenne hier ein wunderbares Restaurant. Wenn Ihnen neunzehn Uhr recht ist, dann holen sie mich doch hier vor dem Rathaus ab‘, sagte sie, und ich nickte nur, denn vor lauter Glück vermochte ich kein Wort mehr über die Lippen zu bringen.

‚Wie heißen Sie eigentlich?‘, fragte sie noch im Gehen.

‚David‘, schrie ich, ‚David Kamm.‘

‚Ich bin Luise. Also bis heute Abend. Ich freue mich darauf‘, rief sie, wandte sich um, rannte eiligen Schrittes die Treppen des Rathauses hinauf und *verschwand schließlich hinter der großen hölzernen Tür.*

Eine ganze Weile stand ich noch so vor dem Rathaus und blickte aus dem Seitenfenster meines Wagens auf die leere Treppe. Wie elegant sie dort hinaufgelaufen war! Luise! Ein wunderbarer Name für eine wunderbare Frau. Um neunzehn Uhr werde ich sie hier vor dem Rathaus wiedersehen.

Pierre, das ist sie! Das ist die Frau, die in mein Leben treten wird. Ich weiß es tief in mir, und ich meine es in ihren Augen gelesen zu haben.

Intuitiv schaute ich auf den Beifahrersitz, dort hatte sie eben noch gesessen und mich angeblickt, mich verzaubert und in ihren liebenden Bann gezogen. Als wisse ich, dass sie etwas hatte liegen gelassen, bückte ich mich und griff gezielt unter den Sitz. Und tatsächlich, ich fand ein kleines, in schwarzes Leder gebundenes Büchlein. Weniger aus Neugier, denn aus Stolz, etwas von ihr in meinen Händen zu halten, etwas wie eine kleine Trophäe oder einen Liebesbeweis, blätterte ich darin. Es war ein Adressbüchlein, und mir kam sofort der Gedanke, dass sie es vielleicht brauchen könne in ihrer Sitzung. Aber ich wollte sie auch nicht stören, wollte nicht aufdringlich in die Sitzung stürzen und ihr das Büchlein übergeben, als sei es lebensnotwendig und ich, der aufopfernde Überbringer des Buches, ihr Retter, ihr Prinz. Also beschloss ich, ihr das Adressbüchlein später wiederzugeben, dann, wenn wir uns zum Abendessen träfen. Einmal musste ich noch in das Büchlein schauen, bevor ich mit meinem Wagen in Richtung des Grundstücks von Großvaters losfuhr, einmal nur, denn es zwang mich regelrecht, ihren vollen Namen zu erfahren, und so schlug ich die erste Seite des Buches auf und las gespannt die golden auf weiß gedruckten Buchstaben (ohne ernsthaft auf die Geschmacklosigkeit dieses kitschig anmutenden Werbegeschenkes zu achten): >Luise Haese< Mit Tinte hatte sie ihre Anschrift und ihre Telefonnummer darunter geschrieben, natürlich für den Fall, dass sie es irgendwo liegen ließe oder verlöre. Wie gut, dass dieser Fall eingetreten war, sonst müsste ich noch bis zum heutigen Abend auf ihren zarten Nachnamen warten und ihn wahrscheinlich doch nicht in Erfahrung bringen, da ich - und ich kenne mich ganz gut - viel zu schüchtern sein werde, als dass ich nachher beim Abendessen danach fragen würde.

Luise Haese - wunderbar! Ja, mein lieber Pierre, es sieht wohl ganz danach aus: Ich habe mich verliebt. Und ich bin so überglücklich! Ich schicke dir diesen Brief als einen kleinen Vorboten der neuen, endlich wieder lichten Gefühle deines Cousins David. Ein zweiter wird folgen, in dem ich dir selbstverständlich ausführlich Bericht über den Verlauf meines Abends und neuen Abenteuers erstatten werde. Habe Geduld!

Dein David."

Als er diese Zeilen las, lange nachdem er sie einst geschrieben, aber nicht abgesandt hatte, spürte er wieder diesen trüben Schleier der Verdrängung auf seinem Herzen, diesen schweren Stoff, der sein Herz künstlich zusammenhielt, obwohl es tief innen längst gebrochen war. Und je weiter er mit seinen Gedanken in jene Tage zurückkreiste, je stärker er in seinem Kopf die Vergangenheit vergegenwärtigte, desto deutlicher wurde der stechende Schmerz des Dolches, der damals sein Herz geteilt hatte und der noch immer tief in seiner Brust saß. Die Zeit linderte den Schmerz, ließ ihn abstumpfen, hüllte die messerscharfe, spitze Klinge des Dolches mit ein in den Schleier der Verdrängung, der die beiden Teile seines Herzens zusammenhielt, als seien sie noch eins. Aber sie waren es nicht, waren nur zwei Hälften eines gebrochenen Ganzen. Das spürte David nun stärker denn je zuvor.

Die Erinnerung an jene Tage, in denen Luise sein Herz vertrocknen und seine Seele fast zu Tode martern ließ, indem sie einfach nicht zum verabredeten Zeitpunkt vor dem Rathaus von Fahrenstätt erschienen war, indem sie David nie wieder ein Zeichen ihrer Existenz, einen kleinen Splitter ihres irdischen Daseins zukommen ließ, schmerzte mehr als der Stich des unsichtbaren Dolchs in jener Nacht, als er Stunde um Stunde vergebens vor dem Rathaus auf Luise gewartet hatte:

Freudig und voller Erwartungen wartete er bereits seit achtzehn Uhr dreißig vor den Rathaustreppen auf sie. Eine Stunde ließ er verstreichen, zwei Stunden, die halbe Nacht. Doch Luise erschien nicht. Am nächsten Tag rief er bei ihr an, mehrmals, noch immer einen kleinen glimmenden Funken Hoffnung im

Herzen tragend. Aber er erreichte sie nicht. Immer wieder nahm er dann ihr kleines Adressbüchlein zur Hand und blätterte darin, fragte sich Minute um Minute auf ein Neues, ob er bei ihr vorbeifahren solle. Doch die Angst, sie abweisend, sie desinteressiert ihm gegenüber anzutreffen, nahm ihn wieder und wieder ein, gab ihm ein klares, schmerzliches Nein zur Antwort.

Allein saß er nun im Haus seines Großvaters, allein, ganz so, wie er es sich vorgenommen hatte, als er frohen Mutes und mit der neu gewonnenen Kraft die Stadt verlassen hatte, um ein paar Tage für sich, ganz für sich zu sein. Doch er fand daran nichts Positives mehr, denn das Alleinsein wurde sehr bald zur Einsamkeit und zu dieser ihn in immer tiefere Schluchten ziehenden Einsamkeit gesellte sich eine neue Schwester, eine finstere Depression, die er zuvor nie gekannt, nie gefühlt hatte, der er jetzt aber um so intensiver erlag. Sehnsucht war es, in der er ertrank, tiefe, bittere Sehnsucht, gepaart mit der finsteren Ahnung der Zwecklosigkeit des großen Gefühls. Denn diese Sehnsucht hatte einen Anfang, aber David sah ihr Ende nicht, glaubte sie auf ewig unerfüllt. Er gönnte sich nicht einmal den kleinsten Schimmer der Hoffnung, Luise je wieder zu sehen.

Zwei ganze Wochen verbrachte er so auf dem Grundstück seines Großvaters. Zwei Wochen brachte er in dem Sud seiner eigenen Perspektivlosigkeit dahin. Zwei Wochen lang stand er spät auf, bemitleidete sich dann für einige Stunden selbst, indem er wieder und wieder das Adressbuch von Luise zur Hand nahm, plagte sich, fragte sich und kam dennoch nie zu einem Ende. Früh ging er zu

Bett, doch ließ er die Nächte schlaflos an sich vorüberziehen.

In einem winzigen Moment vermeintlicher Klarheit besaß er die Kraft, sich selbst aus dieser Situation herauszunehmen. Er betrachtete sich selbst, wie er dort saß, armselig, allein gelassen, selbst zerstörend und letztlich urkomisch. In diesem Augenblick, in dieser Sekunde, in der er glaubte, die ganze Situation erkannt und entlarvt zu haben, als er sich endlich bei seiner trivialen Trauer ertappte, sich lächerlich vorkam, packte er schleunigst seine Sachen und verließ diesen einsamen Ort.

Zu Hause angekommen, stürzte er sich sogleich wieder in die Arbeit, versank schnell in seinen Akten, seinen Zahlen und Buchstaben. Und er bemerkte dabei nicht einmal, dass er sich selbst belog, bemerkte nicht, wie er sich selber vorgaukelte, dass ihn Luise nicht mehr berühre, dass er sie hinter sich gelassen habe, dass es sehr wohl Wichtigeres zu tun gäbe, als einer Frau nachzutrauern, die man kaum gekannt habe. Ja, es gelang ihm tatsächlich: Er verdrängte sie aus seinem Kopf, verbannte sie in ein kleines, verwinkeltes Kämmerchen seines gebrochenen Herzens, das er zu selten betrat, als dass er täglich an dessen Existenz denken konnte. Einsamkeit, Sehnsucht, marternde Selbstvergessenheit und Seelenqual, all diese großen Gefühle schob er mit Luise zusammen in das kleine Kämmerchen, trat dann heraus, drehte hinter sich sorgsam den Schlüssel in der Tür um und warf ihn weit von sich. Dann ging er fleißig seiner Arbeit nach, täglich, pünktlich, zuweilen sogar erfolgreich, lächelnd, zufrieden, weil man mit ihm zufrieden war.

Nur manchmal, wenn die Sonne morgens vergaß, über den Dächern der Stadt aufzugehen, wenn kein Licht in das Dunkel des Schlafes trat, schimmerte etwas Zart- Silbernes in seiner Seele. Und wenn er dann gierig danach griff, erkannte, dass es der Schlüssel für das kleine Kämmerchen war, in dem seine Sehnsucht schwere Schritte ging, tauchte er ein in das dunkle Meer der Sehnsucht nach dem längst vergessenen großen Gefühl. Er sehnte sich nach den Erinnerungen an Luise, er sehnte sich nach dem bitteren Schmerz der tiefen Wunde, die sie ihm damals zugefügt hatte. Er sehnte sich nach Einsamkeit, Verlassenheit und Schwere. Er sehnte sich nach einer tief empfundenen Sehnsucht. Dann, wenn er in der Melancholie seiner vergessenen Seele badete, wenn er süchtig wurde nach Trauer, nach Liebe, schloss er behutsam das kleine dunkle Kämmerchen in seinem Herzen wieder auf, trat hinein und gab sich ganz der Wahrheit hin, die er hier in diesem Raum, der so fern ab von seiner Wirklichkeit lag, verschlossen hatte.

Jetzt, da er mit seinem alten Schulfreund Christopher, den er kaum noch wahrnahm, auf einer Bank im Stadtpark saß und diese längst vergangenen Zeilen las, einst zugedacht seinem Cousin Pierre, fand er sich selbst inmitten dieser Gier nach Sehnsucht, inmitten eines wonnigen Verlangens nach Schmerz und Leid. Jetzt war so einer dieser finsteren Momente, in denen er sich begierig in das kleine Kämmerchen begeben wollte. Er erinnerte sich, sehnte sich, quälte sich, ließ den Zweifel wie einen Bandwurm an seiner Seele zehren, ließ sich von innen zerfressen; und er genoss es, gab sich diesem selig dumpfen Schmerz hin, der in seinem Herzen wütete. Er tauchte in die Vergangenheit, als wäre sie ein schwarzes tiefes Meer, in dem er gefangen war und in dem er ertrinken würde, wenn er nicht wieder an die Oberfläche fand. Aber er wollte darin gefangen sein, wollte darin ertrinken. Die dumpfe Marter war ihm eine Wonne. Leiden, endlos leiden und niemals enden, das war es, was David jetzt wünschte. Allein für den Genuss des bitteren Schmerzes wollte er jetzt leben.

Doch er durfte nicht. Er sollte nicht alte Leiden fühlen, sollte sich nicht einem Schmerz hingeben, der längst ein vergangener war. Es gab neue Schmerzen und tiefere Leiden. So war es angedacht.

Christopher war längst von der Bank aufgestanden und blickte nun fahl, gleich dem Licht eines großen Mondes auf David hinab.

„Wir haben genug ausgeruht. Steh auf, wir müssen weiter! Es ist Zeit zu gehen!", sprach Christopher in einem kalten, ernsten Ton.

„Christopher", sagte David und in seiner Stimme lag die Wehmut eines fernen Flehens, „ich bin so weit von hier. Lass mich noch ein wenig sitzen und zu mir kommen! Ich bitte dich."

Doch Christopher gab nicht nach.

„Steh auf David! Es gibt noch viel zu tun und unsere Zeit ist knapp. Wir gehen jetzt!", forderte er mit herrschsüchtiger Stimme, zog David grob am Arm, so dass dieser vollkommen entsetzt aufstand und gleich einem Untergebenen hinter Christopher her marschierte.

Taumelnd, brutal aus den fernen Tagen seiner Vergangenheit gerissen, trottete er langsam seinem Kameraden nach, der starr, gleich einer Maschine, den roten Wegen des Parks in Richtung Südausgang folgte. Kein Wort fiel auf diesen Wegen. Sie schwiegen wieder einander an.

Nachdem sie den Park verlassen hatten, gingen sie eine ganze Weile die kleine gepflasterte Straße entlang, die David damals so oft gegangen war, und allmählich ahnte er, wohin ihn Christopher führen würde. Über viele Jahre hinweg war er hier jeden Tag entlang der großen alten Kastanien, die diese winzige Straße zu einer kleinen Prachtallee avancieren ließen, bepackt mit einem Ranzen voller Hefte und Schulbücher, auf dem Hinweg ein Stückchen Heidelbeerkuchen und auf dem Rückweg das trockene Pausenbrot in der Hand, zur Schule und zurück nach Hause gelaufen. Oft war Christopher an seiner Seite gegangen, denn sie hatten immer aufeinander gewartet, sich getroffen auf der Hälfte des Weges, wo Christopher gewohnt hatte.

Nur für einen kurzen Augenblick vermochte es David, sich aus der Situation zu nehmen, blickte beobachtend von oben auf Christopher und sich selbst hinab, wie sie dort so nebeneinander gingen, schweigend, jeder für sich und doch irgendwie gemeinsam. Es war ein seltsames Gefühl, das David dabei durchdrang, denn irgendwie war alles ähnlich dem Damaligen, die Situationen glichen einander. Aber David hielt dieses Gefühl nicht lange, vermochte nicht, sich selbst zu sehen, denn zu sehr zog ihn Christopher in eine sonderbare Richtung. Langsam fing es wieder an, ganz zart und schleichend. Es umhüllte ihn, drang in seine Seele, nebelte ihn ein. Irgendetwas befing ihn wieder, begrenzte ihn in der Nutzung seiner Perspektiven. Doch David bemerkte nicht, dass es über ihn kam. Er durfte nicht Beobachter seiner selbst und anderer sein, durfte jetzt nicht kritisch, analytisch blicken und das Rätsel aufspüren. Seine Perspektive war die seiner Augen, konnte keine andere, keine geistige sein. Also blickte er geradeaus, sah den kleinen Weg, auf dem er ging, und sah das große Gebäude, welches langsam näher rückte, bis er plötzlich vor der großen Treppe der backsteinernen Schule stand.

„Gehen wir hinein, David!", sagte Christopher und machte eine Geste, dass David vorangehen solle.

„Also gut, mein lieber Christopher, wie du wünschst", antwortete David.

Und mit einem Lächeln ging er die schweren Stufen bis zur großen Tür hinauf. Vor ihr blieb er stehen.

„Sie wird verschlossen sein, Christopher. Gib mir doch bitte mal das Werkzeug!", sagte er bestimmt, und noch immer mit einem Lächeln im Gesicht, das alles Fragen und Zweifeln an sich selbst und an den Situationen, in die er gerissen wurde, unglaubwürdig erscheinen ließ.

Ohne ein Wort zu verlieren, griff Christopher in seine Hosentasche und holte eine Zange, einen Hammer und einen langen Dietrich hervor. Beides gab er David, der sich sogleich an die Arbeit machte, die große Tür zu öffnen. Eine ganze Weile war er mit dem Öffnen des Schlosses beschäftigt, während Christopher gespannt und in Erwartung, dass das Schloss gleich nachgeben werde, neben ihm stand und neugierig auf die geschickten Handgriffe seines Freundes blickte. Dann war es so weit. Stolz und freudig gab David seinem Freund das Werkzeug zurück und drückte vorsichtig die Messingklinke der Tür nieder.

„Nach Ihnen, werter Herr!", sagte er, indem er albern die Geste seines Freundes wiederholte und Christopher bat, einzutreten.

„Angenehm!", erwiderte Christopher und schritt stolz durch das Portal der Schule.

David folgte ihm, und beide liefen sie dann geradewegs eine kleine Treppe hinauf, die zum ersten Stockwerk führte. Dann gingen sie den breiten Flur entlang, zu dessen beiden Seiten sich etliche Türen befanden, die zu den einzelnen Räumen des Gebäudes führten. Am Ende dieses Flures lag etwas verwinkelt ein weiterer Raum, doch als Christopher und David hineintreten wollten, stellten sie fest, dass er ebenfalls verschlossen war. Verwundert, weil er damit nicht gerechnet zu haben schien, doch nicht aus seiner merkwürdigen Ruhe gebracht, sagte David:

„Christopher, das Werkzeug bitte! Wir müssen noch einmal tätig werden."

Christopher gab ihm das Werkzeug, und David machte sich wieder daran, die aus gutem Grund verschlossene Tür zu öffnen. Die Arbeit erwies sich jedoch schwieriger, als das Öffnen der Haupttür, denn im Gegensatz zu dieser befand sich ein Sicherheitsschloss in der Tür des Raumes. Geduldig probierte David, das Schloss zu öffnen, aber als es ihm nicht gelingen wollte, ließ er wie in einer Wut das Werkzeug auf den Boden fallen und schaute etwas zornig, aber mit dem Blick eines kleinen Jungen, seinen Freund an.

Wir werden die Sache anders regeln!", meinte Christopher bestimmend und fügte nach kurzem Überlegen hinzu:

„Tritt mal einen Schritt zur Seite, David!"

Dann stellte er sich vor den Raum und trat kräftig gegen die Tür, aber es geschah nichts, die Tür blieb verschlossen. David fing plötzlich an zu lachen, weil sich Christopher seiner Sache doch so sicher gewesen war.

„Weißt du was, Christopher, wir heben die Tür einfach aus ihrer Angel", schlug David vor.

Also begannen sie unter größter Anstrengung und Schweißausbrüchen die Tür zu heben. Nach einigen Minuten gelang es ihnen tatsächlich und die Tür fiel mit einem lauten Knall zu Boden.

„Wie im Fernsehen, nicht wahr?", kommentierte Christopher und David nickte.

„So, mein lieber Leidensgenosse, lass uns mit der Arbeit beginnen", fügte er hinzu und betrat den Raum.

Es schien der Physikraum der Schule zu sein, denn auf jeder der langen hölzernen Bänke war ein Gasbrenner befestigt. Sich schüchtern vorantastend, gleich einem kleinen Jungen, der Angst hat, weil er genau weiß, dass er etwas Verbotenes tut, die Gefahr dabei ertappt zu werden aber nur zu gern um den Reiz des Verbotenen in Kauf nimmt, folgte David seinem zielstrebigen Freund in den durch lange Neonleuchten grell erleuchteten Raum. Langsam ging David vor zu der ersten Bankreihe, ganz so, als würde ihn irgendjemand führen, ihn leiten, ihn anweisen, was er zu tun habe. Er setzte sich auf den äußersten rechten Stuhl, griff nach dem Gasbrenner und überprüfte die kleinen Rädchen und Ventile an ihm, als wolle er sicherstellen, dass dieses Gerät auch einwandfrei intakt sei. Anschließend stellte er den Brenner vor sich auf den Tisch, drehte an dem starren Schlauch für die Gaszufuhr und suchte dann fast mechanisch nach Streichhölzern in seiner großen Hemdtasche.

Christopher, der einige Zeit mit diversen Apparaturen unter dem Lehrerpult beschäftigt gewesen war, hatte sich inzwischen eine Zigarette angezündet und saß nun rauchend, mit den Füßen baumelnd auf dem großen gekachelten Tisch. Er beobachtete David, als müsse er in besonderer Weise darauf Acht geben, dass er seine Arbeit gewissenhaft und mit größter Sorgfalt durchführe. Dann sprang er blitzartig vom Tisch, drückte seine Zigarette auf den roten Kacheln aus und lief aus dem Raum. Er wolle schon mal die Versuchsobjekte aus ihrem Versteck holen, es sei an der Zeit, mit dem Experiment zu beginnen, sagte er im Gehen zu David, der inzwischen einen zweiten Brenner von der hinteren Bank genommen, angestrengt gemustert und dann über einen Schlauch mit dem ersten verbunden hatte.

Jetzt, da er meinte mit seiner Arbeit fertig zu sein, lehnte er sich in seinem Stuhl zurück und begann zu kippeln. Mit der rechten Hand hielt er sich an der Tischkante fest, um nicht nach hinten umzukippen. Gleichzeitig bearbeitete er mit dem Daumen und dem Zeigefinger der linken Hand einen alten, ausgekauten Kaugummi, den ein freundlicher Schüler dort für ihn hinterlassen zu haben schien. So sitzend, kippelnd, knetend und auf Christopher wartend, blickte David sich in dem großen Raum um. Das gleichmäßig grelle, kalte Licht der Neonröhren blendete ihn, und er fühlte, wie ihre fahlen Licht-

strahlen durch seine Augen in seinen Kopf eindran-
gen, wie sie sich regelrecht in seinen Schädel bohrten, wie sie ihm einen dumpfen, unterschwelligen,
dennoch widerlich lästigen Kopfschmerz bescherten.
Mit den Händen rieb er seine Augen. Doch der
Schmerz wurde penetranter, wich nicht aus seinem
Kopf, er konnte sich weder entspannen noch konzentrieren. Was tat er hier eigentlich? Warum war er
mit Christopher in seine ehemalige Schule eingebro-
chen und hatte zwei Gasbrenner über einen
Schlauch miteinander verbunden? Er wusste es
nicht. Wieder schien er begrenzt, wieder fand er keinen Zugang zu sich selbst. Die Fragen, die er sich
zu seiner Situation, zu seinem Handeln, zu seinem
gegenwärtigen Selbst und seinem tiefsten Innern
stellte, kamen zwar nicht von ungefähr und sie beschäftigten ihn auch für einen Moment lang, aber
letztlich durchdrangen sie ihn nicht wirklich, brachen
nicht durch die steinernen Mauern zum Zentrum
seines Bewusstseins vor. Wenn er aus seiner
stumpfen Begrenzung, seiner Taubheit und ver-
schwommenen Sichtweise für einen kurzen Moment
herausfand, weil er unbewusst plötzlich auf eine
Frage gestoßen war, die ihn betraf, deren Klärung
es bedurfte, dann führte ihn die Suche nach einer
Antwort, nach einem Funken vermeintlicher Erkenntnis nur noch tiefer in diese merkwürdige, von
fremden Schatten verdunkelte Zone hinein, in der er
abgeschirmt vor sich selbst zu einem Teil der Bilder
wurde, in die er geraten war. Es zog ihn fern ab von
der Wirklichkeit, an die er immer geglaubt hatte, weil
er in ihr und in ihrem scheinbar rationalen Kern gelebt hatte, in eine andere Welt, die nicht weniger
wirklich war, aber deren Kern noch längst nicht er-

gründet, deren Wahrheit noch längst nicht verstanden und analysiert worden war. Es zog ihn in eine Wahrheit, die es nicht zuließ, dass man sie zergliederte, analysierte und ihre einzelnen Teilwelten einzuordnen versuchte, eine Wahrheit, die sich wehrte gegen jegliche Steuerung, die Chaos schien und doch nicht Chaos war. David stand mitten in ihr und schien doch erst an ihrem Anfang.

„Was ist denn, David?", fragte Christopher etwas verärgert, als er den Raum betrat. „Anstatt hier friedlich träumend vor dich hin zu kippeln, solltest du lieber mal die Halterung aufbauen, sonst sitzen wir morgen früh noch hier und basteln. Ich dachte du wärst längst damit fertig."

„Ich habe doch alles vorbereitet", sagte David. „Die Brenner sind gekoppelt und stehen bereit, von mehr war nicht die Rede", fügte er hinzu, während er sorgsam die Ventile öffnete und das Gas mit einem Streichholz entzündete.

Christopher schüttelte mit dem Kopf. „David, die Halterung!", rief er. „Oder willst du das Gefäß mit den Fingern über die Flammen halten, bis es glüht? Dann glühen deine Finger aber kräftig mit mein Lieber!"

„Ach, ja richtig, die Halterung! Tut mir Leid. Ich habe das ganz vergessen", antwortete David und sprang von seinem Stuhl auf, lief zu einem der Schränke, die an der hinteren Wand des Raumes standen, öffnete ihn und kramte geschäftig in den Fächern, um die benötigten Gerätschaften zusammenzustellen.

„Warte, David!", sagte Christopher, der merklich verwundert über die Verwirrung seines Freundes schien. „Jetzt musst du mir erst einmal helfen, das schwere Bassin aus dem Bioraum hier herüberzutragen. Alleine geht das nämlich schlecht. Die Halterung baust du dann gleich danach auf."

„In Ordnung", erwiderte David unterwürfig und folgte Christopher in den Biologieraum der Schule, der auf der anderen Seite des langen Flures lag.

Wie eine kleine Ewigkeit kam David dieser schmale Weg vom Physikraum bis zum Biologieraum vor. Schlendernd lief er an den flachen Türen vorbei, die sich rechts und links von ihm parallel gegenüberstanden. Leise las er deren Aufschriften und Nummern vor sich hin:

„Musik, Klassenraum 5a, Klassenraum 5b, Chemie, Fachraum Geographie, Klassenraum 6a, Klassenraum 6b."

Dann blieb er in der Mitte des Flures stehen, schaute sich nach hinten um und fragte ängstlich flüsternd:

„Christopher! Christopher, hörst du das?"

„Was denn, David?", fragte Christopher laut zurück, der mittlerweile merklich gelangweilt von den Hirngespinsten seines Freundes schien.

„Da sind Stimmen, ich höre sie ganz deutlich", antwortete David und sein Flüstern wurde bald unverständlich leise. „Hörst du sie nicht auch?"

„David", mahnte Christopher ihn harsch, „langsam reicht es mir! Wirklich! Jetzt reiß dich aber mal zusammen! Hier ist niemand außer uns beiden. Und jetzt komm endlich, wir haben keine Zeit mehr für deine Mätzchen!"

David ging weiter, folgte seinem Freund nunmehr unwillig in den Biologieraum. Aber er hörte sie, er hörte die Stimmen. Und er sollte sie hören, das wusste auch Christopher.

Auf dem großen Tisch, dessen Platte ebenso wie die des Tisches im Physikraum mit roten Kacheln versehen war, stand ein breites, gläsernes Bassin, in welchem sich etliche Kröten munter tummelten. Auf engstem Raum stapelten sich die armen Tiere übereinander, pressten ihre traurigen Köpfe an die Scheiben, sprangen dann und wann hilflos gegen die Pappe, die oben auf dem Bassin lag und ihnen den Weg in die Freiheit versperrte. Diese Kröten warteten vermutlich auf das Messer in der Schülerhand, welches am nächsten Morgen ihr träges Dasein beenden sollte. Doch ihr Warten hatte nun ein Ende.

Vorsichtig nahmen David und Christopher gemeinsam das Bassin vom Tisch und trugen es aus dem Raum, über den Flur zurück bis zum Physikraum. In der vordersten Bankreihe, dort, wo David die beiden Brenner sorgfältig positioniert hatte, setzten sie es ab. Dann gingen sie, ohne auch nur ein Wort zu wechseln, ihrer Arbeit nach. Jeder wusste ganz genau, was er zu tun hatte. Christopher begab sich sogleich wieder hinter den Lehrertisch und hantierte kurz an verschiedenen Hähnen und Schaltern. Als er damit fertig war, ging er zu David, der intensiv damit beschäftigt war, diverse Metallschienen aus dem Schrank herauszusuchen und sie anschließend übersichtlich sortiert auf einem Tisch anzuordnen. Christopher setzte sich an einen der Tische in der hintersten Reihe und begann die Schienen sorgfältig miteinander zu verschrauben. Als er meinte, alle benötigten Materialien herausgelegt zu haben, schloss David den Schrank, setzte sich Christopher gegenüber an den Tisch und begann ebenfalls zu schrauben. Keiner der beiden sagte etwas, beide blickten auf den Tisch und schraubten an der Halterung für das Bassin. Jeder Handgriff saß. Sie schraubten, ohne dabei zu denken. Sie schraubten wie automatisiert, mechanisch, sprachen kein Wort miteinander. Nach wenigen Minuten hatten sie die Halterung fertig gestellt und trugen sie behutsam vor zur ersten Bankreihe. Hier sollte ihr Werk seine Vollendung finden. Während Christopher das aus vier stählernen Beinen und einem rechteckigen Rahmen bestehende Gestell hielt, drehte David die Ventile der beiden Brenner zu, so dass ihre Flammen erloschen. Dann setzten sie die Halterung gemeinsam über die beiden Brenner. Anschließend stellten sie das Bassin mit den Kröten auf die selbst konstruierte Vorrichtung und beendeten damit die Vorbereitungsphase ihres grausamen Projektes.

„Beginnen wir!", sagte Christopher, indem er sich eine Zigarette anzündete und seinem Freunde gleichfalls eine anbot.

Ohne zu zögern griff auch David eine Zigarette aus der Packung und begann zu rauchen. Dann setzten sie sich nebeneinander vor ihre experimentelle Apparatur auf einen der Tische, stellten ihre Füße gemütlich auf die Stühle der ersten Bankreihe und betrachteten freudig rauchend ihr Werk. Schließlich griff Christopher in seine Hosentasche und zog eine Schachtel mit Streichhölzern heraus, die er David hinüberschob und sagte:

„Bitte, Herr Kamm, Sie haben die Ehre!"

David nahm die Schachtel an sich, steckte seine Zigarette in den Mund und entzündete in ihrer Glut eines der Streichhölzer. Geschwind öffnete Christopher noch die Ventile der beiden Gasbrenner, die mittig unter dem Bassin mit den Kröten positioniert waren, dann aber verschränkte er genüsslich die Arme vor der Brust und wartete darauf, dass sein Freund endlich mit dem Entzünden der Brenner beginnen würde. Doch zögernd hielt dieser noch einen Moment lang inne, wartete, als wisse er augenblicklich nicht recht, was er zu tun habe, bis das Streichholz in seiner Hand fast heruntergebrannt war, ehe er sich schließlich zu besinnen schien und dessen zart idyllisch anmutendes Feuer in ein größeres, grausam mordendes verwandelte.

Von unten nach oben wurden die Tierchen panisch, sprangen hilflos, zappelten, zuckten. Von unten nach oben schlich sich des Todes grausamer Atem in ihre Seelen. Von unten nach oben starben sie ab, blichen, platzten auf, kochten in dem Sud ihrer eigenen Körperflüssigkeiten. Nach einer halben Stunde zappelte keine einzige Kröte mehr - und es waren ihrer einmal viele gewesen. Nach einer halben Stunde zappelten nur noch ihre Knochen und Fleischteile unter den aufsteigenden Blasen der Todessuppe. Gliedmaßen, Augen, ganze Köpfe, gerollte Hautfetzen - alles tänzelte im widerlichen Matsch durcheinander. Als die Masse jedoch fester wurde, sprang Christopher auf, lief zum Schrank und holte ein Gefäß heraus, das er anschließend am Waschbecken des Raumes mit Wasser auffüllte. Dann goss er das Wasser auf die zähe Brühe und rührte mit einem Metallstab kräftig darin um. Leider schien die gummiartige Masse, welche die einzelnen Scheiben des Bassins zusammenhielt, der übermäßigen Hitze auf längere Sicht nicht standhalten zu können und wurde allzu bald weich. Und während Christopher immer kräftiger in dem Sud rührte, riss plötzlich die Dichtung, so dass die vier Scheiben gegeneinander purzelten und das Bassin unter einem lauten Krachen in sich zusammenfiel. Oh weh! Blitzschnell ergoss sich die ganze Soße über den Tisch und die Stühle; die Flammen der beiden Brenner ertranken in der wässrig roten Brühe, die Ekel erregender nicht hätte sein können. Im gleichen Augenblick schwappte eine mittelgroße Welle der absonderlichen Flüssigkeit auf Christophers Hose nieder und fraß sich in Sekundenbruchteilen durch den blauen Stoff seiner Jeans. Tief drang die Soße in seine Haut ein, verbrannte die obersten Schichten und tätowierte willkürliche Muster aus schlammigem Rot unter ihre Oberfläche. Merkwürdigerweise schien Christopher wenig erschrocken über das Malheur, im Gegenteil, er blickte sichtlich amüsiert. Scheinbar ohne jeglichen Schmerz zu fühlen, begann er plötzlich in einer finsteren, höllischen Art über das Missgeschick zu lachen. Aus vollem Halse lachte er schrill und hässlich, lachte über die elenden Gewebsfetzen auf den Tischen, lachte über kleine zerkochte Krötenköpfe, lachte über den ganzen schäbigen Brei.

David schauderte und kalter Schweiß lief ihm über den Rücken, als Christophers Gelächter fies und abscheulich durch seine Ohren in seinen Kopf eindrang. Noch nie zuvor hatte er jemanden so lachen hören wie Christopher just in diesem grässlichen Moment. Etwas unfassbar Grausames schwang in dem Lachen seines Freundes mit, etwas Fürchterliches und Teuflisches, etwas, das viel mehr Wahnsinn zum Ausdruck brachte, als die pervers- sadistische Grausamkeit des Krötenmordens an sich es tat. Wie klang dieses Lachen fremd, unheimlich fremd und seltsam, wie anders doch, als die jugendliche Schadenfreude des geliebten Schulfreundes längst vergangener Jahre.

Befremdet starrte David den Besudelten an, und bald schien ihm, als spiegele sich in dem tiefen Dunkel dieser vom Lachen gequälten Seele nicht wirklich Christopher wider, sondern eine fremde Wahrheit, die sich ungebeten in ihn eingenistet hatte, die ihn jetzt beherrschte, der er sich zu widersetzen außerstande sah. Von sehr weit hergekommen schien sie ihm, diese Wahrheit, und David wusste, dass sie mit Worten nicht zu erfassen war, ja dass sie weder Namen hatte noch Gesicht. Nicht länger fähig, den hässlichen Ton zu ertragen, versuchte David, sich die Ohren zuzuhalten. Doch vergebens, denn die furchtbaren Töne waren derart penetrant, dass sie sich durch jede einzelne seiner Poren bohrten, den Weg durch seinen Körper fanden wie tausend giftige Schlangen und von überallher gleichzeitig in seinen Kopf strebten, seinen Körper lähmten, so dass er es nicht vermochte, den Raum zu verlassen, sich der widerwärtigen Quelle zu entziehen. Er saß wie gegeißelt auf dem Tisch, hatte seine Hände starr auf seinen Ohren, ohne dadurch etwas wie eine Linderung zu verspüren. Entsetzt blickte er Christopher an, diese furchtbare Fratze. Kein Entkommen - er musste sie anblicken, konnte seinen Blick nicht von dem hässlichen Zerrbild lösen. Von allen Seiten her ertönte dieses grässliche Lachen. Von allen Seiten her drang das kalte Licht der Neonröhren durch seine Augen, die er nicht schließen konnte, weil sie gelähmt waren wie der

Rest seines Körper auch. Bilder rannten durch seinen Kopf, schnell, viel zu schnell, als dass er sie hätte wirklich wahrnehmen können. Schrill verbanden sich die aufblitzenden Bilder mit den fiesen Tönen der nunmehr gespenstisch anmutenden Fratze und dem geißelnden Licht der Neonröhren. Alles verwob sich willkürlich zu einem synästhetischen Ganzen, das auf ein Ziel ausgerichtet schien: die Marter Davids. Kein Weg schien aus dieser Hölle zu führen. Kein Weg der tobenden Macht zu entkommen.

David schien all dem nicht mehr standhalten zu können. Schmerz erfüllte ihn und er erhob sich heroisch über alle anderen Gefühle. Schmerz verdrängte die Angst, den Ekel, ja sein ganzes bitteres Entsetzen. Schmerz war es, der aus seiner Dumpfheit herausgefunden und ihn ganz und gar eingenommen hatte, messerscharfer, quälender Schmerz, der allmählich damit begann, Davids Seele zu fragmentieren und die einzelnen Teile gegeneinander zu schlagen, immer wieder, immer kräftiger, so dass sie unter der Wucht des Zusammenpralls zermatschten - gleich den Kröten in der ekelhaften Brühe.

Doch dann, ganz plötzlich, als falle man aus der Hölle in viel tiefere, ruhigere Gefilde, brach alles ab. Christopher lachte nicht mehr und sein Gesicht verlor mit einem Mal diese widerwärtig fratzenhaften Züge. Gelassen schaute er auf seine blutrot gefärbte Hose, klopfte David auf die Schulter und sagte mit ruhiger und endlich vertrauter Stimme:

„Na gut mein Lieber, ich gehe nach Hause, die Hose wechseln. Bis hier hin ist die Sache ganz gut gelaufen, findest du nicht auch?"

Dann verließ er den Raum, sprang die Treppen hinunter, schrie noch fröhlich: „Bis morgen mein Bester und verschlafe nicht! Das wird ein Heidenspaß!", und war verschwunden.

Die Neonröhren waren ausgegangen und durch die großen alten Fenster der Schule fiel seicht das Licht der aufgehenden Sonne. Mit einem Mal lag eine solche Ruhe in diesem Raum, dass David kurz vor seinem eigenen Atem erschrak. Nur langsam kam er wieder zu sich. Der Schmerz klang allmählich ab, zog sich bald in die Dumpfheit zurück, aus der er gekommen war, und verlor sich nach wenigen Minuten ganz aus seinem Kopf. Was war das für ein Sturm gewesen, der ihn da ergriffen und mit sich gerissen hatte! Jetzt, da alles überstanden schien, versuchte er sich ein wenig aus seiner starren Verkrampfung zu lösen, versuchte, die Ruhe ganz in sich eindringen zu lassen, versuchte, sein Selbst in den wiedererlangten Frieden zu tauchen. Die Sonne trat mehr und mehr aus der Dunkelheit hervor und ihre Strahlen zogen sich flach durch das gesamte Zimmer. Aus ihr neue Kraft gewinnend, dennoch gänzlich erschöpft, erhob sich David endlich aus seinem Stuhl, ging schleppend zu dem mittleren der drei Fenster hinüber und öffnete es. Dann lehnte er sich weit über das Fensterbrett hinaus, schloss seine müden Augen und holte tief Luft.

Wie wunderschön war diese Frische des Morgens, wie wunderschön fühlte er diesen zarten Kontrast zwischen der angenehmen Kühle und den ersten wärmenden Sonnenstrahlen auf seinem Gesicht. David lächelte vorsichtig, ganz so, als sei er sich selbst nicht sicher, ob er sich in dieser rätselhaften Situation ein Lächeln gestatten könne. Und als der milde Wind endlich den letzten Rest seiner Verkrampfung gelöst und mit sich fort genommen hatte, zog es ihn hinaus. Er wollte laufen, den Wind tiefer fühlen, die Sonne tiefer in sich hineinlassen. Er wollte fort von hier, von diesem seltsamen Ort, an dem so absonderliche Dinge geschehen waren, rätselhaft grausame und erschreckende Dinge, an denen er beteiligt gewesen war. Er wollte endlich Abschied nehmen, wollte aus seinen Registern streichen, was seine Seele so schwer belastet und gequält hatte.

Also schloss er das Fenster und ging vorsichtig an den Bänken vorbei, dem Ausgang entgegen. Dann öffnete er die Tür, verließ den Physikraum und betrat den Flur der Schule. Doch als er langsam, Schritt für Schritt, die Treppen hinabstieg, vernahm er plötzlich wieder diese wirr durcheinander klingenden Stimmen, die er schon einmal glaubte gehört zu haben, als sie das Bassin mit den Kröten aus dem Biologieraum holen wollten. Wieder schienen die Stimmen aus mehreren der dicht an dicht gereihten Räume entlang des Flures zu kommen. Einen Moment hielt er inne, fragte sich zögernd, was er tun solle, spielte in seinem Kopf etliche Eventualitäten durch. Ob er umkehren und nachsehen solle, fragte er sich. Vielleicht hatte sich sein krankes Hirn wieder ein Spiel mit ihm erlaubt, wollte Schabernack treiben, wollte David weit in die Irre führen? Vielleicht aber war wirklich jemand dort oben, der sie gesehen haben könnte, der ihnen nachgestellt war, sie bestimmt beobachtet hatte bei der grausamen Hinrichtung der armen Tiere? Wenn er jetzt hinaufginge, überlegte er ängstlich, dann würde man ihn vielleicht sogar festhalten, ihn als Täter überführen, ihn tadeln und von der Schule werfen. Aber was redete er denn da? Er ging doch schon lange nicht mehr auf diese Schule, hatte doch vor etlichen Jahren sein Abitur abgelegt.

„Was ist das? Wer schlägt mir da ein Schnippchen? Wer macht sich da lustig über mich?", rief er laut und jammernd vor Verzweiflung über die steinernen Treppen des leeren Gebäudes. „Was treibt ihr für ein böses Spiel mit mir?"

Doch plötzlich wich seine Angst einem anderen immer stärker werdenden Gefühl in ihm: Er spürte einen unheimlich starken Druck in sich, einen Drang, aus sich selbst heraus zu fliehen, sich endlich von der komischen, ängstlich schizophrenen Figur, diesem armen Würstchen David, diesem albernen Clown, zu distanzieren, sich von ihm abzutrennen, sich über ihn zu stellen. Unbewusst nahm er sich aus seiner eigenen Situation heraus, blickte von oben auf sich selbst herab und verfiel plötzlich in ein großes Gelächter.

Da stand er nun, David Kamm, auf der Treppe seiner alten Schule, in der er soeben ein kleineres Massaker angerichtet hatte und winselte vor Angst, weil er all das nicht verstand, weil er all das nicht mehr verkraften konnte, und die einzelnen Figuren seiner erbärmlichen Persönlichkeit begannen miteinander zu sprechen, begannen sich zu streiten. Jedes der albernen Ichs wollte über den anderen stehen, ein jedes wollte in David herrschen, aber keines setzte sich vor den anderen durch. Alle dirigierten wie wild durcheinander.

„Ach Gott, was bist du nur für ein erbarmungsloser Wicht, David!", sagte er, auf die bald komisch wirkende Gestalt hinabblickend, von der er sich für einen Augenblick getrennt hatte.

„Da stehst du nun und weißt weder ein noch aus, grämst dich für deine Taten, scheust dich vor der Suche nach Antworten, weil du glaubst, sie leite dich in die Irre, führe dich hinter das Licht. Aber sage selbst: Wer hat in seinem kurzen Leben schon einmal die Chance, hinter das Licht zu schauen? Willst du es nicht wissen? Hast du dich noch nie gefragt, wie es weitergeht mit dir? Ach David, da stehst du nun und scheiterst an dir selbst!"

Doch der David, der diese wahren und weitsichtigen Worte sprach, hielt sich nicht lange über der eigentlichen Situation. Es war nur ein kurzes Aufflackern, ein kleines Feuer, dessen Flammen nicht groß genug waren, um David ganz zu entzünden, dessen Flammen erstickt wurden von einer größeren Macht. Alles fügte sich wieder zusammen. Sogartig zog es ihn wieder in sich hinein, riss ihn aus der Perspektive des Selbstbetrachters, zerrte ihn aus der höheren Sphäre wieder tief hinab in die Figur, die er soeben verlacht und bedauert hatte. Da stand er nun, fragend, ängstlich, bald hilflos wie ein kleines Kind in einer fremden, unbekannten Gegend. Nach einigem Zögern entschloss er sich, seinem Gehör keinen Glauben mehr zu schenken, die Stimmen zu ignorieren und endlich das Gebäude zu verlassen. Langsam ging David weiter, aber mit jedem Schritt, den er die Treppen hinabstieg, klangen die Stimmen lauter und wirrer in seinen Ohren, verbanden sich bald zu einer seltsamen Musik.

„Ich werde wahnsinnig!", sagte er zu sich selbst, drehte sich um und ging eilig die Treppen wieder hinauf bis zum Flur.

„Dort ist niemand David, ich werde es dir zeigen!", sprach er in einer schizoiden Anwandlung zu sich selbst.

„Du hörst doch die vielen Stimmen, oder? Du hörst doch diese zarte Musik?", sprach er wieder laut vor sich hin.

Dann ging er langsam zu einer der vielen Türen in der Mitte des langen Flures. Ein zarter, trauriger Gesang, der aus dem Inneren des Raumes zu kommen schien, durchdrang ihn, als er zögernd, die Hand bereits an der Türklinke, davor stehen blieb.

„Lass mich ein dunkles Lied dir singen, das in mir wuchs seit Anbeginn. Hörst du die finsteren Töne klingen, ziehen dich, und fallen schwer in deinen Sinn ...", vernahm David und trat, von einer merkwürdigen Sehnsucht gezogen, in den Raum. Dort stand, in ein zart weißes Kleid gehüllt, Frau Schwan auf einem der Tische und sang.

Die Fenster des Raumes waren mit schweren Vorhängen verdunkelt worden und drei kleine Kerzen warfen ihr friedliches Licht auf die seltsame alte Dame.

„David, da bist du ja endlich! Ich hatte gehofft, dass du kommst, dir meinen Gesang anzuhören", sagte Frau Schwan, indem sie wie eine Grazie vom Tisch herunterstieg und zu David hinüberging.

Vorsichtig nahm sie seine Hand, drückte sie sanft und gab dem Verwunderten einen Kuss auf die Stirn.

„Wie wunderbar, dass du gekommen bist", flüsterte sie nun leise.

Sie führte David zu einem Stuhl, den sie eigens für ihren Gast mit weichen Stoffen ausstaffiert hatte. Der Tisch davor war mit schwarzen Rosen geschmückt.

„Setz dich und lausche entspannt den Tönen deiner Frau Schwan!", sagte sie, stieg wieder auf ihren Tisch und begann mit ihrer seltsam schwer klingenden Ode:

„Winde treiben von Norden nach Süden
durch Licht und Dunkelheit.
Winde fangen sich in den Segeln der Schiffe,
die sterben vor Einsamkeit.

Helles Feuer, endlos brennende Flammenpracht,
sah SIE entzündet aus eigener Kraft,
in dir brennen so licht und warm,
dass Schwarz nicht war.
Und SIE vernahm
das Knistern der Liebe roter Glut,
der Vogel ewig fern mit seiner Brut
konnte euch nicht erreichen.

- So werdet ihr nie ihm gleichen. -

Doch weichst du jetzt,
da immer kälter deine Nacht,
von IHRER zauberhaften Seite.
Stiehlst dich durch dunkle Gassen heimlich fort von IHR,
steigst immer tiefer in den kranken Schacht
und schließt die Tore hinter dir.
Versperrst IHR alle Wege,
die jemals führten in dein Herz,
lässt SIE zurück in Einsamkeit und Sehnsuchtsschmerz,
der unerfüllt wird bleiben,
wenn du nicht erwachst, wenn du nicht erkennst,
dass all dies ist erdacht.

So voller Sehnsucht fällt SIE nun in dunkles Meer,
schwimmt elend im Nebel der Nacht aus diesem kalten
Reich,
vergeht,
bald tot und grausam bleich,
zwingt SIE ein fremder Traum, die Bilder rückwärts anzu-
schauen.

Starb nicht an diesem finsteren Baum dein Vater einen
Narrentod?
Ist nicht dein Kopf noch immer voll von Krötenkot?

Lass nicht den Vogel greifen nach IHR!
Lass ihn verbrennen im Feuer deiner Liebe!
Sonst wird auch SIE vergehen und niemals wieder aufer-
stehen.

Auf Zeit gebettet liegt SIE,
von deinen Augen unerkannt.
Doch kommt der Tag an einem Morgen,
da dir IHR Name wird genannt."

Frau Schwan ließ die letzten Töne ihrer seltsamen Ode zart und dunkel ausklingen. Ihre Augen hielt sie dabei geschlossen und ihre Arme hatte sie wie zwei Engelsschwingen weit von sich gestreckt.
„Oh David", sagte sie anschließend in dem gleichen melancholischen Tone, mit dem sie ihr Lied vorge-tragen hatte, „es ist Zeit! Ich muss nun gehen."
„Aber Frau Schwan", entgegnete David, doch ehe er seinen Satz vollenden konnte, war sie bereits ver-schwunden.
Der Tisch, auf dem sie gestanden und ihr zauber-haftes Lied gesungen hatte, schien schon bald versunken in der Masse der vielen anderen Schul-

bänke, allein der zarte Rauch der eben erloschenen Kerzen zeugte noch von seiner kurzweiligen Einzigkeit. Der seichte Hauch eines Windes hatte die Kerzen erlöschen lassen. In der Dämmerung der letzten noch brennenden Kerze an Davids Platz glimmten sie rötlich flackernd noch einmal auf, bevor ihr Docht erstarrte. Der seichte Hauch eines Windes, der nicht wirklich schien, hatte ihre Feuer mit sich genommen. Unwirklich kam er dahergeweht und war doch gleich wieder fern, unwirklich, denn es gab keinen Wind in diesem Raum. Der seichte Hauch konnte nur von ihren Flügeln stammen, die man nicht sah, deren Wahrheit allein in unserer Ahnung ihres Daseins lag. Frau Schwan hatte sich verabschiedet, aber sie war weder von ihrem Tisch heruntergestiegen noch durch die Tür des Raumes hinausgegangen. Nein, sie war einfach verschwunden, ohne eine Bewegung, ohne ein Wort, ohne irgendein Zeichen. Sie schien wie in tausend Monaden aufgelöst in dem imaginären Element, aus dem sie gekommen war. Unsichtbar, bald nah, bald fern schien sie zu einem Teil der mystisch rätselhaften Stimmung geworden zu sein, die dieser Begegnung innewohnte, die David umgab, von der er zehrte und die er vielleicht sogar unbewusst selbst projizierte. Nur der leise, zart finstere Klang ihrer Ode blieb David noch, der in vollkommenem Erstaunen über den seltsam zauberhaften Auftritt, gebannt und benommen von dem Gefühl einer unendlichen, nie gekannten Sehnsucht, auf seinem mit seidenen Stoffen behangenen Stuhl saß und in die einsame Flamme der letzten Kerze blickte. Dann erlosch auch diese, als sei ihr Feuer in der Sehnsucht seines traurigen Blickes ertrunken.

Langsam erhob er sich aus seinem Stuhl, tastete sich in vollkommener Dunkelheit durch die Reihen der Bänke bis hin zu der Fensterseite des Raumes vor und zog die schweren Vorhänge auf. Das helle Tageslicht flutete augenblicklich durch den Raum, und David stand für einen Moment wie blind, bis sich seine Augen an das Licht gewöhnt hatten. Dann öffnete er eines der Fenster und lehnte sich weit hinaus.

Die Straßen waren menschenleer und alle Häuser standen wie verlassen. Niemand ging hier. Niemand sollte hier sein. Doch David bemerkte die Seltsamkeit der Dinge nicht, wunderte sich nicht über das Schweigen der sonst so munter belebten Stadt.

Mit seinen Gedanken war er weit, fern ab von allem, ließ sie wandeln in den letzten Spuren des für David unvergesslichen Ereignisses, dieser seltsamen Begegnung, die so unwirklich schien und dennoch voll tiefer Wahrheit war, die sich in seine Seele gegraben hatte und deren zart sehnsüchtige Melodie wieder und wieder in seinem Kopf erklang. Oh, was war das bloß für eine merkwürdige Sehnsucht, die ihm ihren Namen nicht verriet, die ihr Ziel nicht in sich trug, die ihm nicht zu verstehen gab, wonach er sich sehnte. War sie nicht zu groß für ihn, diese unnahbare Sehnsucht, von der er nichts wusste, als dass sie seinen Schmerz zur Ewigkeit verdammte, weil er ihre Ursache nicht kannte, nicht wusste, womit er ihre schmerzende Gier stillen konnte? Er sah nicht ihren Anfang, sah nicht ihr Ende, fühlte nur ihre von ihm zehrende Macht in sich, die ihn in alle Richtungen gleichzeitig zu ziehen schien, die ihn zerriss und ihn doch innerlich zusammenhielt. Aber je mehr er sich gegen diese wahnsinnige Flut der Sehnsucht zu wehren versuchte, je mehr er sich ihr mit allen Mitteln seiner Vernunft und seines Verstandes zu widersetzen versuchte, desto tiefer zog sie ihn in ihren Kreis und desto tiefer ließ er sich von ihr ziehen. Denn allmählich begann er Gefallen an ihr zu finden, begann diesen bitteren Schmerz zu genießen, diese nie endende Ungewissheit auszuleben.

Ist es nicht wunderschön, sich sehnen zu können? Ist nicht allein der Zustand begehrenswert, dieses schmerzende Verlangen nach etwas, von dem man nicht weiß, was es ist, von dem man einzig ahnt, dass es fern ist und in der Ferne verweilen wird?, dachte David, indem er sich vom Fenster abwandte und langsam auf die Tür des Raumes zuging.

Seinem schmerzenden Verlangen ganz und gar hingegeben, ohne bewusst wahrzunehmen, was er tat, verließ er den Raum schließlich und betrat wieder den langen, mit rotem Linoleum ausgelegten Flur. Er ging einige Schritte, öffnete dann unwillkürlich eine Tür auf der anderen Seite des Flures und trat, noch immer im Nebel seines bis zur Lust gesteigerten Sehnsuchtsschmerzes, der ihn marterte und dessen Marter ihm nun eine Wonne war, in den Raum.

Durch eine laute Stimme aus der Trägheit seiner Gefühlsregung gerissen, fand er sich plötzlich in der Mitte des hell erleuchteten Raumes stehend und blickte ängstlich um sich. Mattgelbe Wände, liebevoll ausgeschmückt mit Klebebildchen und Postern von Pferden, Hunden und Katzen, blickten ihn an. Neonröhren flackerten ihm in ihrem grellen, geißelnden Licht von der kalkweißen Decke her entgegen, lispelten wortlos von Kälte und Sterilität. >PRÄTERITUM< stand in dicken roten Buchstaben auf der Tafel. Die Schulbänke des Raumes hatte man in U-Form zusammengestellt und an jeder der drei Seiten warteten etliche Stühle wohl geordnet in einer anständigen Linie auf ihre Gäste.

Hier habe auch ich einmal gesessen, Vokabeln gelernt und Zahlen in mathematische Formeln eingesetzt, wie ein Fließbandarbeiter, der Kartons faltet oder Plastikgehäuse für Telefone zusammenschraubt. Immer das gleiche einfältige Muster, so gehört sich das!, dachte David bei sich, als plötzlich die Tür geöffnet wurde und ein großer, schlanker Herr, gekleidet in einen schwarzen, sehr eleganten Frack, den Raum betrat.

„Sehr richtig, David", sagte der Herr mit lauter Stimme, „und heute wirst du hier wieder sitzen. Allerdings biete ich dir eine wesentlich interessantere Lektion als Vokabeln und Mathematik."

David wusste nicht, wie ihm geschah.

„Bitte, setz dich! Es wird gleich so weit sein", sagte der Herr und wies David zu der Bankreihe, die quer zwischen den beiden seitlich gelegenen Reihen verlief.

„Das sind die besten Plätze hier hinten. Findest du nicht auch, David?", fügte er hinzu und setzte sich dann in die Mitte der Reihe.

Doch David konnte nicht antworten, schließlich hatte er ja noch nicht einmal Gelegenheit gehabt, sich über den so unerwarteten Eintritt des schwarzen Fremden ordentlich erschrecken zu dürfen. War er ihm fremd? War dieser Mann ihm wirklich unbekannt? David setzte sich langsam und betrachtete den Herren, der nun in Richtung der Tafel blickte, als erwarte er den Beginn eines obskuren Schauspiels. Hatte David dieses Gesicht nicht schon einmal gesehen? Kannte er den Mann nicht von irgendwo her? Er wusste es nicht. Aber er fühlte eine gewisse Vertrautheit dem Herren gegenüber, und diese kam nicht von ungefähr.

Wieder öffnete sich die Tür und David sah nacheinander zwei Männer in den Raum treten. Beide waren ebenso wie der erste Herr in Schwarz gekleidet. Der erste lief geradewegs zu der Fensterseite hinüber und setzte sich dort an einen der Tische. Der zweite setzte sich ihm gegenüber in die andere, parallel zur Tür befindliche Bankreihe. Schweigend schauten beide einander in die Augen. Eine ganze Weile saßen sie so, bis sich plötzlich einer der beiden Männer, jener, welcher in der Fensterreihe Platz genommen hatte, von seinem Stuhl erhob und mit schwerer Stimme sagte:

„Einst hatte ich einen Bruder, der mich liebte. Heute ist er nur noch ein Stück totes Fleisch, schwimmend irgendwo im Pazifischen Ozean. Das ist es, was ich meine: Alles um mich herum siecht dahin. Alles um mich herum stirbt.

Manchmal wache ich des Nachts schweißgebadet auf, gehe ins Badezimmer, schaue dort mein Gesicht im Spiegel an und denke: Wie hässlich bist du, wie grausam steht der Mord in deinem Gesicht! Ach, wird Gott jemals diese Last von mir waschen, wird er mir vergeben, was ich Furchtbares getan habe?"

„Du hast nichts Unrechtes getan mein Freund", entgegnete nun der andere Mann, indem er sich ebenfalls von seinem Stuhl erhob.

Nachdenklich, bald bedrückt, schüttelte er den Kopf und fügte hinzu:

„Gott forderte sein Opfer, ja, doch du bist töricht, wenn du meinst, du selbst hättest es ihm erbracht. Es gibt nichts zu vergeben, begreife das endlich! Die ganze Geschichte ist jetzt mehr als drei Jahre her und du nagst immer noch daran. Wann gedenkst du endlich zu vergessen, was geschah? Wann lässt du dich wieder auf das ein, was man hierzulande Leben nennt? Du hast nicht alle Zeit der Welt mein Bester. Das Leben ist kurz, zu kurz, um der Depression auch nur eine einzige Sekunde zu widmen. Lass mich dir einen Vorschlag unterbreiten, den du nicht abschlagen darfst: Ziehe für ein paar Monate zu mir in den Süden. Hier kannst du dich neu finden, vergessen, was war und vor allem das Leben in vollen Zügen genießen. Mache dir über das Finanzielle keine Gedanken, du sollst mein Gast sein. Das Beste ist, wenn du gleich am Montag mit mir gemeinsam abreist. Dich kann und darf hier nichts mehr halten!"

David verstand nicht, was hier mit ihm geschah. Wer waren diese Männer und wovon in Gottes Namen sprachen sie? Bleich vor Schreck und dennoch gebannt und gezogen von dem Rätsel, in dem er offensichtlich wandelte, wandte sich David nun wieder dem dritten der Herren zu, jenem, welcher als erster in den Raum getreten war und der bis jetzt still, aber keineswegs abwesend neben ihm gesessen hatte. Im gleichen Augenblick, als habe er bereits darauf gewartet, dass David sich zu ihm wende, erhob sich der Herr von seinem Platz, neigte sonderbar erhaben seinen Kopf und fragte dann:
„Siehst du dich mein Junge?"

Doch David hörte die Frage nicht. Viel zu sehr war er damit beschäftigt, den Namen dieses Gesichtes zu finden, das ihm so sehr vertraut schien.

„Siehst du dich dort mein Junge?", wiederholte der Herr seine Frage.

Aber David reagierte auch dieses Mal nicht. In seinem Kopf lief alles wirr durcheinander. Vordergründig versuchte er sich auf das Gesicht zu konzentrieren, dessen Namen er vergessen zu haben glaubte. Doch je mehr er sich in das Suchen nach dem Namen dieses Mannes versteifte, je tiefer er sich in die Windungen seines Gehirns festbiss, desto fremder erschien ihm dieser Herr. Andere Fragen drängten sich ihm auf, und aus jeder ergaben sich viele weitere.

Was tun diese Männer hier? Was reden die so komisch daher? Warum sprach der eine von „totem Fleisch im Pazifischen Ozean" und dass ihm der Mord so grausam im Gesichte stehe?, fragte sich David verwirrt.

Und plötzlich fingen ihn all die Fragen, denen er sonst im Nebel des vermeintlichen Selbstschutzes, dieser tauben Dumpfheit und Einfalt, entschwunden war. Plötzlich fingen und fesselten sie ihn, zogen an ihm, machten ihm Angst. Hastig suchte er nach Mustern, die diese unendliche Vielzahl der Möglichkeiten, dieses Wirrwarr der Antworten, auf zwei reduzieren konnten, nach Mustern, die ein >Ja< oder ein >Nein< zuließen, die das >Vielleicht< ausschlossen. Er gierte nach Mustern, die alle schrägen, seltsamen Eventualitäten in klare Linien zusammenzupressen vermochten, nach Mustern der Ratio, denen er sich naiv unterwerfen würde, wenn sie ihm nur endlich zeigten, dass er krank sei, dass er träume, dass er inmitten einer unwirklichen, schizophrenen Scheinwelt stehe, die er in seiner ganzen selbstzerstörenden Irre erschaffen hatte und deren Kontrolle ihm nun nicht mehr möglich war. Wie gern säße er jetzt bei einem Arzt, bei einem anerkannten, erfahrenen Psychologen. Wie sehr wünschte er sich eine Bestätigung, eine ärztliche Diagnose, die ihm offiziell bescheinigte, dass er geisteskrank sei, dass er in Welten verkehre, die es gar nicht gebe, und dass er aus diesem Grund dringend in Behandlung gehörte. Wo waren all die klugen Gedanken, die ihm, wenn er sie in eine ordentliche Reihenfolge bringen würde, den Sinn dieses seltsamen Durcheinanders von Bildern und Begegnungen, von Fragen und der nie endenden Suche nach Antworten, von benebelter Dumpfheit und grenzenlos klarer Tiefe, erklären konnten. Wo war das Signum des Traumes? Wo war der vertraute Piepton des Weckers, der ihn aus dem vermeintlichen Schlaf wieder in die wunderbar einfache Normalität reißen konnte? Wo war sein vernünftiges Leben, das er nach dem elenden Tod seiner Mutter doch gerade erst wieder in den Griff bekommen hatte?

Vielleicht war er blind. Ja, vielleicht war alles ganz einfach und er sah nur nicht, wie einfach alles war. Vielleicht gab es einen Sinn in diesem Spektakel, in dieser irren Bilderflut, in diesem Wirrwarr aus seltsamen Begegnungen und Rätseln, die er immer wieder durchwandelte und deren Zaubern er jedes Mal ohnmächtig erlag? Vielleicht gab es einen Sinn und er sah ihn nicht. Lag die Wahrheit hinter der Wahrheit? Gab es im Kern der so sehr geschätzten Realität noch etwas anderes? Gab es ein zweites

Reich, das real war und dennoch nicht zur Wirklichkeit gehörte, das nicht Traum war und nicht Ausgeburt seiner kranken Fantasie?

„Wer sind Sie?", fragte David endlich den Herren neben sich.

„Weißt du das nicht, David?", entgegnete der Mann, und durch die Fassade seiner seltsamen Erhabenheit schimmerte ein kleiner Funken Enttäuschung, die sich jedoch sogleich wieder verlor, als David sagte:

„Ich kenne Sie und Ihr Gesicht scheint mir vertraut, allerdings finde ich den Namen nicht, der mir Ihr Wesen benennen könnte.

„Bist du töricht", sagte der Herr empört, „dass du dir über den Namen der Menschen ein Bild von deren Wesen formst? Bedenke, dass sich Namen ändern!"

„Nein, so habe ich es nicht gemeint", erwiderte David. „Das Wesen eines Menschen beschreibt sich mir über die Begegnung mit ihm, über Gespräche, Handlungen, Gefühle, eigentlich über alles, was derjenige mir von sich zeigen will. Aber es beschreibt sich mir auch über all das, was er vor mir zu verbergen sucht und doch nicht wirklich geschickt zu verbergen vermag. Sein Wesen spiegelt sich in seinen Augen, wenn sie strahlen vor Freude und Glück, wenn sie weinen vor Sorgen und Trauer, wenn sie nachdenken und grübeln. Wenn ich Menschen treffe, dann formt sich mir ein Bild von ihnen. Und dieses Bild, welches mit dem wahrhaftigen Wesen des Menschen durchaus nicht identisch sein muss, schließe ich in mir ein. All das, was ich von den Personen behalten habe, all das, was mir und meinen Sinnen wichtig schien, liegt in einem Kasten, den ich

151

öffne, wenn ich mich an sie oder an Begebenheiten, die ich mit ihnen erlebt habe, erinnern möchte. Doch brauche ich einen Namen, um mir Zugang zu meinen Erinnerungen verschaffen zu können, um den Kasten zu öffnen. Ich brauche den Namen des Menschen, um mich an das Bild, welches ich mir einstmals von ihm formte, zu erinnern. Ich brauche den Namen, um die Begebenheit noch einmal erleben, um in die vergangene Zeit zurückkehren zu können."

Für einen kurzen Augenblick hielt er inne. David fühlte, wie sehr ihn diese Erscheinung quälte, wie sehr es ihn anwiderte, Menschen anhand ihrer Namen in den Schubladen seines Gehirns kategorisiert zu sehen und sich nach den Regeln dieser Ordnung richten zu müssen. Ob es wahrhaftig so zuging in seinem Kopf, oder ob er sich nur einbildete, dass es so sei, schien ihm irrelevant, denn er glaubte fest an dieses Prinzip. Er hatte immer daran geglaubt.

„Wenn ich mich in den seichten oder harten Wassern meiner Erinnerungen baden möchte", fuhr er nachdenklich fort, „dann muss ich vorerst wissen, welche Schublade zu öffnen ist, welche der Begegnungen und Begebenheiten noch einmal aufleben soll. Manchmal müssen mehrere Fächer geöffnet werden, weil deren jeweiliger Inhalt zueinander in enger oder weiter Verbindung steht, weil sich die Wege der Menschen mehrfach kreuzen, weil das Schicksal weite Netze spinnt. Verstehen Sie?", sprach er eindringlich zu dem Herren. „Tausende Schlüssel hängen an einem Brett im Portal der großen Bibliothek in meinem Kopf und an jedem Schlüssel hängt ordentlich ein Namensschild. Doch welchen Schlüssel greifen? Welche Schublade öffnen? In den meisten Fällen stelle ich mir diese Frage gar nicht, mein Unterbewusstsein öffnet einen oder mehrere Kästen und ich krame dann darin. Nur vermeintlich unwillkürlich, weil unbewusst, schwelge ich dann sehnsüchtig in Erinnerungen an vergangene Zeiten. Doch manchmal, wenn ich gezielt mich zu erinnern suche, fehlt einfach der Name und ich, dürstend nach vergangenen Bildern, finde keinen Weg zu meinen Erinnerungen. Gierig suche ich dann nach dem Namen, greife einen Schlüssel nach dem anderen, lese unmutig etliche Schlüsselschilder und verkrampfe mich im Suchen, weil ich nicht weiß, zu wem das Fragment gehört, welches mir die Gegenwart soeben zugespielt hat, weil ich nicht weiß, wie der Name des Menschen ist, dem ich so plötzlich halb vertraut gegenüberstehe."

Wieder schwieg David einen Augenblick, schaute dem Herren fragend, bald verzweifelnd in die Augen, ehe er in forderndem Ton sagte:
„Herr, ich brauche Ihren Namen, um die Vertrautheit, die ich Ihnen gegenüber in meinem Innersten verspüre von den Fragen und Zweifeln zu befreien, um sie ganz und gar entfalten zu können. Nennen Sie mir Ihren Namen mein Herr!"
Der Mann brachte David mit einem unmissverständlichen Kopfschütteln sein Unverständnis zum Ausdruck und sagte ruhig aber eindringlich:
„Ich sage es dir noch einmal: Namen ändern sich mein Bester!"
„Aber", warf David ein, „es ist..."

„Nein David!", unterbrach ihn der Herr unmutig. „Ehe du einem weiteren Denkfehler unterliegst: Auch Gesichter ändern sich im Laufe der Jahre."

„Das mag wohl sein", entgegnete David, „dann nenne mir doch den Namen, mit dem du dich mir einstmals vorstelltest und ich werde einen Eindruck von dir haben!", forderte David energisch, doch der Herr in Schwarz schüttelte wieder den Kopf.

„Was bist du nur so unendlich hartnäckig und stur in deiner Einfalt, David! Du glaubst wohl das Wesen der Erinnerung erkannt zu haben, glaubst es in dein simples Schema pressen zu können. Aber täusche dich nicht! Du hast dir da ein ordentlich hübsches Muster zusammengereimt, mit deinen Kästen und den Namen daran! Name ist gleich Schlüssel zum Kasten mit den Erinnerungen - mein Gott, wasche die Einfalt von diesem Geist! Dann lass mich dir einmal zeigen, wie schnell sich die Schublade öffnet, in der du mich verstaut hast. Lass mich dir zeigen, dass es neben diesen faden Namen auch noch ganz andere Schlüssel zum Öffnen deiner Kästen gibt!", sprach der Herr fast zornig und setzte sich wieder auf seinen Stuhl.

Dann legte er vor sich die Hände auf den Tisch, spreizte seine Finger auseinander und sagte:

„Sieh mich an, David! Sieh, wie schnell sich alles verändern kann! Und vor allem sieh, wie schnell wir einen Schlüssel zu deinem Erinnerungskasten finden, ohne dafür auch nur einen meiner Namen aussprechen zu müssen."

Selbst wenn David gewollt hätte, er konnte gar nicht anders, als den schwarzen Herrn ansehen, denn er war durch diesen wie in einen Bann gezogen, der ihn zwang, endlich den Nebel zu durchbrechen, in den er sich klammheimlich begeben hatte, der ihn zwang, endlich aus seiner vermeintlichen Blindheit zu erwachen und ungetrübt klar zu sehen. Kalte Schauer des Entsetzens zogen sich durch seinen Körper, als er mit ansah, wie sich langsam das Gesicht des schwarzen Herren verwandelte. Weiße Falten zogen sich allmählich durch seine Stirn, dann über seine Augenlider und über die Wangen. Den Falten folgten grauweiße Flecke, die langsam über das ganze Gesicht wanderten, es benetzten und sich dann miteinander verbanden. David blickte plötzlich in ein fades, alt und trüb wirkendes Gesicht. Doch damit nicht genug: Kleine braune Öffnungen bildeten sich langsam aus, erst auf der Stirn, dann auf den Wangen, auf der Nase und schließlich auch auf dem Hals. Die Löcher wurden größer und schienen nach innen tiefe Röhren zu bilden. Das Loch in der Mitte seines Halses, direkt am Kehlkopf, wuchs zu einer wulstigen, faustgroßen Öffnung heran, und ein kleiner Lappen, der vorerst vor dem Loch nach unten gehangen hatte, richtete sich langsam zu einem merkwürdigen Podest auf.

„Halt!", schrie David. „Nicht weiter! Bitte nicht weiter, Vater!"

Und da waren sie, die Erinnerungen an ihre erste in seltsamen Licht stehende Begegnung. Markus, sein Vater, der angab gestorben zu sein und dennoch zu leben schien, diese obskure Person, die Zigarre rauchend in seiner Küche gesessen hatte wie eine lebende, tote Leiche und aus dessen Leib hässliche Kröten gesprungen waren, furchtbare Kröten, die sich dann auf Davids Kopf widerlich einnisteten. Ja, da waren sie, all die schrecklichen Bilder: David sah

155

sich selbst in seiner Küche sitzen. Er sah sich, wie er die fette Kröte in ihre Einzelteile zerlegte, wie er das Tier bestialisch zerstückelte. Und er sah seinen Vater, wie er tatenlos dabei zusah. Ja, da war es wieder, sein elendes Gewissen, das ihn als Mörder anklagte, das ihn verurteilte zu lebenslanger Seelenqual. Er sah sich, das Kuhauge entdeckend, in pseudo- wissenschaftlicher Gier nach einem weiteren Auge suchend, mit dem Skalpell in den Gedärmen der Kröte wühlen, wie ein hungriger Geier.

„Halt, Vater! Bitte!", schrie er laut und der kalte Schweiß floss in Strömen über sein Gesicht.

„Nun, mein Sohn", entgegnete Markus mit ausgesprochen ruhiger Stimme, „hast du erkannt, wer ich bin?"

„Vater, mein Vater Markus Kamm" schrie David, der vor Grauen und Entsetzen über das, was ihm widerfahren und jenem, was er selbst zu verantworten hatte, langsam, mit den Händen das Gesicht verbergend, in die Knie ging.

„Na, na, mein Junge! Spiegelt sich etwa Verzweiflung in dieser merkwürdig anmutenden Haltung? Sehe ich etwa Reue für Vergangenes in den vor Tränen zerflossenen Augen meines Sohnes? Sehe ich einen um Vergebung bittenden, einen wahre Schande bekennenden David Kamm dort vor mir auf den Knien schluchzen?", sagte Markus, indem sich sein Gesicht allmählich wieder in seine ursprüngliche Form wandelte und lebendige Farbe annahm.

„Ich muss doch wohl sehr bitten, junger Mann!", fuhr er fort und sein Mund verzog sich zu einem schäbigen, unwirklich albernen Grinsen.

„Steh auf! Wir wollen sehen, wie es weitergeht."

David stand auf, ohne dass er sich selbst dazu in der Lage fühlte. Er stand auf, als zöge ihn jemand nach oben, als sei er zur lächerlichen Marionette in einem Puppenspiel geworden. Plötzlich vernahm er dumpfe, noch in weiter Ferne erklingende Stimmen, doch bald wurden sie intensiver, schienen schnell näher zu kommen. Und als er unmittelbar neben sich jemanden sprechen hörte, blickte er nach rechts zur Fensterseite des Raumes, wo der junge Herr noch immer vor dem Tisch stand und in großer Erregung, mit seinen Händen wild umhergestikulierend, folgende Worte sagte:

„Willst du es nicht verstehen? Ich habe meinen Bruder umgebracht! Soll ich etwa so tun, als wäre nichts gewesen? Wie stellst du dir das vor?"

„Du verstehst nicht!", rief ihm der Herr von der gegenüberliegenden Seite energisch zu. „Dein Bruder hat Selbstmord begangen. Du hast ihn nicht getötet, begreife das doch endlich! Er scheiterte an seinem ganz persönlichen Konflikt, nichts und niemand hätte ihn vom Suizid abhalten können. Du kanntest ihn doch: Hatte er erst einmal eine Entscheidung getroffen, dann blieb er konsequent, was immer auch geschehen mochte."

„Aber wir hatten Streit auf dem Schiff, und ich habe ihm so viel vorgeworfen!"

„Was soll das Vater? Wer sind diese Leute?", fragte David plötzlich. „Ich weiß wirklich nicht, warum wir uns das ansehen müssen!", fügte er empört und ungeduldig hinzu.

Dann stand er ruckartig auf und wollte gehen.

„Halt! Bleib stehen, David! Wir sind noch nicht fertig!", rief Markus, und aus seinen Worten wuchs etwas wie eine unsichtbare Wand heraus, die David, so sehr er sich auch bemühte, am Gehen hinderte.

„An deiner Stelle würde ich mich ganz schnell wieder setzen, denn das, was du dir hier ansehen sollst, betrifft dich", mahnte er.

Unfreiwillig, als zöge ihn allein die Mahnung seines Vaters zurück an den Tisch und drücke seinen Körper mit aller Macht nieder, setzte sich David sogleich wieder auf den Stuhl.

„Er ist tot und daran wirst du nichts mehr ändern können!", sprach der eine Herr energisch und blickte seinem Gegenüber, dem Herren, der vor einem der Tische in der Fensterreihe stand, eindringlich in die verzweifelten Augen.

Nach einem langen Schweigen sagte er, indem er seinen Blick langsam von dem Herren in der Fensterreihe abwandte und auf David richtete:

„Ich möchte, dass du mit mir nach Frankreich gehst. Ich möchte, dass du endlich wieder zu dir findest, dass du dein unbegründetes Schuldgefühl für immer hinter dir lässt. Ich möchte, dass du dich endlich frei machst von deinem Kummer. Martin ist tot, aber", und jetzt schaute er David eindringlich in die Augen, „du lebst mein Freund, und ich kann nicht mit ansehen, wie du dir das Leben zur Qual und Marter machst. Komm mit mir nach Frankreich, gleich Montag!"

David wandte sich entsetzt zur Seite.

„Markus!", schrie er, besessen von einer kalten Angst. „Nein, was bringst du diesmal für Unheil über mich!"

„Na, na, mein Sohn", erwiderte Markus, „nennst du es etwa Unheil, hinter die triste Fassade des Alltäglichen schauen zu dürfen? Nennst du es Unheil, wenn man dir Einblicke in Welten gewährt, von denen andere vergebens träumen? Nennst du es Unheil, zu erfahren...", und einen Augenblick hielt er nachdenkend inne.

„Nein, lassen wir das! Aber lass mich dir nun, da wir uns hier einander so wunderbar als Vater und Sohn gegenübersitzen, noch einmal die Frage stellen, die du zu erfassen vorhin noch nicht in der Lage warst."

Wieder deutete er auf den Herren an der Fensterseite.

„Siehst du dich David? Siehst du, wie sich allmählich alles zueinander fügt? Fühlst du, wie sich die Bilder langsam aneinander reihen, wie eines das andere ergänzt, wie sie sich sanft und schön miteinander verbinden, verschmelzen zu einem einzigartigen Ganzen?"

„Ich habe Angst, Vater, wahnsinnige Angst."

Kraftlos vor Verzweiflung stützte David seine nasskalte Stirn in beide Hände.

„Wovor, mein Sohn?", fragte Markus leise und in seiner Stimme erklang endlich ein kleiner Funken des Mitgefühls, das David tief in seinem Innersten von diesem Menschen erwartete.

Endlich erklang ein winziger Hauch väterlichen Verständnisses. Aber so sehr er sich jetzt auch darin ergab, so sehr David in dieses wunderbare Meer aus Tränen und Rührung eintauchte, welches seine

Augen weinten, er glaubte nicht an die Reinheit dieses so unendlich vertraut anmutenden, väterlichen Mitgefühls. Tränen weinte er, bitterliche Tränen, und sie sprachen nicht von seiner entsetzlichen Angst, nicht von seiner Verzweiflung und Kraftlosigkeit, sondern einzig von dem überwältigenden Gefühl des Vertrauens, der Zuneigung und Zugehörigkeit. Doch er glaubte nicht an seine Tränen, glaubte nicht an dieses große Gefühl, diesen süßen Hauch des Mitfühlens und Verstehens. Nein, er glaubte nicht an den zarten Ton der Vertrautheit und Schicksalszugehörigkeit. Aus seinen Augen floss Träne um Träne, aber sein Herz weinte nicht, konnte nicht weinen. Denn zu sehr zweifelte es an der Wahrhaftigkeit der Figur, die diese bittersüßen, falsch anmutenden Tränen aus seinen müden Augen lockte. Viel zu tief schon hatte sich der Zweifel in ihn gefressen. Viel zu fragmentiert lagen all die Bilder, angenagt, teils zerstört und verkommen, übermalt, eingehüllt, eingenebelt und letztlich unwahr in den finsteren Räumen seiner Seele, als dass er noch an seinen Vater hätte glauben können.

„Wovor ich Angst habe, fragst du?", sagte David und wischte sich endlich die Tränen aus dem Gesicht, die er längst nicht mehr weinen wollte.
„Ich habe Angst davor, aus diesem Albtraum nicht wieder zu erwachen, wahnsinnige Angst, in ihm gefangen zu bleiben auf immer und ewig. Ich habe Angst davor, mir weitere deiner Visionen mit ansehen zu müssen. Ich habe Angst davor, durch dich schuldig zu werden. - Vor dir, Vater, habe ich Angst!"
David legte seinen Kopf auf den Tisch und faltete die Hände über ihm.

„Vater, ich bin am Ende und ich weiß den Weg nicht mehr zurück."

Markus schaute ihn verständnislos an. Als sauge er erbarmungslos, gleich einem hungrigen Egel, an dem letzten Tropfen Mitgefühl, den David von ihm noch in sich glaubte, fragte er empört:

„Du glaubst, all das ist nur wieder eine deiner Schimären, oder?"

„So ist es", rief David verzweifelt. „Bei Gott, ja so ist es, Vater, der du nicht hier sein kannst, der du längst tot und begraben bist. Ich glaube es ist wieder so ein Hirngespinst, so ein bewegtes Bild meiner kranken Fantasie, so ein Albtraum, den ich nicht abstellen kann. Was sollte es auch sonst sein - die Wirklichkeit?"

„Endlich bringst du die Sache auf den Punkt, mein Sohn! Jawohl, es ist die Wirklichkeit. Allerdings scheinst du ihr noch nicht gewachsen zu sein, wenn du immer noch glaubst, dass all dies deiner Fantasie entsprungen sei. Aber überlege doch, wie anmaßend du bist. Kann ein Mensch denn so viel Fantasie besitzen, dass er eine Welt in der Welt sichtbar machen kann, die sonst im Verborgenen liegt, die sonst zu enträtseln jedoch von vornherein zum Scheitern verurteilte Aufgabe der Kranken, der Dichter und Träumer gewesen ist?", fragte Markus.

„Viel mehr noch Vater, sehr viel mehr Fantasie!", entgegnete David, indem er seinen Kopf hob, seine müden Augen öffnete und Markus ansah.

Dann stützte er sein Kinn mit der linken Hand, ließ seine Augen durch den Raum schweifen und blickte schließlich zu dem schlanken Mann hinüber, jenem, welcher links von David in der Fensterreihe stand. Der schlanke Herr stand mit dem Rücken zum

Fenster, noch immer vor dem Tisch gebeugt. David sah, wie sich sein Mund bewegte, wie sich sein Gesicht verzog, wie er den Kopf hob und senkte, als diskutiere er mit seinem Gegenüber. Doch David verstand nicht mehr, was er sagte, sah nur die Mimik seines traurig und kraftlos anmutenden Gesichtes. Im Augenblick schien es David gar, als stünden sein Vater und er in einem gläsernen Käfig, aus dem sie hinausblicken konnten, der sie zuschauen und beobachten ließ, der aber für diejenigen außerhalb des Käfigs unsichtbar war. Denn die beiden Herren bemerkten weder David noch seinen Vater Markus, während sie angestrengt miteinander sprachen.

„Das ist seltsam", sagte David leise zu sich selbst, „vor wenigen Minuten konnte ich diese beiden Herren noch hören, habe sehr wohl verstanden, was sie zueinander sprachen und jetzt scheint es, als sei ich ihnen gegenüber taub."
„Du bist es, David", fiel sein Vater plötzlich ein, „du bist ihnen gegenüber taub. Und sie sind uns gegenüber blind und taub. So ist es angedacht."
„Warum ist es so angedacht?", fragte David, und es klang, als frage ein kleiner, von unermüdlicher Neugier besessener Junge seinen Vater, warum die Sterne im Dunkeln leuchteten.
„Frage nicht warum, David! Es ist noch nicht an der Zeit, eine solch allumfassende Frage zu stellen", antwortete Markus.
Nach einem langen Schweigen fuhr er fort:
„David, bevor ich gehe, möchte ich dir noch einen Rat geben, den du auf deinem Wege befolgen solltest: Akzeptiere den Verlauf deiner Reise! Du suchst die Wege, die du gehst, nicht aus, auch wenn es für

dich selbst manches Mal den Anschein hat. Je eher du begreifst, dass die Welt, in der du dich augenblicklich bewegst, ebenso wirklich ist, wie die Welt aus der du herausgefallen zu sein glaubst, desto eher wirst du am Ziel dieser Reise sein."

Als Markus diese Worte gesprochen hatte, stand er auf und verließ den Raum.

„Vater!", rief David ihm hinterher. „Vater, was ist das Ziel meiner Reise? Wohin wirst du mich führen - in den Wahnsinn?"

Erschöpft legte er seinen Kopf auf den Tisch. Doch er fand keine Ruhe, denn eine Ahnung befing ihn, eine Ahnung, die bereits einmal kurz in ihn gefahren und ihn entsetzlich erschreckt hatte, als er den Namen Martin gehört hatte, eine Ahnung, die er verdrängt hatte, weil sie zu groß für ihn war, zu finster. Blitzartig hob er seinen Kopf, um nach den beiden Herren zu sehen, doch er fand sie nicht mehr, sie waren verschwunden. Sollte er einer dieser beiden Herren gewesen sein? Hatte sein Vater deshalb zu dem Herren in der Fensterreihe deutend gefragt, ob David sich selbst sehe. Nein, das durfte nicht sein! Er durfte dieser Ahnung keinen Nährboden bieten, durfte sie nicht zulassen. Die Konsequenzen wären fatal. Nein, sein Bruder ist doch am Leben, ist nicht tot. Das alles konnte nicht sein! Schließlich hatte er seinen Bruder noch nie auf einer Seefahrt begleitet. Sie konnten nicht gestritten haben. Er konnte nicht tot sein. Er durfte nicht tot sein! David brach unter Tränen zusammen, schüttelte seinen Kopf hin und her, schlug wie wild mit seinen Fäusten auf den Tisch.

„Nehmt mir nach meiner Mutter nicht auch noch meinen Bruder, das Einzige, was ich noch habe in dieser irrsinnigen Welt!", schrie er. „Lasst endlich ab von mir! Lasst mich gehen!"

Er war am Ende seiner Kräfte. Verzweiflung, Angst und Entsetzen hatten an ihm gezehrt, hatten ihm keinen Moment Ruhe gegönnt. Jetzt, da er sein E-lend schlimmer denn je empfand, schlief er in dem Meer seiner Tränen ein, tauchte für Augenblicke nur in einen Raum, der leer war, wunderbar leer. Kein Gedanke, kein Gefühl, keine Begegnung, kein Licht und kein Schatten drängte sich ihm hier auf. Wie wohl klang die Stille! Wie wunderbar flog seine Seele durch die Leere dieses Nichts.

David erwachte, geweckt vom sanften Schein der Sonne, die sich heroisch vor der Fensterfront des Raumes erhob; und für diesen Moment schien es sogar, als trage ihr Licht das Signum des Sieges in sich. Der Schatten hatte den Kampf verloren, die Finsternis verblich im goldenen Schein der lieblichen Sonne.
Was für ein wunderbarer Morgen!, dachte David. Es hat ein Ende gefunden, endlich! Während ich schlief, ist der Schmerz von mir gewichen. Der böse Traum sollte enden, hier in diesem letzten Bild.
Vorsichtig erhob sich David von seinem Stuhl und ging durch die offenstehende Tür des Klassenzimmers in den langen, schmalen Flur. Hier war es still, niemand ging hier. Niemand sollte hier gehen. David lief die Treppen hinunter bis zum Erdgeschoss. Unten angelangt, blickte er sich noch einmal um, versi-

cherte sich der Stille, die er fühlte und nach der er sich so sehr gesehnt hatte. Dann schritt er bedächtig durch die große Haupttür, ging langsam zum Tor, das den Schulhof von der Straße trennte. Hier hielt er inne, und es schien, als habe er mit allem abgeschlossen, als ließe er alles hinter sich, alles Dunkle, Seltsame, Finstern- Mystische, das ihn umgeben hatte, das ihn in eine Verzweiflung gebracht hatte, die tiefer und schmerzlicher nicht hätte sein können, ja das ihn beinahe zerstört hätte. Frieden fühlte er in sich, tiefen, seligen Frieden. Endlich schloss er das Tor hinter sich und machte sich auf den Heimweg.

Der Park, durch den er nun schritt, war wie die Straßen menschenleer, aber er bemerkte es kaum, denn er dachte nicht darüber nach, fragte sich nicht, wo all die Menschen sind, sondern genoss diese zarte, ihn mit Frieden erfüllende Stille. Und als er so durch den Park schritt, jeden Atemzug genoss, diese frische, von Sonnenstrahlen durchtränkte Luft bewusst in sich aufnahm, empfand er plötzlich eine zarte Melodie in sich, eine sanfte, ganz leise Musik. In ihm erklang ein Ton, eine Stimme, und sie sang leise vor sich hin.

Wie wunderbar das ist! Wie wunderbar der Ton mich verzaubert, mich beseelt, mich liebend macht, dachte David und ließ sich auf einer der Bänke nieder.

Hier gedachte er zu verweilen, ein Augenblick nur, um den Klängen zu lauschen, die aus seinem tiefen Innern herausdrangen, wie tausend warme Melodien. Es waren keine Worte, keine Instrumente, die da aus ihm flüsterten. Eher schienen es Silben zu sein, wohl geordnete, harmonische Silben, lieblich, zart, vollkommen. Und er genoss es. David erfrischte sich an diesen Tönen, wie Schmetterlinge sich hingebend am Nektar der Blumen laben.

Bezaubert von den Klängen, schloss er die Augen und gab sich nun ganz dem wonnigen Gefühl hin. Es glich dem Augenblick vor der Erfüllung einer großen Sehnsucht. Er fühlte, dass sich hier an diesem Ort, auf dieser Parkbank, sein Weg ein zweites Mal gabeln würde, sein Leben eine glücklichere Wendung nehmen würde. Hier und jetzt würde sich viel verändern, das wusste er, denn es war tief in ihm. Er musste es nur zulassen, musste sich selbst gestatten, einen anderen Weg zu gehen, einen eigenen Weg. Die Töne wurden lauter, schienen jetzt nicht mehr nur aus ihm zu kommen, sondern waren auch um ihn herum, erklangen in den Bäumen des Parks, in dem seidenzarten Grün der Blätter und in dem Braun der zeitlosen Stämme. Sie ertönten in den Sträuchern und in jedem Halm des weichen, saftigen Grases, fanden sich auf den Wegen und Bänken, in den Laternen und letztlich in der lauen Luft, die er atmete. Überall erklang ihm diese liebliche Melodie. Oder kam dieses wunderbare Summen doch nur von dort, von rechts? Nein, es kam von links. War es nicht über ihm? Erklangen die Töne nicht neben ihm, direkt hier auf der Bank? Saß SIE nicht neben ihm? David öffnete seine Augen und blickte neben sich auf die Bank. Er hätte erschrecken können, aber er erschrak nicht. Neben ihm saß Luise und sie sang diese zart duftenden Töne direkt in sein Herz.

„Sitzt du schon lange hier auf der Bank?", fragte Luise dann.

„Ich weiß nicht" antwortete der Glückliche.

Dann schwiegen sie beide, ließen sich treiben von der Stille, von dem Frieden ihres Beisammenseins.

„Glaubst du, so war es angedacht?", fragte David schließlich.

Aber Luise antwortete nur:

„Ich weiß nicht, David. Ich weiß es nicht."

David fühlte sich so unendlich geborgen in ihrer Nähe, obwohl er sie doch kaum kannte. Aber es war, als hätten sie beide das innige Vertrauen zueinander, welches zwei sich liebende Seelen miteinander verbindet, das innige Vertrauen vieler Jahre.

Der Dolch, der einst in seinem Herzen gesteckt hatte, der langsam und schmerzvoll mit der Wunde verwachsen war, der Dolch, den er in der stupiden Normalität seines Lebens zu ignorieren gelernt hatte, um an dem Schmerz nicht Tag für Tag zu zerbrechen, schien nun wie herausgezaubert. Keine Wunde, keine Narbe, keine neue Begegnung mit dem alten Leid. David liebte Luise und es war, als sei das schon immer so gewesen.

„Geliebter", sagte sie plötzlich und in ihrer Stimme schwang etwas Nachdenkliches mit, etwas, das sie bedrückte und vielleicht ängstigte, „ich hatte einen Traum letzte Nacht und ich weiß ihn nicht zu deuten. Ich träume für gewöhnlich selten und meistens kann ich mich auch nicht genau erinnern, wie es zuging in meinen Träumen. Aber letzte Nacht war es anders. Dieser Traum war so intensiv, so real und dennoch so vollkommen absurd. Jedes kleinste Detail, jedes Bild dieses Traumes ist noch immer in mir und es macht mir Angst, Rätselhaftes in mir zu wissen. Ich fühle, dass dieser Traum in irgendeiner Weise bedeutend ist, aber ich weiß nicht, in welcher. Ich weiß nicht, was mir diese Bilder sagen wollen, denn ich verstehe ihre Sprache nicht, sie ist so widersinnig und unwirklich. Das ist es, was mir Angst macht."

Wie sanft ihre Stimme doch war! Wie zärtlich sie sich in Davids Seele schlich, wie sie ihn bezauberte. Doch die beklemmende Angst, die in ihr mitschwang, machte ihn bedrückt. Diese wunderbare Frau durfte nicht verängstigt werden. Diese wunderbare Frau sollte glücklich bis in die Tiefen ihres Herzens sein.

„Erzähle mir von deinem Traum, Luise!", bat er sie. „Erzähle mir jedes kleinste Detail, jedes Bild! Rede dir den schweren Schleier der Angst von deiner schönen Seele! Ich weiß, wie Träume sein können, glaube mir. Ich träume auch oft finster."

Luise lehnte ihren Kopf an Davids Schulter, ergriff zärtlich seine Hand und begann von ihrem Traume zu berichten:

„Da war ein Haus und es war ganz und gar aus rotem Lehm gebaut. Ich befand mich inmitten des Gebäudes. Barfuß stand ich auf sandigem Boden, der ebenfalls rot war. Ein Fußboden aus trockenem, lehmigem Sand, ich fühlte die kleinen Steinchen zwischen meinen eiskalten Füßen. Der Lichteinfall in das Haus war nicht besonders groß, denn es hatte keinerlei Fenster. Lediglich durch die acht kleinen, rechteckigen Öffnungen unter dem hohen, pyramidenförmigen Dach verirrten sich zuweilen einzelne Sonnenstrahlen, die das Innere des Raumes sehr gedämpft und staubig wirken ließen. Ich schmecke noch jetzt die warme, stickige Luft auf meiner Zunge, ihre Trockenheit, ihre Lehm- und Sandpartikel. Sie schien trotz der acht schlitzartigen Öffnungen keiner Zirkulation zu unterliegen und stand förmlich in dem kleinen, hoch aufgewölbten Raum. Meine Sicht war getrübt, und ich konnte kaum von der einen zur gegenüberliegenden Lehmwand blicken, weil es so unendlich diesig war.

Ich weiß nicht, wozu dieses Gebäude dienen sollte, was es war, aber es hatte etwas von der Anmut und Schönheit einer kleinen Kathedrale. Aber ich stand nicht allein in diesem Raum. Da waren noch drei weitere Personen: Direkt neben mir stand eine große Frau, deren ganzer Körper in weiße Leinentücher eingehüllt war, einzig ihre nackten Füße schauten hervor. Selbst ihr Gesicht, ja ihr ganzer Kopf war in weiße Tücher gehüllt. Hinter dieser Frau stand ein Mann. Doch ich sah ihn nicht richtig, denn die weiße Gestalt verdeckte ihn. Es war seltsam, alle standen sie in einer Linie. Genau vor der Eingehüllten stand ein weiterer Mann und er blickte sie an. Mit seinen traurigen Augen blickte er sie an.

Es war so seltsam, David. Einerseits stand ich neben der in weiße Tücher eingehüllten Frau, aber andererseits fühlte ich, wie frei ich war, wie beweglich. Meine Seele war ungebunden, sie schwebte im Raum, war körperlos. Und sie schaute auf uns herab, stand uns bei. Aber denke nicht, dass dies schon alles ist! Nein, es ist viel absonderlicher: Ich blickte die eingehüllte Frau an, von der man außer ihrer Körperumrisse und ihren zarten blanken Füßen nichts sah. Ich blickte sie an und wusste, dass ich es war, die da in Tücher gehüllt neben mir stand. Ich war die Eingehüllte, David, das wurde mir bewusst. Aber es erschrak mich nicht. Irgendwie spürte ich, dass es nicht anders sein konnte, dass es nicht anders sein sollte. Ich hielt ein Bündel in der Hand, David, ein kleines weißes Bündel, das genau wie ich in Tücher gehüllt war. Auch wenn ich nicht sah, was darin war, ich wusste es: Ein Kind war in diese Tücher gehüllt, ein totes Kind."

David erschrak, wieder hatte der Tod seine Finger im Spiel, wieder hatte er sich in Bilder geschlichen. Gab es denn keine schönen Träume mehr, keine zarten, lieblichen, keine mit Frieden erfüllenden Geschichten aus dem Reich des Schlafes?

„Ich gab das Kind dem Mann, der mir gegenüberstand, jenem, welcher mich die ganze Zeit über so traurig angesehen hatte, als wisse er wie ich, was in diesem Bündel sei. Dann öffnete ich die Tür und ging hinaus.
David, verstehst du, ich ging hinaus und stand doch in dem Raum. Ich war zweimal und konnte doch nur einmal sein. Der Körper, der noch im Raum stand und dessen Seele über uns wie ein Engel schwebte, unsichtbar, nur fühlbar, durfte nicht allein sein, war gespalten und doch ganz. Einerseits vollkommen, eigenständig, beinahe ein Beobachter, der am Geschehen selbst nicht teilhat, und andererseits unvollkommen, ganz so, als fehle ihm ein lebenswichtiges Element.
Ich weiß, David, das ist schwer zu verstehen, und eine gute Erzählerin bin ich auch nicht, aber es ist genau so gewesen. Ich, die in Tücher Gehüllte, verließ den Raum, und ich, die barfuß stehende, im Bild selbst stumme Luise, folgte ihr. Ich folgte ihr, weil es mich unweigerlich zu ihr zog, weil ich nicht ohne sie sein konnte, weil wir jeder für sich nur ein Halbes

waren. Die Eingehüllte rannte über den steinigen Boden und ich rief ihr nach. Ich schrie:

‚Warte! So warte doch Luise!'

Aber sie hielt nicht inne, rannte weiter, zog mich mit sich. Nach einiger Zeit hatte ich sie eingeholt. Wir liefen nebeneinander und nahmen uns bei den Händen. Und wie wir uns bei den Händen nahmen, verschmolzen wir miteinander, wurden eins. Ich erinnere mich, wie sich langsam, indem wir rannten, indem wir allmählich zueinander fanden, das weiße Tuch von mir, der Eingehüllten, löste, wie es sich von mir wickelte und wie ich dann, kurz bevor wir uns endgültig verbanden, in nackter Schönheit neben mir lief.

Wir hatten einander wiedergefunden. Zwei Hälften des Ganzen waren wieder eins. Ich rannte nun schneller und schneller, und meine Füße brannten wie Feuer, obgleich der Boden kalt war wie Eis. Dann stolperte ich plötzlich, stürzte hin, doch ich fand mich nicht mehr auf dem kalten, steinigen Boden wieder, sondern im Wasser. Rings um mich war nichts als Wasser. Und ich schwebte darin. David, ich fühlte mich so unendlich geborgen in diesem zarten Element, das mich trug, in dem ich aufging. Alles war so wunderbar warm und friedlich. Das Haus, der kalte, lehmige Stein, all das war jetzt weit von mir, in unendlicher Ferne.

Doch kurz darauf erwachte ich in meinem Bett. Du warst nicht da, du warst so fern und ich hatte Angst, dich für immer missen zu müssen. Ich stand auf, um nach dir zu suchen, aber du warst nicht in der Küche, blicktest nicht aus dem Fenster, wie du es immer tatest, wenn du nicht schlafen konntest. Die Wohnung war leer, entsetzlich leer. Auch ich war leer. Ich weiß nicht, was es war, aber es zog mich zurück in mein Bett. Obwohl du nicht da warst, obwohl ich nicht wusste, wo du warst, obwohl ich entsetzliche Angst um dich hatte, zog es mich zurück in den Schlaf. Wer weiß, vielleicht warst du es, der mich rief, vielleicht warst du es, der sich irgendwo da draußen in den weiten, unwirklichen Meeren des Schlafes nach mir sehnte. Ich weiß es nicht.

Wieder geriet ich im Schlaf in einen Traum und es waren die gleichen Bilder wie zuvor. Es schien, als müsse ich den Traum, aus dem ich herausgefallen war, zu Ende träumen. Aber es war nicht das Ende, um das es ging, es war wieder der Anfang:

Wieder stand ich barfuß in dem Haus aus Lehm. Aber ich war eins mit mir von Anfang an. Da waren nicht zwei Hälften meines Ganzen, da war nur ich, eingehüllt in weiße, Seidentücher. Mir gegenüber stand der Mann, dieser Mann mit seinen traurigen Augen, die mich anblickten, die mich zu bemitleiden schienen. Er hielt das Bündel fest in seiner Hand, hielt die wundersame Wiege, in der das Kind schlief. Und beide wussten wir, dass es ein Schlaf in Ewigkeit war. Dieses Kind sollte nie wieder erwachen aus seinem kleinen, weißen Grab. Dieses Kind war tot.

David, der Mann hielt mein Bündel! Ich hatte es ihm gegeben. Er hielt das tote Kind, und er blickte mich so unendlich traurig an. Und als ich durch seine Augen in die Trauer seiner armen Seele blickte, da erkannte ich ihn, da wusste ich plötzlich, wer da vor mir stand: Der Mann mit den traurigen Augen, auf dessen Seele ein Schatten lag, wie er finsterer nicht hätte sein können, der Mann mit dem toten Kind in der Hand, war dein Vater, David."

Entsetzt blickte David sie an.

„Nein, sag jetzt nichts! Lass mich dir noch das Ende meines Traumes erzählen, wenn es denn das Ende war", rief Luise und fuhr fort:

„Plötzlich zog es mich, in das Bündel zu schauen. Ich wusste zwar, dass darin ein totes Kind war, aber irgendwie zog es mich dennoch. Also öffnete ich das Bündel, während dein Vater es hielt, und schaute hinein. Aber ich fand das Kind nicht mehr darin. Das Bündel war leer. Sollte ich glücklich darüber sein oder sollte ich vor Entsetzen aufschreien? Ich wusste es nicht. Vielleicht hatte ich mich getäuscht vorhin. Vielleicht gab es gar kein totes Kind in diesem Bündel, vielleicht war das Bündel ja von Anfang an leer gewesen?

Heftig drehte ich mich um, und mit einem Mal stand der Mann, welcher anfangs hinter mir gestanden hatte, der Mann, von dem ich zwar wusste, dass er da war, den ich aber noch nicht gesehen hatte, weil ich selbst ihn die ganze Zeit über verdeckt hatte, neben mir. Als ich ihn erschrocken anblickte, fing er an zu lachen, ja, er lachte entsetzlich laut und sein Gesicht verzog sich zu einer albernen, hässlichen Fratze.

‚Sieh, ein Menschlein ist gestorben. Sieh, ein totes Menschlein ruht jetzt, ruht in Feuer und Flammen! Hahaha.', schrie der Mann.

Seine schrille Stimme drang in meinen Kopf, fraß sich in mich hinein, und als sie tief in mir widerliche, zerstörerische Schwingungen erschuf, ich zu zerplatzen drohte, wusste ich plötzlich: Es war dein Freund Christopher, der da lachte, der da so bestialisch lachte.

Von meinen eigenen Angstschreien geweckt, erwachte ich. Die Sonne ging gerade auf, und die ersten warmen Strahlen flogen zu mir ins Zimmer, drangen in mich, halfen, mich zu beruhigen."

David schwieg, er konnte nichts sagen. Was hätte er auch sagen sollen? Was sagt ein Mensch, der soeben noch geglaubt hatte, für immer aus dem Irrsinn entflohen zu sein, der sich fast sicher war, die seltsamen Bilder hinter sich gelassen zu haben und nun mit einem Mal wieder mitten in ihnen stand? Was sagt ein Mensch, dessen innerer Frieden zusammenbricht wie ein Kartenhaus?

„David?", fragte Luise und sie hoffte Trost bei ihm zu finden, hoffte, dass er ihr sage: „Es war ein Albtraum, nur ein Albtraum, nichts weiter!"
Aber er konnte ihr diesen Trost nicht spenden, denn er wusste, dass dies alles viel mehr war als ein Albtraum, er ahnte, dass alles in einem inneren Zusammenhang stand, dass alles bedeutender war, als sie sich je hätten vorstellen können.
„Komm Luise!", bat David mit einer Stimme, in der mehr Traurigkeit war, als in einem ganzen Meer aus Tränen sein konnte. „Komm, lass uns gehen! Lass uns nicht darüber sprechen, noch nicht! Es ist noch nicht vorbei."
Er nahm sie bei der Hand und sie gingen durch den menschenleeren Park, dessen Ruhe Schein war, dessen Frieden nur hübsche Fassade.
Kurz vor dem Ausgang saß ein alter, bärtiger Mann und las in einem dicken Buch. Er schien der einzige Besucher an diesem Tage zu sein. Den schwarzen, ledernen Hut hatte er tief ins Gesicht gezogen und

es schien, als lese er so angestrengt in seinem Buch, dass er die beiden gar nicht wahrnähme. Langsam liefen sie an ihm vorüber. David wandte noch einmal seinen Blick zu ihm um, kurz bevor sie durch das große, schwere Tor des Parks auf die Straße gingen. Der Alte erinnerte ihn an den seltsamen Herren, den er einst hier im Park getroffen hatte, und jetzt kamen ihm wieder die Worte in den Sinn, die dieser damals zu ihm gesagt hatte.

„Er gab mir etwas von seiner Kraft und sie wird mich halten in der Welt, wenn ich sie nur richtig einzusetzen weiß", sprach David leise vor sich hin.

Und als er so ging, sich selber diese Worte sprechen hörte, erklang etwas unendlich Beruhigendes in ihm. Für einen kleinen Augenblick nur wurde ihm bewusst:

Wenn dies eine Schlacht war, er würde sie gewinnen.

Doch es war keine Schlacht. Es ging nicht um Sieg oder Untergang.

„Was redest du da?", fragte Luise.

Doch David antwortete nicht. Er blieb stumm, versunken in den Erinnerungen an den alten Mann.

Nach einigen Minuten gelangten sie zu dem Haus, in welchem David wohnte. Vor der Eingangstür blieben sie zögernd stehen. Schweigend schaute Luise David in die Augen.

„Lass uns hinaufgehen und ausruhen, Luise! Ich werde einen Tee kochen, und irgendwo in meinem Küchenschrank müsste noch eine Keksdose mit herrlich leckerem Gebäck von Frau Schwan auf uns warten", sagte David zu ihr, doch sie blickte ihn nur an.

War es Angst, die sich in ihren Augen spiegelte? War es Verzweiflung? Sie selbst wusste es nicht, konnte es nicht wissen. Denn sie stand ja erst am Anfang ihrer Reise. David nahm ihre Hand und sie gingen gemeinsam durch die hölzerne Tür ins Haus.

„Weißt du noch, David", fragte Luise andächtig, „wie wir damals in diesem vereinsamten Hotel saßen, oben in den Bergen?"

„Ja", antwortete er, sich langsam die Bilder dieser Zeit vor Augen führend.

„Und wie es regnete, zwei ganze Tage lang?", fuhr sie fort. „Wir waren die einzigen Gäste, und die alte Frau an der Rezeption lächelte immer so herzlich, wenn wir abends an ihr vorbeigingen. Sie schien so einsam."

David holte den Wohnungsschlüssel aus seiner Tasche und schloss auf. Dann standen sie beide im Flur, schauten sich an wie zwei, die sich verloren und wiedergefunden hatten und umarmten einander innig.

„Ich habe viel geträumt in dieser Zeit, viel von uns, und was wir füreinander sind", sagte Luise. „Und einmal erschien mir im Traum auch die alte, einsame Frau von der Rezeption. Sie lag auf einem Bett in einem großen Krankenzimmer und blickte so unendlich traurig. Ich ging zu ihr und streichelte ihr über die kalte Stirn.

‚Was hast du?', fragte ich sie, doch sie antwortete nicht.

Sie wurde nur trauriger. Ich setzte mich auf ihr Bett und streichelte ihr langes, graues Haar. Das beruhigte sie ein wenig. Nach einer Weile erschien eine Schwester in der Tür.

‚Es ist Zeit', sagte sie kalt und legte der Alten ein Kopftuch und ein Leibchen an.

Ich hatte mich vom Bett der Frau erhoben und war zum Fenster herübergegangen. Da draußen schien die Sonne, das wusste ich, aber ich sah sie nicht. So sehr ich auch nach ihr suchte, ich fand sie nicht am weiten Himmel. Dann bemerkte ich einen Vogel, der auf dem Ast eines Baumes saß und zu mir zu blicken schien. Ich fragte den Vogel, was er hier wolle, warum er so gierig in das Fenster starre, aber er antwortete nicht. Wie sollte er auch antworten können, er war ja ein Vogel.

‚Lassen sie mich noch einen Augenblick mit ihr allein, Schwester!', bat ich und wandte mich wieder der alten Frau zu.

Die Schwester ging, ohne ein Wort zu sagen, durch die gläserne Flügeltür. Wieder setzte ich mich auf das Bett der Alten, aber als ich sie ansah, erschrak ich, denn plötzlich schien sie verändert. Sie wirkte entsetzlich eingefallen und fahl. Ihre Haut schien vertrocknet und grau. Es war, als liege sie schon einige Wochen tot auf diesem Bett und warte auf ihre eigene Bestattung. Doch sie war nicht tot, sie atmete.

David, du weißt, wie das in Träumen ist! Manchmal wundert man sich gar nicht über das Grauen. Es entsetzt einen nicht. Man nimmt es hin, als sei es normal. Ihr Anblick war, ich erinnere mich gut, grauenvoll, hässlich, entsetzlich, verwest lag sie wie eine Ausgegrabene. Doch im Traum erschien sie mir wie eine normale Kranke. Ich strich ihr zart über den elenden Kopf, und als ich in den angrenzenden Räumen Neugeborene schreien hörte, war mir auf ein Mal klar, warum die alte Frau von der Rezeption so einsam war: Sie hatte keine Kinder.

‚Liebe Frau', sagte ich zu ihr, ‚sei nicht traurig. Sie werden kommen und dich operieren. Sie werden kommen und dir neue Eierstöcke einpflanzen, dann wirst auch du bald Kinder haben können.'

Ich weiß nicht, warum ich auf den Gedanken kam, dass man der Frau Eierstöcke verpflanzen wolle, aber irgendwie schien es mir auf eine sehr seltsame Art sinnvoll. Du weißt, wie das im Traum ist, David. Da geschehen seltsame Dinge und man empfindet sie nicht als seltsam. Ich weiß nicht mehr, wie der Traum ausging, es ist schon so lange her."

David hielt sie, während sie erzählte, ganz fest an sich gedrückt. Doch er sagte nichts dazu. Er konnte nichts dazu sagen.

„Lass uns in die Küche gehen, Luise. Ich habe solchen Durst", sprach er dann leise, ohne die Verzweiflung, die jetzt in seiner Stimme mitschwang, verbergen zu können.

Er öffnete die Tür zur Küche und trat hinein.

„Guten Tag, David!", sprach eine Stimme, die David nicht gerade unbekannt klang.

„Christopher, was willst du denn hier?", entgegnete er fast mechanisch.

„Ich habe auf dich gewartet, mein Freund. Wir waren zu halb drei verabredet gewesen. Aber du kommst ja wie immer viel zu spät."

„Ach", bemerkte er noch mit hämischer Stimme, „sieh an, mein Schwesterchen ist auch dabei."

Was sollte das nun wieder heißen? Nein, das konnte unmöglich sein! Luise sollte Christophers Schwester sein. Luise sollte die Schwester seines alten Schulfreundes sein? Unmöglich! David hielt sich am Küchenschrank. Wenn er doch mit fast allem gerechnet hatte, so traf ihn diese Neuigkeit wie ein Schlag aus dem Hinterhalt. Was war das nur für eine merkwürdige Welt? Wohin sollten diese Wege führen, die sich mehrfach zu kreuzen schienen? Luise hatte sich auf einen der drei Stühle gesetzt und blickte zu David auf. Tränen liefen ihr über die bleichen Wangen.

„Ich habe es dir sagen wollen, David", klagte sie weinend und hässlich fratzenhaft erschien ihm ihr Gesicht. „Damals im Hotel habe ich es dir sagen wollen, aber ich fand nicht den Mut dazu. Ich war irritiert. Du hast mir so viel von ihm erzählt, so viel von eurer gemeinsamen Jugend, dass ich dachte, ich nehme dir den Freund, wenn ich dir erzähle, dass er mein Bruder ist."

David fing an zu lachen. Nein, das ging nicht! Unmöglich! Das konnte einfach nicht sein! Zu seltsam schien es ihm, zu durcheinander, als dass es Wahrheit sein konnte. Zu sehr waren die Bilder verwoben worden. Lächerlich!

„Oh Gott, lasst mich in Frieden mit euren Mären, die schmalziger und pseudotragischer nicht sein könnten!", rief David lachend. „Ich weiß vielleicht nicht, wo ich bin, aber ich bin noch Mensch genug, um die Welt, in der ich wandle, von der meinen unterscheiden zu können."

Dann lief er hastig aus der Küche, knallte hinter sich die Tür zu und rannte aus seiner Wohnung, stürzte wie wild die Treppen des Hauses hinunter. Unter seinen Füßen matschten sich tote Kröten zu einem grauen Brei zusammen. Widerlich flutschte und zappelte es.

Unten im Hausflur blieb er stehen, denn dort stand Luise. Er erschrak nicht. Er hatte erwartet, sie dort zu treffen. Er lachte nicht mehr. Er sagte nur:
„Komm Luise! Hier sind wir nicht mehr zu Hause."

Er nahm sie bei der Hand, und gemeinsam gingen sie aus dem Haus, in dem er nicht mehr sein konnte, aus dem Haus, das Trugbild war und doch die Wirklichkeit. Sie liefen eilig in Richtung Park. In der Gasse vor dem kleinen Bäcker hielt Luise inne, blickte David fragend an, als wolle sie sagen: „Hast du auch solchen Hunger wie ich", dann ging sie hinein.

David stand vor dem Laden und die Zeit, die Luise im Bäcker verbrachte, wollte ihm wie eine Ewigkeit erscheinen. Geduldig setzte er sich auf die Schwelle vor dem Schaufenster und zündete sich eine Zigarette an. Langsam zog er den warmen, wohltuenden Dunst in sich hinein und gedachte dabei der Stille dieses Momentes. Endlich hatte er einmal Zeit stillzustehen. Endlich hatte er einmal Zeit, einen Augenblick zu verweilen, innezuhalten in diesem Rennen, das nicht enden wollte. Er erinnerte sich an die Bilder, die er durchwandert hatte, in die er verwoben worden war. Die blutende Frau Schwan erschien ihm noch einmal, sein Vater, diese blasse Leiche, die gute Ratschläge gab, Christopher und der abscheuliche Krötenversuch - all das trat wieder in sein Bewusstsein, während er so saß und rauchte. War es sein Schicksal, in einem Labyrinth aus seltsamen Bildern gefangen zu sein, auf ewig? Gab es keinen Weg aus dieser unmöglichen Welt? Und wenn es doch einen Weg gab, einen Weg der zurück in die halbwegs normalen Gefilde führte, in seine Wohnung, an seinen Arbeitsplatz, zu den sonntäglichen Besuchen bei Frau Schwan, würde er ihn gehen wollen? David wusste, wie absurd der Gedanke war, sich in dieser seltsamen Welt einzuleben, sich an sie zu gewöhnen, wie an ein neues Heim, aber er freundete sich mehr und mehr mit ihm an. Er selbst, David Kamm, war ja absurd. In einem Moment hielt er alles, was ihm wiederfahren war für eine Ausgeburt seiner kranken Fantasie, im nächsten Moment war er sich sicher, in eine fremde Welt gelenkt worden zu sein. Dann wieder schien alles ganz real und normal.

Die Zigarette war am Ende. Er fühlte den säuerlich pilzigen Geschmack des angebrannten Filters auf seiner Zunge. Eine neue Zigarette, das war es, was er jetzt brauchte. Eine neue Zigarette, die ihm weitere fünf Minuten schenken konnte, in denen er innehalten, in denen er hier verweilen konnte. Hier, auf dieser kleinen Insel zwischen all den merkwürdigen Bildern, hier, vor dem friedlichen Bäckerladen seiner Kindheit, wollte er verweilen. Unwillig zog er seine Zigarettenschachtel aus der Tasche und griff hinein. Doch er wusste bereits, dass sie leer war, er wusste, dass es keine weitere Zigarette, kein ruhiges Verweilen gab. Enttäuscht warf er die leere Packung von sich.

Luise kam nicht und es interessierte ihn auch nicht. Eigentlich war sie ihm fremd, befand er jetzt. Er kannte sie ja kaum. Er dachte an seine Mutter, und es widerte ihn an, nicht von ihr loszukommen. Ja, es widerte ihn an, immer wieder an sie denken zu müssen. Sie ist tot. Ja, sie ist tot! Na und? Plötzlich stand Luise vor ihm.

„Willst du ein Schweineohr oder ein Mandelhörnchen?"

David antwortete nicht auf ihre Frage. Sie erschien ihm so sinnlos, so nichtig. Was interessierten ihn jetzt Schweineohren und Mandelhörnchen?

„Wohin gehen wir jetzt, da wir kein zu Hause mehr haben?", fragte Luise.

David schwieg eine Weile, dann sagte er:

„Ich weiß nicht. Vielleicht wäre es besser, wir würden getrennte Wege gehen."

Er wusste nicht recht, woher diese plötzliche Wendung in ihm kam, aber wie sie mit einem Mal wieder vor ihm stand, an einem Schweineohr kauend, widerte es ihn an, Luise auch nur anzusehen.

„Weißt du Luise", fügte David hinzu, „ich kann unmöglich wieder zu mir finden, wenn ich von einem in das nächste Bild stolpere. Aber ich muss zu mir finden, sonst bin ich verloren."

Luise ließ die Backwaren zu Boden fallen und begann entsetzlich zu weinen.

„Was hat das mit mir zu tun, David? Kann ich dir nicht helfen, dich zu finden?", flüsterte sie unter Tränen.

„Wie willst du mir helfen, du, die du doch selbst dich zu verstricken beginnst im Wirrwarr der Bilder? Bist du nicht auch nur so ein Bild, Luise?", entgegnete David, und es fiel ihm wahrlich schwer, den Zweifel auszusprechen, der mehr und mehr in ihm aufgegangen war, der mehr und mehr Gestalt annahm.

Luise sagte nichts. Sie weinte so bitterlich, dass tausend warme Winde nicht ausgereicht hätten, um ihre Tränen zu trocknen, um ihren Schmerz mit sich fortzunehmen. Es war nicht nur der Abschied, um den es ging, der ihr das Herz zerriss. Nein, es ging überhaupt nicht um den Abschied. Es ging um viel mehr.

„Es ist nun einmal, wie es ist. Und es fällt mir wirklich schwer, Abschied zu nehmen. Aber sage du mir doch, woran ich noch glauben kann in dieser seltsam fremden Welt? Sage es mir, Luise! Ich habe Bilder gesehen, die grausamer waren als die schlimmsten Albträume. Ich wurde zu einem Teil dieser Bilder, während ich in ihnen wandelte. Wer weiß, vielleicht bin ich selbst auch nur so ein Bild und es gibt mich gar nicht. Ja, vielleicht existiere ich überhaupt nicht. Sage es mir! Woran soll ich noch glauben?"

Luise hatte ihren Kopf auf die Knie gelegt und weinte noch immer. Es war zu viel für sie und es kam zu plötzlich. David sah sie an. War sie nicht wunderschön, wie sie dort kniete? Schien sie in ihrer Trauer nicht wie ein wunderbarer Engel, vergessen im Reich der Tränen, allein gelassen mit der Verzweiflung und Hoffnungslosigkeit? Doch David konnte nicht nachgeben. Nach allem, was er durchgemacht hatte, durfte er nicht wieder nachgeben.

„Verfalle nicht den Tränen des Teufels, sonst bekommt er dich, noch ehe er dich verdient!", hatte dies nicht Frau Schwan einmal zu ihm gesagt?

Aber Luise war doch ein Engel, ein trauriger, liebevoller, vergessener Engel war sie. David stand neben sich. Was sollte er tun? Entweder war sie ein Bild und er würde einen neuen, seltsamen Raum betreten, wenn er ihr vertrauen und sie mit sich nehmen würde auf seinem Weg, oder sie war der Engel, dieser lieblich zarte Schmetterling, der einen verzauberte, wenn man sich auf ihn einließe und den man, wenn man Mut hatte, mit sich nehmen konnte, um mit ihm gemeinsam den großartigen Tag zu beschreiten, der sich Leben nennt. War es so einfach? David wusste es nicht, er wusste überhaupt nichts mehr. Sein Blick trübte sich, mehr und mehr blendete ihn die grelle Angst, wieder am Anfang zu stehen, statt dem Ende dieses bitteren Spiels entgegenzufliegen.

Er gab Luise noch einen Kuss auf den zierlichen Kopf, der sich in diesem dunklen Meer der Tränen vergraben hatte, dann lief er verwirrt zurück zu seinem Haus, stieg unwillkürlich in sein Auto, das davor geparkt stand, und fuhr los. Er wusste noch nicht wohin. Er fuhr einfach. Vielleicht gab es einen Ausgang am Ende dieser Straße. Vielleicht würde er zurückkehren in sein altes Leben. Vielleicht würde er an einem Laternenmast zerschellen, wie ein armer Geisteskranker auf der Flucht vor imaginären Lichtgestalten, die ihn aus der Psychiatrie vertrieben hatten und ihn jetzt auf Leben und Tod jagten. Vielleicht war er am Ende und bemerkte es gar nicht.

Nachdem er nun mehrere Stunden so umhergefahren war, ziellos, bald willenlos, fand er sich plötzlich auf einer endlos erscheinenden Landstraße wieder. Links von ihm waren Felder, rechts von ihm waren Felder. Weit und breit war kein Haus, kein Hof zu sehen. Er beschleunigte den Wagen, so sehr es Straße und Motor zuließen, fuhr geradeaus und schien das Tempo sichtlich zu genießen, weil es ihm ein Gefühl vermitteln konnte, das dem der Freiheit sehr nahe kam. Er war nicht frei, keineswegs, das wusste er, aber für einen Augenblick wenigstens wollte er sich selbst vorgaukeln, frei zu sein. Plötzlich, als die Felder auf der rechten Seite endeten und dichter Wald sich anschloss, wurde ihm bewusst, wo er sich befand. Er fuhr auf der Landstraße, die zu dem kleinen Anwesen seines Großvaters führte. David befand es für keine schlechte Idee, einige Tage hier zu verweilen. Vielleicht hatte er hier ein wenig Ruhe vor der anscheinend nie enden wollenden Flut der Seltsamkeiten.

Dort stand es, das kleine gelbe Häuslein, dort im Schatten der großen Kiefern. Er hielt, kramte den Schlüssel aus dem Handschuhfach, den er immer hier aufbewahrte, seit er mehrfach vor verschlossenen Türen gestanden hatte, weil er den Schlüssel vergessen hatte, und stieg aus dem Wagen.

Die Luft war wunderbar rein, der Himmel blau und die Sonne geizte nicht mit warmen, lieblichen Strahlen. David betrat das Haus. Hier roch es nach Großvater, nach Tabak, den er Jahrzehnte lang geraucht hatte. Spinnen hatten in den Ecken des kleinen Raumes ihre Netze gesponnen, und es schien, als harrten sie schon Monate lang hungernd aus, auf dass jemand die Tür öffne und den possierlichen Fliegen und Viechern den Weg in ihr Todesnetz zeige. David zeigte sich gnädig, er ließ nicht nur die Tür weit offen stehen, sondern öffnete zudem auch noch sämtliche Fenster des Hauses. Dann setzte er einen Kessel mit Wasser auf den kleinen mit Propangas betriebenen Herd, nahm eine Tasse aus dem Regal und füllte deren Boden mit Kaffee. Ungefilterter Kaffee, ja, das war genau das Richtige! Während das Wasser langsam zu kochen begann, wühlte David im Schuppen nebenan nach einem Liegestuhl, mit dem er es sich im Garten bequem machen konnte. Er fand auch sogleich einen und stellte ihn an einen sonnigen Platz vor dem kleinen Haus. Hier wollte er seinen Kaffee trinken. Hier wollte er ein wenig zu sich kommen.

Nachdem er das Wasser aufgegossen hatte, legte er sich in den Liegestuhl, stellte den Kaffee auf die Armlehne und schloss die Augen, denn das Sonnenlicht blendete ihn.

Orange, dachte er, was für eine wunderbare Farbe.

Er sah nichts. Endlich sah er einmal nichts. Einzig das Licht fing sich in seinen Augenlidern und ließ ihn in einem sinnlichen Meer aus leuchtendem Orange baden. Dieses Orange erfüllte ihn mit einer innigen Wärme, einer Wärme, die Geborgenheit und Seligkeit in sich vereinte, einer Wärme, die ihn rötlich leuchtend umgab wie eine schützende Hülle. Und jetzt fühlte er ganz deutlich, dass diese orange Wärme mit dem Bewusstsein einherging, geliebt zu werden auf dieser Welt, niemals allein die Wege beschreiten zu müssen, die es zu gehen gilt.

Doch etwas irritierte ihn. Er wusste anfangs nicht, was es war, sah es nicht gleich, doch es kam näher. Ein winziger, schwarzer Fleck in der linken Hälfte des orangefarbenen Ozeans. Der Fleck wuchs, nahm Gestalt an, doch bevor David erkennen konnte, was er war, öffnete er die Augen.

„Nein, keine Überraschung!", rief er plötzlich laut, als jage ihn seine eigene Stimme aus einem Traum zurück in den Tag.

Auf dem kleinen Apfelbaum vor ihm saß ein Vogel, ein starrer, schwarzer Vogel und er blickte David an.

„Bist du gekommen, um all die Kinder zu holen, deren Mütter die Prüfung der Seele nicht bestanden haben?", fragte er den Vogel, und er wusste selbst nicht, warum er das tat.

Doch indem er die Augen zukniff und wieder öffnete, als versuche er, sich der Gegenwärtigkeit des schwarzen Vogels zu vergewissern, fiel es ihm wie Schuppen von den Augen. Ihm war klar: Luise erwartete ein Kind von ihm. Erst jetzt verstand er, warum ihre Tränen mehr waren als Tränen des Abschieds, warum ihre Trauer tiefer war. Dennoch, es war absurd! Wie kam er plötzlich auf diesen fatalen Gedanken? Warum sollte sie schwanger sein? Warum ausgerechnet jetzt? Aus welchem verwunschenen Grund sollte ein Kind in diese seltsame, schuldige Welt geboren werden? Warum? Das Schicksal schlug merkwürdige Kreise um ihn. Ein Kind, ein seliges, kleines Wesen, das ungefragt aus der Geborgenheit hinein in dieses fragwürdige, mystische Leben geboren werden sollte, ein Kind, wie eine zarte Gabe aus höherer Hand, mochte ihm zuteil werden? Ausgerechnet ihm, David Kamm, der gerade selbst noch eines gewesen war und nun schon nicht mehr wusste, ob er den Wahnsinn fortwährend neu entfachte, in dem er und nun auch Luise wandelten, oder ob der Wahnsinn ihn trieb, wie eine Bestie, die Blut gewittert hat. Warum ein Kind in diesen Zeiten? David kam kaum zu sich. Endlich meinte er einmal Zeit gefunden zu haben, Zeit, in der er verweilen durfte, ausruhen, stillstehen durfte, da traf ihn seine eigene Intuition wie ein Schlag. War es so? Sollte Luise wirklich schwanger sein?

Mit der Klarheit und Kühle, die allmählich wieder in Davids Wesen Einzug hielt, stellten sich erste Zweifel ein, berechtigterweise, wie David fand. Doch was halfen all die Zweifel, wenn auch nur eine winzige Spur der Intuition blieb, wenn er der Möglichkeit, dass Luise schwanger war, auch nur einen klitzekleinen Platz in seinem Denken einräumte. Gewissheit, das wusste er, würde er nicht finden, jedenfalls nicht hier.

„Wie konnte ich dich allein lassen in deiner Not? Wie konnte ich nur!", schrie David außer sich, indem er heftig von seinem Liegestuhl aufsprang, zu seinem Wagen rannte und die Tür aufschloss.

Hastig stieg er ein, warf den Motor an und fuhr los. Baum um Baum raste an ihm vorbei, Feld um Feld, aber die Straße, auf der er fuhr, wollte kein Ende nehmen. Irgendwo, nach langer, rasanter Fahrt, sah er in der Ferne einen kleinen Garten mit einem Haus darauf.

Endlich, dachte er, die Straße nimmt ein Ende. Die Stadt ist nicht mehr weit.

Doch die Straße nahm kein Ende. Er fuhr und fuhr, aber das kleine Haus in der Ferne schien nicht näher zu rücken, schien im gleichen Tempo mit ihm, vor ihm zu rasen, so dass der Abstand sich nicht verringerte. David trat das Gaspedal bis zum Anschlag und hielt es, doch er kam nicht an. Sein Weg schien endlos. Was war das? In weiter Ferne sah er doch erste Anzeichen des Ziels, ein Haus, einen Garten. Darauf musste das kleine Dorf, der Vorort zur Stadt, folgen. Die Stadt war doch nicht mehr weit. David wurde nervöser, seine Gedanken rasten, gleich seinem Wagen auf der Straße, von einem Punkt zum anderen. Sie fanden keinen Halt in seinem Kopf, konnten nicht ruhen, mussten weiter. Doch wohin? Er dachte an Luise. Womöglich saß sie noch weinend vor dem kleinen Bäckerladen in der Schumannstraße, viel Zeit war ja noch nicht vergangen, seit er Abschied von ihr genommen hatte. Oh, wie er diesen Abschied jetzt bereute, wie er sich dafür hasste. Er hatte sie im Stich gelassen, hatte sie weinend allein gelassen mit ihrer Sorge. Vielleicht wollte sie es ihm gerade sagen, wollte sagen: „Sieh David, bald werden wir zu dritt hier vor dem Bäcker rasten. Ich werde hineingehen, ein Stück Heidelbeerkuchen verlangen und es unserem Kind in den Ranzen stecken. David, wir werden eine Aufgabe haben! Wir werden ein kleines Herz großziehen."

Oh, sie hatte ein solches Leuchten in den Augen gehabt, als er sie im Treppenhaus wieder getroffen hatte und er hatte es nicht gesehen, hatte sie kaum beachtet.

„Ich muss zu ihr! Ich muss endlich zu ihr!", rief er immer wieder laut, als wolle er dieser nie endenden Straße die Wichtigkeit seiner rasanten Reise mitteilen.

Aber das kleine Haus schien noch immer in weiter Ferne, gerade so weit, dass er die Umrisse erkennen konnte, gerade so weit, als dass man es unter normalen Umständen in weniger als zwei Minuten erreicht hätte. Aber die Umstände waren nicht normal, durchaus nicht. David fühlte sich beklommen. Seine Nervosität konnte nicht größer sein, seine Angst, Luise nicht anzutreffen, nicht intensiver. Aber zu diesen beklemmenden Gefühlen, die mit der gnadenlosen Geschwindigkeit eine tödliche Verbindung hätten eingehen können, gesellte sich noch etwas anderes. David spürte es ganz deutlich, aber anfangs wusste er nicht, was es war: Irgendetwas schien ihn zu irritieren, irgendetwas schien ihn anzublicken. Ja, da war etwas, das fühlte er wie eine feine Nadel im Rücken, die schmerzte, aber die er nicht sah und nicht erahnte. Die Nadel steckte im Rücken, das fühlte er, aber er wusste nicht, dass es eine Nadel war, er spürte nur den Schmerz, diesen feinen, stechenden Schmerz. Minutenlang hatte er nur nach vorn geblickt, hatte das Haus in der Ferne fixiert, wollte nichts, als es endlich erreichen, an ihm vorbei in die Stadt fahren, Luise finden. Doch jetzt, da er diesen Schatten über sich fühlte, drehte er sich für den Bruchteil einer Sekunde nach hinten um. Die Rückbank seines Wagen war leer, so wie er es erwartet hatte. Aber halt! Sein Blick hatte auch den Rückspiegel gestreift, unbewusst war er an ihm vorübergewichen. Hatte er etwa nicht wahrgenommen, dass etwas in ihm stagnierte, dass dort etwas in dem Spiegel war? Nein, er fuhr doch! Wie sollte im Spiegel etwas stillstehen? Hastig blickte er hinein. Tatsächlich, da war etwas. Und so trivial es auf den ersten Anblick schien, so absurd war es doch auf den zweiten:

David sah ein Haus dort im Spiegel. Er sah das Haus, welches er nicht zu erreichen vermochte, das Haus, welches eigentlich vor ihm lag, als Umriss in weiter Ferne. Und es schwand nicht mehr aus dem Spiegel, es hing dort, wie ein Bild an der Wand hängt. David blickte nach vorn. Wie konnte das sein? Er fuhr doch, er raste. Er bewegte sich doch auf dieser sonderbaren Landstraße. Wieder versicherte er sich, indem er kurz in den Spiegel blickte. Es schien, als parke er vor dem Haus, als stehe er still. Aber er fuhr doch.

„In Gottes Namen, was ist das schon wieder?", schrie David. „Wer verwirrt mich da?"

Sollte er so weiterfahren? Nach vorne heraus ein Ziel, das man nie erreicht, weil der Weg dahin ein endloser ist und nach hinten heraus, im Rücken, nur Stillstand? Sollte er bremsen und aussteigen?

„Luise!", schrie er. „Ich will doch nichts, als dich in meinen Armen halten, als dich um Vergebung bitten!"

Wie aus dem Nichts heraus bremste er und wusste nicht einmal, warum er das tat, denn sein Herz zog ihn vorwärts, weiter, ferner, geradeaus. Der Wagen kam zum Stillstand. David saß eine Weile wie benommen in den Sitz gedrückt, das Steuer noch immer fest in den Händen, die Augen starr nach vorn auf die Straße gerichtet.

Tod, dachte er, und er wusste nicht recht, warum ihm das in den Sinn kam. Wie tot, haltlos in der Welt, tief und immer tiefer fallend und nie endend, ziellos, willenlos, ferngelenkt wie ein Spielzeug in Kinderhand.

Dann blickte er in den Rückspiegel. Das Haus sah er, das Haus und einen Garten. Unverändert zeigte sich ihm das Bild, welches nicht hatte schwinden wollen, als er gefahren war. Es hing wie ein Foto in Form eines Autorückspiegels an der Innenseite der Frontscheibe und starrte David mit gierigen Augen an. Auf der Frontscheibe des Wagens hatten sich Fliegen angesammelt, tote Fliegen, und David hatte Mühe hindurchzusehen.

„Krötenfutter", sagte er unwillkürlich.

Mehrmals zog er an dem kleinen Hebel hinter dem Lenkrad, so dass die toten Fliegen im Scheibenwischwasser ertranken. Anschließend betätigte er den Scheibenwischer, der in kräftigen, pulsierenden Zügen den Tod von der Scheibe wischte.

Das Haus vor ihm war verschwunden, kein Umriss in der Ferne, nur Bäume und Felder, getrennt durch schwarzen Asphalt. David öffnete die Tür des Wagens und stieg aus. Ängstlich, wie ein kleines, allein gelassenes Kind, mit einem Schatten im Rücken, wandte er sich um und tatsächlich: Da stand ein Haus. Da war ein wunderschöner Garten. Unzählige Blumen blühten in den prächtigsten Farben und Formen, luden zum Verweilen ein. Das Haus schien ganz und gar aus Holz gebaut, leuchtete ihm wie betörender Mohn mit seiner roten Farbe entgegen. Doch David wollte nicht verweilen, wollte sich nicht betören lassen. Er kannte dieses Haus nicht und es interessierte ihn nicht im Geringsten. Luise war es, die er finden wollte, Luise und nicht ein Haus. Als er jedoch die Wagentür öffnen wollte, um weiterzufahren, vernahm er plötzlich eine zarte Stimme, die seinen Namen rief.

„David!", rief die Stimme, „David!", und sie war ihm nur allzu sehr vertraut.

„Luise?", antwortete er, „Luise, wo bist du?"

„Hier im Garten, David", entgegnete sie, „unter der kleinen Birke!"

Und tatsächlich: Da saß Luise im dichten Gras zwischen Blumen unter einer jungen Birke und flocht einen Kranz aus Halmen und Gänseblümchen. David wollte seinen Augen kaum trauen. Hastig öffnete er die Gartentür und rannte zu ihr.

„Schön, dass du schon so zeitig wieder zurück bist. Ich glaubte, es würde heute länger gehen", sagte Luise mit ihrer samtenen Stimme.

Bezaubert von der Schönheit ihrer strahlenden Augen und dem zarten Klang ihrer Stimme, ließ David sich zu ihr in das hohe Gras nieder. Seine Verwunderung, Luise hier und unter diesen seltsamen Umständen anzutreffen, wich ihrem wundersamen Zauber, der sich wie ein Schleier über die Abgründe seiner schweren Seele legte. David vergaß das Auto, vergaß die rasante, unwirkliche Fahrt und das seltsam stagnierende Bild des Hauses, vor dem er jetzt mit Luise saß. Einzig sie war es, an die er jetzt dachte. Ihr langes, braunes Haar hatte sie zu einem leichten Zopf gebunden. Blumen schmückten ihr Kleid, und ihr weicher Körper schien darin dem einer Grazie gleich, seidenzart, engelhaft und doch auf eine heimlich schweigsame Art verführerisch. Keine Spur von Tränen mehr in ihrem Gesicht, keine einsame Trauer. Ein Funkeln war in ihren Augen, ein Funkeln wie tausend Sterne in einer klaren lauen Nacht. David sah sie an. Schweigend, vor Liebe fast ohnmächtig sah er sie an.

„Dieses Haus, David", begann Luise, „dieses Haus wird unser Heim. Hier werden wir leben, hier werden wir glücklich sein."
Einen Augenblick schwieg sie, strich David mit ihren Händen über das Gesicht. Dann fuhr sie fort:
„ Ein Kind wächst in mir, David. Ein zartes, seliges Wesen, gewachsen aus der Kraft unserer Liebe, werde ich gebären. Die Schatten wird es brechen, die dunklen, fremden Schatten. Sie werden von uns weichen, endlich. Sie werden uns freigeben."

Was sollte er sagen? Vielleicht hätte er ihr tausend Worte der Zuneigung, seiner Liebe, seiner ganzen Wärme, die er für sie in diesem Augenblick empfand, gesagt, wenn er gekonnt hätte. Aber er konnte nicht. Er fand keine Worte. Überwältigend, tausend heilige Wasser drangen in seine Adern, belebten sein Blut, sein Herz. Endlich nahm er sie in die Arme, hielt sie ganz fest. Und endlich wusste er sich am Ziel seiner verzweifelten Sehnsucht nach ihr, in die er sich so manches Mal hatte fallen lassen. Bewusst hatte er zuweilen nach Qual gelechzt und um Marter gebeten, bewusst hatte er sich selbst in Sehnsucht ertränkt, hatte sich selbst vor Schmerz verzehrt. Luise war es, das spürte er jetzt tief in seinem Innern, Luise war es, die ihn gerufen, die ihn zu sich gezogen hatte, sein ganzes seltsames Leben lang.

Doch etwas schmerzte ihn noch, so leicht, dass er es kaum bemerkte. Etwas drückte wie ein winziger Stein im Schuh. Etwas zwängte sich schleichend zwischen die farbigen Kreise seiner Euphorie. David fühlte es, während er sie hielt, während sie einander dicht umschlungen hielten. Er legte seinen Kopf auf ihre Schulter und schloss die Augen. Das warme Sonnenlicht brach durch seine Augenlider und er fühlte, wie die Strahlen ihn speisten, wie sie in ihn drangen und ihn füllten mit Kraft, mit Energie, mit wunderbarer Wärme.

Da war es wieder, dieses orange Meer, dieser Ozean des Friedens und der unendlichen Geborgenheit. Orangenroter Zauber umhüllte ihn. Und er dachte an sein Kind, sah es in eben diesem Orange im Schutze des Uterus sich entwickeln, sich stärken, um den Winden der Welt standhalten zu können. Oh, wie würde er es lieben, wie liebte er es schon in diesem wunderbaren Moment. Alles wollte er geben, alles für sie und sein Kind. Doch der Moment verlor sogleich wieder seine anfängliche Reinheit. Ein kleiner schwarzer Fleck flackerte plötzlich im orangen-roten Ozean auf, ein winziger Punkt, wie der, den er zuvor im Garten seines Großvaters gesehen hatte. Er erschien in weiter Ferne, doch er wuchs mit unfassbarer Geschwindigkeit zu einem hässlichen Umriss heran.

David öffnete die Augen, weil er hoffte, der kleinen Unreinheit seines Glücks entkommen zu können. Da war er wieder, der schwarze Vogel mit dem unnahbar starren Blick. Er saß unweit von David auf einem Ast, schien wie ein stiller Beobachter des kleinen Glücks und gleichzeitig wie ein Signum der Endlichkeit, des Vergehens einmaliger Momente. Da saß er nun, dieser hässliche Vogel, und wartete auf etwas, das noch geschehen würde.

„Weißt du", sagte Luise plötzlich, „da ist etwas, das ich dir sagen muss, David, etwas, das mich bedrückt und ängstigt."

Der helle Klang ihrer Stimme brach, dunkle Töne mischten sich unter den wonnigen Zauber ihrer Freude.

„Ich habe geträumt, David", fuhr sie fort. „Ich habe wieder geträumt und es war furchtbar."

Jetzt, da sie ihre Umarmung gelöst hatten und er sie bei den Händen hielt, fühlte er den kalten Schweif der Angst in ihr. Es war wie ein leichtes, unscheinbares Zittern, das man selbst nicht wahrnahm, das nur andere in uns fühlen konnten.

„Da war eine Wiese", begann sie traurig, „und auf ihr standen zwei Herren. In ihren langen weißen Kitteln sahen sie aus wie Ärzte. Aber sie hatten kein Gesicht, David. Fahl, ausdruckslos schienen sie in die Ferne zu starren. Ich lag unweit von diesen Herren im hohen Gras und krümmte mich vor Schmerzen. Heftig schrie ich auf, weinte, schrie wieder. Ich erinnere mich nicht mehr daran, was das für Leiden waren und woher sie kamen, ich weiß nur noch, dass sie nahezu unerträglich wurden. Der Schmerz steigerte sich, bohrte sich wie ein Wurm durch meinen ganzen Körper, zog an meinen Kräften. Irgendwann, ich erinnere mich, fiel ich vor Qualen in Ohnmacht.

Als ich erwachte, lag ich auf dem Bauch und blickte zu den beiden gesichtslosen Herren in den weißen, kalten Kitteln. Bei ihnen stand jetzt noch eine weitere Person. Ich konnte sie aus der Entfernung kaum erkennen, sah nur, dass es eine Frau war. Sie hielt etwas in der Hand, etwas, das aussah wie ein Karton, eine Schachtel.

Meine Sinne waren noch immer taub vor Schmerz, aber ich weinte nicht mehr. So viel Trauer ich auch in mir fand, ich hatte keine Tränen mehr dafür, ausgeweint, stumm vor Schmerzen. Mein Körper war kraftlos und leer. Aber irgendetwas zog mich zu den drei Gestalten. Ich fühlte es in mir wie einen Zwang, dem ich mich nicht zu widersetzen vermochte. Ich musste zu ihnen, musste sehen, was sie taten, musste hören, was sie sprachen. Woher ich die Kraft nahm, aufzustehen, weiß ich nicht mehr, aber es ging irgendwie. Also lief ich langsam, halb taumelnd zu ihnen hinüber, stellte mich direkt zu den beiden Herren. Es war seltsam, David. Sie sahen mich nicht. Weder die Frau noch die beiden Herren nahmen mich wahr. Ich stand wie ein stiller Beobachter, unsichtbar, unnahbar. Jetzt erkannte ich die Frau, und ich wusste intuitiv, dass sie es war, die mich gerufen hatte, die mich zu sich gezogen hatte. Sie wollte, dass ich sie ansehe, dass ich begreife, was

ihr widerfuhr, das wusste ich jetzt, da ich ihr gegenüberstand. Ich kannte die Frau nicht, sie war mir
völlig fremd und doch fühlte ich etwas wie eine innige Verbundenheit zu ihr.

Sie stand also vor mir und hielt den Karton. In ihren
Augen sah ich Schmerz und endlose Verzweiflung.
Oh, wie sich die Tränen zu Bächen verbanden und
ihr Gesicht durchströmten! Und als sich die Tränen
wie zu einem Spiegel auf dem Deckel des Kartons
sammelten, sah ich durch das Spiegelbild ihres traurigen Gesichts hindurch in das Innere des Kartons.
Einen kurzen Augenblick schaute ich auf ihren
Schmerz hinab, sah, was sie so endlos traurig
machte, sah, was sie verzweifeln ließ: Da lag im Rot
seines eigenen Blutes ein winziger Fötus tot im
Karton. Entsetzlich. Unendlich traurig.

Sie überreichte den Karton einem der Herren, dann
verschwand sie. Benommen stand ich, sah, wie die
Herren den Fötus begruben, routiniert, ohne ein
Wort von Trauer, selbstverständlich, als ob sie täg-
lich kleine Wesen in die Erde ließen. Trunken vor
Traurigkeit fiel ich zu Boden, erwachte schweißge-
badet, vor Kummer krank in meinem Bett. So war es,
David. Und es macht mir Angst."

Kein Wort wollte über seine Lippen, kein einziges
Wort. Er kannte diesen Traum. Ja, er hatte ihn selbst
einmal geträumt. Was hätte er auch sagen sollen?
Was? Er wusste, es war noch nicht vorbei.

Über seinen Schreibtisch gebeugt, im Schein einer einzigen Kerze saß er mitten in der Nacht müde, doch schlaflos, in dem kleinen Zimmer des Hauses und las wieder und wieder die Zeilen, die er unter Tränen zu Papier gebracht hatte:

„Gestern hast du mir mein Kind genommen, hast es einfach abgeholt. Schautest mir noch in die Augen, Tod, du alter Vetter, bevor du fortgingst mit unserem Kind.
Reste leblosen Gewebes haben sie nun herausgeschabt. Tausend Hände aus Stahl, kalt wie du, Tod. Vollnarkose, erzwungener Schlaf der Leere, traumlos, willenlos, hilflos. Ihr Bett voller Blut. Tränen in unseren Augen, auf unseren Wangen, die niemand zu trocknen vermag. Tränen, wie tiefe, schwarze Meere des Schmerzes. Leer ist es in uns geworden. Graue Unendlichkeit mischt sich zwischen unsere Tragik.
Wenn meine Hand auf ihrem Bauch lag, ihn sanft streichelte, fühlte ich es in ihr wachsen, unser Kind. Wenn mein Mund ihre wunderbaren Lippen berührte, meine Zunge voller Hingabe mit der ihren spielte, spürte ich es in ihr atmen. Ihre Atem waren eins - zärtlich wie ein Gotteshauch. Ein kleines Herz wuchs allein aus der Kraft unserer Liebe, so sanft und zerbrechlich, so unschuldig, so unantastbar, so voller Wahrheit geborgen in ihrem Körper.
Schwer wiegt die Finsternis. Schwer wiegt dein Urteil. Wie glücklich waren wir, Seelen in wunderbarster Erfüllung, so viel Wärme, so viel Freude, so grenzenlos unser Glück. Nichts hat Bestand. Der Tod meldet sich nicht an. Trauer hast du hinterlassen, Vetter, Unverständnis, Unwillen, mit den letzten

Wochen und Monaten einfach abzuschließen. Sollten wir dich etwa kennen lernen? Wolltest du uns zeigen, dass du ebenso zum Leben gehörst wie das Licht der Sonne oder das Glitzern des Meeres, wie der Atem, die Berührung, der Kuss? Wolltest du uns zeigen, dass auch du ein Teil unseres Lebens bist?

Sprachen wir deinen Namen nicht oft genug aus, Vetter Tod? Widmeten wir dir denn keinen einzigen Gedanken, keinen zarten, finsteren Hauch der Ahnung deiner Welt? Hatten wir dich aus unserem kleinen Reich verdrängt, dich verbannt auf ewig in die Leben anderer? Glaubten wir wirklich, auf dich verzichten zu können? Vergaßen wir dich in unserer Euphorie des Glücks und des Seligseins? Verloren, verlassen, entzaubert, weil gegenwärtig nur am Rande unserer Peripherie - war es das, was du fühltest?

Warum schriest du nicht einfach: ,Ich bin der Tod. Denket immer daran und vergesset niemals: Solange ihr lebt, lebe ich mit euch!' Warum tratest du so schweigend in unseren Tag und nahmst unser Kind mit dir fort? Warum jetzt? Es hatte doch die Sonne noch nicht gesehen, die Kühle des Meeres und dessen lebendigen Geschmack noch nicht gespürt, diese wunderbare Luft hatte es nicht geatmet, den zarten Klängen des Lebens nicht gelauscht und die bewundernden, liebenden Blicke seiner Eltern hatte es noch nicht erfahren. Warum jetzt?

Es ist gut. Niemand trocknet unsere Tränen. Niemand füllt diese Leere aus. Niemand macht ungeschehen. Ich werde nicht weiter nach dem Grund fragen. Ich weiß, dass du mir diese Frage nicht beantworten wirst. Du bist zu erhaben. Es ist nicht deine Aufgabe, Trost zu spenden. Die Zeit heilt Wunden. Narben erinnern auf ewig. Vergessen werden wir nicht. So wahnsinnig der Schmerz jetzt auch in meinem Herzen brennt, Vetter Tod, Angst habe ich nicht. Ich weiß, dass die Seele, deren Körper du sterben ließest, zurückkehren wird. Unser Kind ist um uns, wir spüren es in unseren Herzen. Es wird wiederkehren.

Drangst du in ihre Träume, Tod? Hast du ihr Angst gemacht? Sie habe mich im Traum gesehen, ich sei in ihren Armen gestorben, man habe mich erschossen, erzählte sie mir, lange bevor du kamst, unser Kind zu holen. War das deine Botschaft an uns, deine Ankündigung? Glaubtest du, wir würden verstehen, deuten können? Ein zweites Mal, jetzt nach deinem finsteren Auftritt, habe sie geträumt, dass jemand sie umbringen wolle. Im Traum habe der Mann ihren Namen nicht gekannt, er habe danach gefragt, immer und immer wieder. Kein Mensch habe ihm ihren wunderbaren Namen verraten, kein einziger habe geantwortet. Unbekannt wird niemand sterben, oder? So ist es doch, Vetter Tod, du holst nur dir Bekannte, von Angesicht zu Angesicht. Den Namen unseres Kindes hast du doch gewusst? Ja, du kennst ihn, wir haben ihn dir genannt. Aber denke, Tod, es wird der gleiche Name sein das nächste Mal. Es ist ja auch die gleiche zarte Seele, die wiederkehren, die uns beglücken wird. Das steht in unseren Herzen geschrieben. Du selbst hast es dort mit deiner scharfen Sense eingeritzt. Noch ist es unlesbar, nur fühlbar. Das Blut verwischt deine Züge. Die Wunden sind zu frisch, sie vernarben erst allmählich. Dennoch, wer jetzt verstehen will, wird verstehen, liest zwischen deinen blutigen Zeilen."

Wachs tropfte über den schweren, silbernen Kerzenständer, bahnte sich seinen verworrenen Weg lautlos über den Tisch. Zwei Tage saß er nun schon hier, zwei verwelkende Tage. Er hatte die Fenster mit alten Decken verhangen, kein Tageslicht, kein Mond, kein verloschener Stern fand zu ihm. Nichts wollte er sehen, nichts außer sich selbst, zerrieben, zerrissen vor Trauer. Ob Tag oder Nacht galt ihm gleich, Schlaf war unmöglich. Sie ließen ihn nicht zu ihr, ließen ihn nicht an ihrem Bett sitzen, ließen ihn nicht ihre Hand halten. Fünf Tage solle Luise ruhen, hatten die Ärzte gesagt, fünf verdammte Tage, in denen niemand zu ihr durfte. Drei lagen noch vor ihm, drei seelenkalte Tage und kein Ende in Sicht.

Was soll ich hier?, dachte David. Was in Gottes Namen soll ich noch hier, wenn sie doch fern von mir ist?

Gedanken schlugen sich durch den Nebel seiner traurigen Einsamkeit, Gedanken, die ihn schon lange beschäftigten, die er jedoch nie zugelassen hatte, weil er sie so sehr fürchtete. Jetzt, da eingetreten war, was nie hätte eintreten dürfen, jetzt, da tot war, was leben sollte, machten sie ihm keine Angst mehr. Sollten sie nur kommen, die merkwürdigen Gedanken und Ahnungen. Sollten sie nur kommen und sich in ihn schleichen. Er würde bereit sein, würde sich ihrer annehmen, würde zu Ende denken, würde Ahnung in Wissen verwandeln. Sein Kind hatte er verloren und mit ihm das süße, unbeschwerte Lachen seiner Liebe. Weiter gab es nichts zu verlieren.

Er dachte an seine Mutter und wie sie ihm begegnet war im Traum. Vor sich sah er die endlose Verzweiflung in ihren Augen. Vor sich sah er die Schachtel. Langsam fügte sich ein Bild zum anderen und er erlebte noch einmal den seltsamen Traum. Doch diesmal war es etwas anders. Schließlich lagen Höllen hinter ihm, viel hatte er erfahren. Er blickte auf einen Zeitraum zurück, den er nicht beschreiben konnte, von dem er nicht einmal annähernd wusste, ob es Tage, Monate oder gar Jahre waren, die da hinter ihm lagen, im Tiefen, im Vergangenen. Er blickte auf einen Zeitraum zurück, in dem er in anderen Welten verkehrt hatte, in dem er aus einer Vision in die nächste gefallen war, ohne Halt, manchmal befangen und in einer seltsamen Art begrenzt, ohne Möglichkeit, die eine von der anderen Welt zu unterscheiden, sie voneinander und von dem, was er für die Wirklichkeit hielt, abzugrenzen. Lautlos war es über ihn gekommen, hatte ihn mit sich genommen, ungefragt, überwältigend, hatte ihn gezogen in eine ferne Fremde, der er nicht gewachsen war, deren Regeln er nicht kannte.

Diesmal sollte es anders sein. Angestrengt dachte David nach, versuchte die Bilder aus dem Traum von seiner Mutter und den zwei gesichtslosen Herren, in die richtige Reihenfolge zu bringen. Mühsam verwehrte er sich seinen Emotionen, denn er wollte sich jetzt nicht gehen lassen, wollte nicht weinen über die Qual und Marter, die er in den Augen seiner Mutter sah, sondern drang darauf, ihren Schmerz zu erfassen, den Traum begreifen oder wenigstens deuten zu können. Aber es ging nicht, der Druck war zu stark, als dass er ihm hätte standhalten können. Es ging nicht ohne Emotionen.

Tränen liefen über seine Wangen und in ihnen verschwammen die Bilder. Konnte er nicht mehr denken? Gab es keine rationale Ebene mehr, keine analytische Perspektive? Gab es nur noch diesen emotionalen Sumpf? Musste ihn alles innerlich berühren, ihn entzweien, ihn quälen? Sehen wollte er, nichts als sehen, rein und klar, ohne immer wieder nur zu fühlen, sich von dem Schmerz anderer mitreißen zu lassen, sich diesem schwammig melancholischen Gefühl hinzugeben, das ihn anwiderte.

Unter Tränen, von denen er nicht wusste, ob sie seiner Mutter galten oder seiner eigenen penetranten Verzweiflung, unter Tränen, die er zu hassen begann, bauten sich plötzlich von Neuem Bilder in ihm auf. In Splittern, wie durch zerbrochenes Glas, sah er Luise. Sie stand Minna gegenüber. Beide blickten finster. Beide waren an den Schmerzen verzweifelt. Beide hatten ausgeweint. Tränen gab es nicht mehr, nicht in ihren Augen. Erloschen, beinahe tot, wie ein Feuer in der Flut der Tränen untergegangen, standen sie sich gegenüber und blickten auf zwei kleine Steine, die zu ihren Füßen lagen. Begraben lagen hier, das wusste David, zwei tote Körper. Der eine gehörte seinem ungeborenen Kind, der andere, seinem Bruder.

Zwei Seelen im Nirgendwo zogen langsam an einem Licht vorüber, das heller war als tausend Sonnen. Eine der beiden verglühte, verblich im silbernen Schein, die Andere aber zog weiter, erleuchtet und mit neuer Kraft belebt. Oh, wie gern wäre er jetzt hineingetreten, wie gern wäre er jetzt zu einem Teil des Bildes geworden, hätte Luise in den Arm genommen und gesagt:
„Sieh, das Ende ist immer ein Anfang. Und wenn du hier stehst, ausgezehrt vor Schmerz und Trauer, keine Tränen mehr findest für das Ende, das so

sinnlos scheint, dann blicke mich an, sieh das Dunkel in meinen Augen, das finsterer noch scheint als alles Schwarze dieser Welt. Schaue mir in die Augen und finde den kleinen Stern darin, der zart, von neuem Licht belebt in meine Hoffnungslosigkeit dringt, mich schüttelt, mich weckt aus dem grauen Schlaf, mich sehend macht."

Doch es stand nicht in seiner Macht, das wusste er. Wie merkwürdig war diese Welt, wie seltsam durchdringend. Die beiden Frauen standen, vom gleichen Schicksal geführt und erschlagen, vor dem Grab ihrer Kinder, leer, vor endlosem Entsetzen bald gleichgültig, ausgezehrt. Und obgleich beide in derselben Leere schwebten, war die Eine doch schon am Ziel, hatte sich fallen lassen, glücklich, in ihrem tiefen Innern wissend, dass sie wiederkehren wird eines Tages.

David erinnerte sich, wie er seine Mutter im Traum gesehen hatte, ihr Herz so von Trauer erfüllt, und er erinnerte sich, wie sie letztlich im Traum von ihm gegangen war: Da war ein Leuchten in ihren Augen gewesen, ein zartes, schwaches Leuchten im dunklen, verquollenen Tränenmeer. Wie ein kleiner einsamer Stern durch die nächtliche Wolkenmauer blickt und hinter der dichten Nebelwand einen Himmel erahnen lässt, so ließ ihn das Leuchten in den kranken Augen seiner Mutter einen neuen Morgen erkennen, weit in der Ferne noch, aber klar, hell, wie der Anfang nach dem Ende. Und endlich verstand er, was sie hoffend machte, was ihr neuer Anfang war: Er, David selbst war es. Ihr Kind, ihr lang ersehntes Kind, David. Martin war tot. Abort im siebenten Monat der Schwangerschaft. Minna hatte sich so sehr ein Kind gewünscht. Alle Vorbereitungen waren getroffen, das Zimmer eingerichtet. Martin sollte der Kleine heißen, Martin Kamm. Doch es kam anders, unerwartet, wie ein plötzlicher Regen das trockene Land flutet. Man müsse operieren, hieß es, man müsse entfernen, was abgestorben sei. Man müsse schnell tun, was getan werden muss, um den Tod der Mutter zu verhindern. Fieber sei in sie gedrungen. Fieber, glühend heiß, brennend wie Höllenfeuer.

Bilder fluteten Davids Kopf, wie Wasser das Land kurz vor dem ersten Untergang der Welt. Bilder, die Erklärung boten, die Antwort gaben auf all seine Fragen. Vor ihm erschien seine Mutter, schwanger, dunkel in den Augen. Ein Arzt, Instrumente aus chirurgischem Stahl, Blut, Schwestern mit Tupfern, wie sie redeten, ruhig, konzentriert, voll blinder Routine. Alles stürzte auf ihn ein, Mutter, Tod, Geborenwerden, Kindheit, Vater, Licht und Dunkelheit, Entstehen und Untergang, Lüge und Wahrheit. Alles drang in ihn, tausend Blitze in dunkler Nacht, alles auf einmal. Hingerissen vom Fieber der vermeintlichen Klarheit, vereinnahmt von Geschwindigkeit, von Feuer, von Erkenntnis, zog er durch die weiten Täler seines Geistes. Hier lag Vergangenheit. Hier sah er seine Mutter geboren werden, hier sah er sie lieben, sie verzweifeln, sie erstarken zu neuer Kraft. Dort, im Lichten, im Leuchtenden, traf er seinen Bruder, Martin, den geliebten Bruder, den er nie gekannt hatte, der starb noch in der Mutter Bauch, der starb vor dem Geborenwerden. Dort drüben, unweit von der schönen Minna, traf er ihn, den er nicht kannte und von dem er doch alles wusste, ihn, den er tief in sich fühlte. Weiter zog es ihn, tiefer, vorbei an dichten

Ketten aufflackernder Erinnerungen, vorbei an Sandkästen seiner Kindheit, vorbei an dem rothaarigen Lockenschopf, mit dem er im Kindergarten oft gespielt hatte, vorbei an kleinen Indianern aus Plastik und an Holzbausteinen, an Märchenbüchern, an Schönschreibheften, der Fibel und dem kleinen Plüschtier aus der Zuckertüte, vorbei an Lehrern, an Kindern, an den Großeltern und schließlich vorbei an sich selbst, schlafend, im Schoße der Mutter liegend. Vater stand dort, unweit von dem kleinen Birnbaum auf dem Hof, lächelnd, ein Kinderfahrrad haltend.

Oh, wie wunderschön waren diese Bilder, wie zart und innig umarmten sie ihn. Er wollte verweilen, mehr sehen, mehr verstehen, doch er konnte nicht, durfte nicht, musste weiter fliegen, schneller. Dunkler wurden die Wolken vor ihm, es regnete Tränen. Er sah seine Mutter in der Küche ihrer kleinen Wohnung sitzend, sie weinte. Vater war nicht zurückgekehrt. Vater wurde vermisst. Ein Wanderer fand ihn, an einer Weide hängend, tot. Er zog vorbei an dem Schicksal seiner Mutter, weinte ihre Tränen, fühlte ihre Verzweiflung, ihre tiefe Not. Bilder flackerten auf, nebeneinander, übereinander, ein Gesicht, eine hässliche Fratze, schrill lachend, voll Hohn und Bitterkeit. Eisig schoss das Blut durch Davids Adern, er zitterte, fror wie ein Hund in winterkalter Nacht, ausgesetzt, fern von Liebe und Heimat, einsam, dem Tode nah. In weiter Ferne sah er einen Schatten im Nebel schwinden, dunkel, verbittert. Die Sonne versank längst hinter den Bergen. Licht starb in Einsamkeit. Seine Kräfte schwanden, er wurde langsamer, hielt, ausgezehrt, überwältigt vom Dunkel der Nacht. Der Schatten lief über das weite Tal, in dem er stand, schoss von oben nach unten, von links nach rechts, setzte sich schließlich auf einem Felsen nieder und blickte mit seinen starren, finsteren Augen in die von Nebeln umhüllte, gepeinigte Nacht.

Lange stand David bewegungslos in dem letzten finsteren Tal seines Geistes. An lichten, freudigen Bildern war er vorbeigezogen, an zarten, wundervollen Erinnerungen, an den Sternen und Sonnen seines kindlichen Wesens. Dankbar war er, unendlich dankbar für die Liebe, die er durch diese lichten Bilder erfahren hatte. Jetzt aber stand er in der Dunkelheit, in der Einsamkeit, atemlos, unendlich müde. Wenn er nur noch etwas Kraft hätte, eine letzte kleine Reserve, dann ginge er weiter bis an das Ende dieses Tals, wo Untergang, wo Sterben war. Sehnsucht schrieb Worte in den kargen Sand, unlesbar, unerreicht für die, die lebten. Still stand die Zeit. Da war keine Kraft mehr, keine kleine Reserve, ohnmächtig fiel er zu Boden.

Die Kerze auf seinem Schreibtisch war längst erloschen, als er zu sich kam. Benommen von der Heftigkeit der anfänglichen Bilder und der Träge dieser letzten Finsternis erhob sich David von seinem Stuhl, lief hinüber in das kleine, vom friedlichen Geruch alter Möbel durchströmte Schlafzimmer. Er entzündete eine kleine Kerze, schloss die Tür, zog die Vorhänge zu und legte sich auf das große Bett. Schlaf suchte er, tiefen, friedvollen Schlaf, der seine schwere Seele beruhigen konnte, der in ihm Ruhe schaffen konnte. Erschöpft lag sein Körper, wie nach einem langen Marsch durch unwegsames, menschenfeindliches Gelände, ohne Wasser, ohne Kraft, bald leblos.

Doch seine Seele ruhte nicht, fand keinen Frieden, war aufgewühlt, trauerte, liebte, sehnte sich, starb hundert Tode und ward hundert Mal neu geboren. Überwältigt von den Bildern, die allmählich zurückkehrten als nahe, ferne Erinnerungen, zog sie aus in den Äther, wie die Vögel im Herbst nach Süden ziehen, schwand ins Körperlose, ins Ungebundene, in die Freiheit, die doch nur Schein war, die doch endete, die scheiterte und zerbrach, als seine Seele im Nichts auf eine graue, unüberwindbare Wand stieß. Leere schlich in ihn, graue, unendliche Leere. Hier, in diesem friedlichen Zimmer, hatte er mit Luise gelegen. Nacht um Nacht waren seine Finger streichelnd über ihre selige Stirn gefahren, hatten seine Lippen ihren wunderbaren Bauch berührt und zärtlich geküsst, hatten Liebe gespendet, hatten Liebe in sich gesogen. Nacht um Nacht fühlte er erwartend dem einzigartigen Tag entgegen, diesem Tag der Glückseligkeit, diesem wunderbaren, von Engeln geschenkten Tag der Geburt seines Kindes. Jetzt, da der Tod gekommen war, wie ein gieriges, vor Hunger bald sterbendes Tier, wie eine räuberische Bestie, jetzt, da David die Engel abziehen sah, sie resignieren, sie scheitern sah, jetzt, da sie fern ab von ihm saßen, wie stumme, hilflose Zeugen der Grausamkeit, armselige, gottlose Geschöpfe, jetzt, da Leere sein Herz zerriss, fiel er wie von einer hohen Klippe in ein graues, brausendes, tief dunkles Meer. Zerschellte Seele im Nirgendwo, Körper wie tot, atemlos, kalt, im Irdischen gefangen, ausgezehrt.

Verschollen, fernab von der Welt, in den Fluten ertrunken, von Dunkelheit umhüllt, schwamm sein schweres Gemüt wie ein sterbender Fisch am Grund des endlosen Ozeans, fand nicht mehr in die Heimat, wusste kaum, wonach es suchte, sah nicht mehr den Körper im Irdischen, fühlte längst nicht mehr die warme, blutdurchströmte Hülle. Ob es der Tod war, das Ende seines kranken Lebens, wusste er nicht. Vielleicht war es das Sterben, der Übergang, der Weg in den Frieden, in die Unendlichkeit und Geborgenheit, in das Licht. Aber konnte dies der Tod sein, konnte diese Verlorenheit, diese Heimatlosigkeit, dieses Verlassensein von allem wirklich der Tod sein? Dunkelheit war statt Licht. Leere war statt Gott. Nein, dies war nicht das Sterben noch der Tod, dies war kein Ende, Übergang oder Anfang. Nein, noch lebte er, noch war er zu fern von sich selbst, als dass er hier enden konnte. Doch, wie umkehren, wie zurückgelangen in die Heimat, in sich? Wohin?

Von der Strömung allein getragen, von Wassern umspült und getrieben, trat er irgendwann in dieser Zeitlosigkeit, in diesem Nichts aus schmerzender Stille aus der Tiefe empor, trieb wie ein toter Fisch im Ozean zwischen den Wellen umher, wartend auf den Vogel, der ihn finden und von hier forttragen würde, der ihn verschlingen, zerstören, verdauen würde, ihn zersetzen und auflösen würde, bis kein Tropfen seiner Seele mehr war in dieser Welt, bis alles endete.

Aus dem Nichts tauchten plötzlich Schiffe auf, erst drei, dann wurden es mehr, neun, vierundzwanzig, er konnte sie kaum mehr zählen. Schiffe von grandioser Gestalt, hölzerne Schiffe mit hohen Masten, die weiße Segel trugen, schwammen mit ihm, wie eine

Eskorte. Niemand war da, der sie steuerte, niemand, außer dem Wind. Schwarze Flaggen wehten an Kiel und Bug. Überall fuhren Schiffe, unbemannt, wie eine Armada der Geister, begleiteten ihn auf seinem Weg, den er nicht kannte, den allein der Wind kannte. Unter Tausenden Schiffen ragte eines heraus, das größer, prächtiger war, aber auch verlassener und einsamer schien. Leer trieb es durch die kalten Wasser des endlosen Ozeans, leer, von Trauer umhüllt, welche zu tief, zu bitter war, als dass man sie hätte fühlen können, beladen mit Verzweiflung und Not. Gnadenlose Winde brausten auf, trieben die Schiffe fort, zerstreuten sie in alle Winkel des Meeres. Nur das eine blieb, das große, einsame. Hilflos, getrieben von Strömen und Winden, schellte David gegen seinen braunen, hölzernen Bug. Fast erfroren in der kalten Tiefe, zerrissen von der Kraft der Winde, tastete er sich langsam am Bug entlang, wie ein Schiffbrüchiger, fand irgendwo eine Leiter, an die er sich klammerte, an der er sich schließlich hochzog. An Deck angelangt, sah er sich um. Es roch nach toten Seelen, nach Einsamkeit. Mühsam zog er über die feuchten Dielen. Eine Krähe flog über ihn hinweg, zog schwarze Kreise, setzte sich schließlich auf einen der Maste, beobachtend, wissend.

„Du bist hier, Vater", sprach David leise. „Ich fühle dich."

Eine dunkle Feder fiel schwer zu Boden. David hob sie auf, durchdrang sie, füllte sie mit einem Tropfen Leben aus den letzten Teilen seiner fragmentierten Seele, warf sie über Bord und schickte sie auf die Reise.

„Zurück sollst du fliegen, zurück in die Zeit, in die Welt, sollst finden in die Seele meiner trauernden Mutter, in ihr blutendes Herz", rief er.

Dann stieg er auf, willenlos, wie ein braunes Blatt im Herbst durch Stürme tobt, zog von einem Schiff zum anderen, immer begleitet vom schwarzen Vogel. Auf jedes der Schiffe fiel er nieder, wandelte über schwere Dielen, bis er auf eine Feder stieß, die er gleich der ersten schwarzen Feder auf die Reise schickte, auf die Reise zu den verzweifelten Seelen dieser Welt, zu den Trauernden, zu den Zerrissenen, zu den qualvoll Sterbenden. Auf dem letzten der Schiffe hielt er inne, schien zu ruhen, schien tief in sich zu gehen. Zeitlos verweilte er, bis er sich schließlich von der Brüstung in die Fluten fallen ließ, in welchen er unterging, schwer, zu Stein erstarrt.

Auf dem Grunde des dunklen Meeres schwamm sein Körper. Er sah ihn ganz deutlich. Langsam sank er hinab durch endlose Wasser, bis er schließlich auf seinem Körper zum Ruhen kam. Schwer fühlte er ihn atmen, langsam schlug sein Herz. Da drang er in sich, in die schlafende Hülle und ruhte in ihr für lange, lange Zeit.

Irgendwo stieg eine Sonne aus der Dunkelheit der weiten Wasser. Irgendwo brach Licht in finstere Tiefen. Irgendwann erwachte er. Ein neuer Tag hatte den Weg in ihn gefunden, hatte ihn geweckt, belebt, mit Licht gefüllt. Er war endlich zurückgekehrt, zurück zu sich selbst.

David zog die Vorhänge zurück und öffnete das Fenster. Farben erfüllten seine Augen mit Leben, er lächelte. Es war der fünfte Tag vorüber, die Ewigkeit hatte geendet. Luise! Sogleich machte er sich auf den Weg zum Krankenhaus, hastig vor Freude, voll großer Erwartung. Als er in sein Auto stieg, schoss es ihm durch den Kopf: Blumen! Er wollte ihr Blumen mitbringen, am liebsten alle dieser Erde, in allen Farben, in allen Formen, in allen erdenklichen Düften und Varianten.

In einer engen Seitenstraße hielt er, parkte nicht den Wagen, dachte nicht daran. Das Auto stand mitten auf der Fahrbahn. Verwirrt, vor Sehnsucht platzend, trat er in einen kleinen Blumenladen. Farben, Formen, Düfte, alle Varianten des kleinen, magisch wortlosen Ausdrucks der Liebe blickten ihn an. Voller Unruhe wartete jede einzelne Blume darauf, dass er sie greife. Erschrocken lief er wieder aus dem Laden, ohne eine Blume, ohne einen Strauß in der Hand. Zu viel der Farben, zu viel der Formen, zu viel der Düfte und Varianten. Wie irre blickte sich der Flüchtige um. Was tat er hier? Ja, richtig, der Wagen! Luise! Blumen wollte er nicht mehr. Es waren derer so viele, so farbig und duftend, und dennoch konnte kein Blumenmeer der Welt ausreichen, nicht für sie, nicht für Luise! Kaum bei sich selbst, benommen vor Freude, nahm er etwas wahr, einen Lärm, ein Dröhnen im Kopf, Chaos. Jetzt fiel es ihm wieder ein: Der Wagen blockierte die Straße, man hupte, man schrie, man kam nicht vorbei. In Gedanken lag er schon bei ihr, umarmte sie, küsste sie. Heftig sprang er in den Wagen, drehte den Zündschlüssel und fuhr los.

Bis zum Krankenhaus war es nicht weit, zehn, fünfzehn Minuten, höchstens. Straßen flogen an ihm vorbei, Häuser, Menschen, alles sah er, nichts nahm er wahr. Alles ließ er hinter sich. Gleich würde er sie sehen dürfen, sie berühren, sie küssen dürfen, gleich würde er bei ihr liegen. Niemals mehr würde er zulassen, dass man sie ihm wegnähme, dass man ihn zwänge, sie loszulassen, sie herzugeben, nicht für eine Sekunde.

Vor dem Krankenhaus bremste er heftig, riss die Wagentür auf und sprang aus dem Auto. Oh Gott! Gedanken schossen ihm durch den Kopf, als er zum Eingang rannte. Der Weg schien endlos, er rannte, rannte und schien nicht anzukommen. Oh Gott! Wo liegt sie? Wo kann er sie finden in diesem riesigen Haus? Er hatte weder eine Nummer der Station noch des Zimmers. Er hatte gar nichts, keinen Ausweis, keine Möglichkeit, seine Zugehörigkeit zu ihr zu belegen, außer sein vor Sehnsucht bald platzendes Herz. Würden sie ihn überhaupt zu ihr lassen? Würden sie ihn wieder hindern? Nein, das durfte nicht sein! Nein, er würde kämpfen, er würde Wege finden. Er musste zu ihr.

Eilig schritt er dem Empfang entgegen.

„Frau Haese?", stotterte er. „Wo finde ich Frau Haese, Luise Haese? Wo liegt sie, ich muss zu ihr! Bitte machen sie schnell!"

Niemand hinderte ihn. Niemand stellte sich ihm in den Weg. Die Schwester tippte eilig den Namen in die Tastatur, blickte auf den Monitor und sagte dann zügig:

„Station sechs, dritter Stock rechts, Zimmer zweihundertfünf, der Herr."

Ihre letzten Worte fing er im Gehen, rief noch hastig:

„Danke sehr!", bevor die Fahrstuhltür hinter ihm schloss.

Sekunden können Jahrzehnte sein, wenn man Fahrstuhl fährt. David sah sein Ziel, aber noch schien es weit. Geduld, rief eine Stimme in ihm, aber er riss sich selbst voran, zog sich, quälte sich im Gefühl der Zeitlosigkeit, meinte nicht anzukommen, zu scheitern. Irgendwann stieg ein Mann dazu, zweiter Stock, kein Ende in Sicht. David blickte ihn an, unwillkürlich. Plötzlich: Er kannte ihn, diesen Mann. Ja, irgendwoher kannte er diesen Mann, dieses Gesicht, diese fernen Augen. Er fing ein Lächeln, kurz, zaghaft. Wie ein Flackern stieg es ihm zu Kopf, blitzend. Schlagartig schoss es ihm in das Gehirn, matschte es. Der Mann stieg aus, dritter Stock. David begriff: Es war kein Lächeln, es war ein Lachen, ein garstiges Auslachen, eine Marter, eine Qual, ein Quietschen in seinen Ohren.

Wie in einem Wahn stieg er aus, rannte durch klappende Türen, las Zimmernummern, fand nicht die seine, nicht zweihundertfünf. Grell schoss das Lachen durch seinen Kopf, das Auslachen des fremden Mannes aus dem Fahrstuhl. Wie ein Gejagter lief er hin und her, lief den Flur hinauf und wieder hinab, suchend, nicht findend vor Hast und Sorge.

Bilder stiegen in ihm auf, Erinnerungen, Visionen vergangener Tage, Wochen oder Jahre. Sein Leben lief in Bildern an ihm vorüber, wie tausend schwindende Schatten, in weiten Nebeln; und über diesen Bildern lag das Lachen des Mannes, den er soeben im Fahrstuhl getroffen hatte. Fies tönte es in seinen Ohren, tobte vor seinen Augen, schallte zerstörerisch in seinen Kopf. Nummern schwanden vorüber, er sah sie kaum mehr, rannte, wie irre, wie besessen. Alte Frauen standen an den Holzgeländern entlang das Flures, starrten ihn an, verstanden nicht, warum er immer wieder auf und ab rannte, wie ein Gehetzter, der vor bestialischen Hunden zu fliehen versucht. Herren mit Blumensträußen musterten ihn verstört, blickten sich kopfschüttelnd nach ihm um, wenn er vorüberlief. David sah sie nicht. Er fühlte kaum mehr, dass er rannte, dass er suchte. Benommen, trunken von Erinnerungen, die ihn einholten, von dem grausigen Lachen, das auf ihnen lag, von Nebeln und Wassern, in denen er zu ertrinken drohte.

„Vater!", schrie er immer wieder, „Vater, was treibst du für ein Spiel mit mir?"

Leute starrten entsetzt, riefen Schwestern, hielten ihn für einen Verrückten. Doch er hörte sich selbst nicht schreien, wusste nicht, was er sagte, dass er etwas sagte. Er sah sich nicht mehr, fühlte sich nicht mehr, suchte nur wie irre und wusste doch nicht einmal mehr, was er eigentlich suchte. Schwestern kamen angelaufen, versuchten ihn zu beruhigen, vergebens, drangen nicht zu ihm vor. Ärzte kamen angelaufen, versuchten ihn vom Flur zu zerren, redeten auf ihn ein. Stählern mächtig blitzte die Kanüle einer Spritze. Aufzuckend fiel David zu Boden, bewusstlos, hilflos. Das Gift der Nadel hatte seinen Körper gelähmt.

Als er zu sich kam, fand er sich auf einer Couch in einem kleinen, weiß und steril anmutenden Zimmer wieder. Vor der Couch stand ein Tisch, auf ihm ein Glas Wasser. Vor dem Tisch stand ein Stuhl, auf ihm sitzend ein Herr im weißen Kittel, welcher Davids Erwachen zu erwarten schien. Begierig griff er das

Glas Wasser auf dem Tisch und trank. Der Arzt schaute ihn lange prüfend an, dann fragte er:

„Geht es Ihnen besser?"

David nickte, doch es ging ihm nicht besser.

„Es ist nicht einfach, was Sie durchmachen, Herr Kamm", fuhr der Arzt fort. „Wir haben Verständnis für Ihr absonderliches Verhalten. Glauben Sie mir, alles kommt wieder in Ordnung."

Moment, was sollte das? Woher kannte der Fremde seinen Namen? Was in Gottes Namen wusste dieser Weißkittel von dem, was David tatsächlich durchstand? Wofür wollte diese Fratze Verständnis aufbringen? Verstört, aus dem eigenen Nebel weichend, blickte er den Arzt an. Was, bitteschön, wusste dieser altkluge Mensch schon von ihm? Was?

Luise fiel ihm wieder ein. Ihretwegen war er hier in dieses Haus gekommen, sie wollte er besuchen. Der Gedanke schoss sofort durch seinen Kopf, rann stürmisch über seine bleichen Lippen:

„Luise", schrie er, „Luise Haese suche ich. Können Sie mich zu ihr führen, ich fand ihr Zimmer nicht in diesem Flur?"

„Herr Kamm, ich bitte Sie, beruhigen Sie sich doch!", sprach der Arzt mit leiser, Verständnis heuchelnder Stimme. „Wir wissen, wie Ihnen zumute ist, glauben sie mir."

David geriet außer sich. Was redete dieser Mann? Was wollte diese Person von ihm, dem Verzweifelnden, dem Irren, von ihm, der sich nichts seliger wünschte, als Luise in den Armen zu halten. Hastig erhob er sich von der Couch, stellte das Glas krachend auf den Tisch und lief aus dem Raum. Wieder ging er auf und ab. Wieder suchte er nach dieser

Nummer, nach ihrem kleinen Käfig, nach dem Zimmer, in dem die wunderbarste aller Frauen, Luise, lag. Wieder fand er sie nicht. Eilig schritt der Arzt hinter ihm her, verfolgte ihn, ließ ihn nicht aus den Augen. David bemerkte den Weißkittel, doch er interessierte sich in keiner Weise für diese aufdringliche Figur, für diesen penetranten Gnom, der nichts verstand, gar nichts und doch meinte, alles zu wissen.

„Warten Sie, Herr Kamm!", rief der Arzt. „So warten Sie doch! Es wird schon alles wieder in Ordnung kommen."

Aufgeregt lief David weiter, schritt unentwegt auf und ab, suchend, hoffend, endlich die Zimmernummer zweihundertfünf zu finden.

Am Ende des Flurs fand er eine Tür, vor der er stehen blieb. Irgendetwas ließ ihn innehalten. Irgendetwas bannte ihn mit zauberhafter Magie. Unbeeindruckt von den Menschen, die ihn umgaben, von den Alten und Kranken, von den vor Hektik und Ehrgeiz erkrankenden Ärzten und Schwestern, stand er wie unter einer gläsernen Haube am Ende des Flures und vergaß alles, was um ihn war. Abgeschirmt vor sich selbst, vor seinen großen Erwartungen, vor seiner Ungeduld und Verzweiflung, Luise endlich wieder zu sehen, fern ab von der kalten Angst und aller dunklen Ahnungen, die ihn begleitet hatten, öffnete er, gezogen von dem zauberhaften Klang eines durchdringenden Tropfens, die Tür.

Licht durchflutete ihn, herrliches Licht. Strahlen drangen in seine Seele und erfüllten sie mit unendlicher Wärme. War hier Gott? Benommen, kaum mehr fähig, sich aufrecht zu halten, tastete David sich entlang eines goldenen Geländers. Der zauberhafte Klang rief ihn. Immer wieder fiel ein Tropfen, immer wieder schlugen im gleichen Takt Wellen von Licht in seinen Kopf, impulsiv, aus sich selbst Kraft schöpfend, sich selbst erhaltend, wunderbar. Vor einer Treppe hielt er, umklammerte voll freudiger Erschöpfung das Geländer. Auf die erste der tausend Stufen setzte er sich, und als er bemerkte, dass diese genauso golden, genauso licht war, wie das Geländer, an dem er entlanggegangen war, drang er in sie, mit den Händen zuerst, Kopf und Körper folgend, selig, voll Hingabe, sich selbst im Licht auflösend. Von Wirbeln ergriffen, in sonderbare Ströme gezogen, trieb er durch das Licht, durch das goldene Meer. Hier gab es nichts als abertausend Sonnen, keine Angst, keinen Schmerz, kein von dunklen Monden geplagtes, in Finsternis sterbendes Ich. So, wie der einzelne Tropfen des großen Regens sich in der Weite des Meeres verliert, wie er kraftvoll die Oberfläche durchschlägt, sich auflöst, stirbt und Teil des unendlichen Wassers wird, so zerschoss auch David im Licht, verlor Form und Identität.

Doch kein Zustand währt ewig, auch wenn er zeitlos scheint.

Ströme, die aus allen Richtungen zueinander strebten, sich vereinten in einem einzigen Punkt, trieben die Monaden seines verlorenen Ichs zusammen, fügten sie zu Fragmenten seiner Persönlichkeit und setzten schließlich sämtliche Teile wie ein Puzzle zusammen. David fand sich tauchend im goldenen Meer, ohne Richtung, ohne Ziel. Er fühlte Gott um sich, er schwamm in ihm. Ströme zogen ihn aufwärts. Doch wo war aufwärts? Wo war Anfang, wo Ende?

Gleich einem Delphin, der mit einem Mal sprunghaft aus dem Wasser auftaucht, schnellte David aus dem goldenen Meer und fand sich ruhend auf der Treppe, um Stufen erhöht, irgendwo zwischen dem, was Anfang und Ende schien.

Zart fühlte er den eigenen Atem in sich, spürte sein Herz in der Brust schlagen, fühlte, dass er wieder einen Körper und ein Ich besaß, dass er selbst sein eigen war. In sich bebend, noch von pulsierenden Lichtern durchströmt, erhob er sich und blickte nach unten. Doch es gab kein Unten, kein sichtbares Ende. Abwärts liefen die goldenen Stufen, ewig abwärts. David versuchte sich zu besinnen. Sollte er die Stufen abwärts gehen? Sollte er umkehren, zurück zu dem Geländer, am Geländer entlang zurück zu dieser Tür, durch die er hierher gelangt war? Doch woher war er denn gekommen? Wohin sollte er zurückkehren? Wohin, in das Krankenhaus zu den kranken Ärzten und Schwestern, zu den verbitterten Patienten, zu den Türen, unter deren Nummern keine war, die Hoffnung versprach, Luise zu finden? Bestand überhaupt die Möglichkeit, umzukehren, gab es die Tür noch irgendwo da unten? Was, wenn sie verschlossen war, wenn er nicht mehr umkehren konnte, wenn er ewig nur vorwärts, aufwärts gehen konnte und doch nie wüsste wohin, kein Ziel hatte, keinen Glauben? Gedanken kreisten wie wilde Geier über Aas, stürzten auf ihn ein, rissen an ihm, zerfetzten seinen Kopf in tausend tote Teile. Ginge er aber aufwärts, wo würde ihn diese Treppe hinführen? Würde er nicht wieder vor einer neuen Tür stehen, einer anderen, die ihn wieder auf neue, andere Wege führte? Würde er nicht sein ganzes Leben auf fernen Wegen wandeln, deren Ende er nicht sah und deren Anfang sich mehr und mehr im Nebel der Vergangenheit verlor? War er dazu verdammt, in Welten zu vereinsamen, ohne Sinn, ohne wirklich Frieden zu finden? Kam nach göttlicher Glückseligkeit wieder tiefe Depression? Ja, ganz so schien es.

Die Luft, welche er hastig atmete, schmeckte nach Zweifel und Tod. Weit aufwärts, in der Ferne der goldenen Stufen, stiegen Schatten auf, dunkle, verborgene Sehnsüchte verlorener Jahre. Langsam kamen sie näher, rückten dichter, doch David ließ sie nicht an sich heran, wendete sich kurz entschlossen um und lief eilig die Treppe hinab, weiter, immer weiter. Stufe um Stufe führte ihn hinab, Schritt um Schritt sank er in die alte, neue Welt zurück. Vielleicht lief er Stunden so hinab, vielleicht Tage. Vielleicht strichen gar Jahrzehnte an ihm vorüber, er wusste es nicht. Diese Welt schien zu stagnieren, hier gab es nichts, das David ein Gefühl von Zeit vermitteln konnte. Plötzlich aber stand er wieder am Geländer, blickte sich noch einmal um, sah Licht, wunderschönes Licht. Die Schatten hatten ihn längst eingeholt, waren leise in ihn gedrungen, hielten sich in seiner Seele versteckt.

Traurig ging der Umkehrende am Geländer entlang zurück, fand eine Tür, und es schien, als sei es jene, aus der er gekommen war. Eine Träne weinte er und sie galt ihm selbst, galt dem David, der meinte umzukehren und doch tief in sich ahnte, dass es keine Umkehr gab. Zögernd drückte er die Klinke, öffnete die Tür und ging hindurch.

Erleichtert erblickte er den Flur des Krankenhauses. Erleichtert erblickte er Menschen, die sich angeregt über ihre Krankheiten unterhielten. Erleichtert erblickte er den Arzt, der ihm zuvor so penetrant hinterhergeschlichen war.

Von stumpfer Naivität durchdrungen, lief er freudig auf ihn zu und rief:

„Oh, Gott sei Dank Doktor, ich bin wieder hier. Gott sei Dank ist alles wieder in Ordnung gekommen, so wie Sie es gesagt haben."

Der Arzt blickte ihn verwundert an.

„Herr Kamm", sagte er bestimmend, „Sie sollten eine Weile bei uns bleiben."

Eilig winkte er einen weiteren Arzt herbei, der sich etwas seitlich hinter David stellte.

„Dieser Herr wird Sie in die erste Etage begleiten, dort wird man sich um Sie kümmern. Erholen Sie sich, finden Sie wieder zu sich. Es ist immer schwer, wenn man einen Menschen verliert, den man liebt."

Und indem er das sagte, verzog sich sein Gesicht zu einer hässlichen Fratze, die hämisch lachend auf David hinabblickte.

Stumm vor Entsetzen, wandte sich David zu dem zweiten Mann, als wolle er ihm sagen:

„Sehen Sie doch, Doktor! Sehen Sie diesen widerlichen Dämon in ihm!"

Mit schriller, in grellem Fiepen zerbrechender Stimme sagte der zweite Arzt:

„Siehst du David, wie sich alles zum Guten wendet, wie sich die Wogen glätten."

Seine Augen waren kalt und starr wie Eis und in ihnen spiegelten sich so viele Gesichter. David erkannte in ihm den Mann, welchen er im Fahrstuhl getroffen und der ihn so hässlich ausgelacht hatte.

Aber er sah auch seinen Vater in ihm, sein trauriges, von dunklen Visionen geplagtes Gesicht, seinen fahlen, bleichen Kopf, wie er an dem Strick hing. Auch Christopher erkannte er wieder, den jungen Schulfreund, den Gehänselten und Verachteten, den stillen, stumm gewordenen Christopher mit seiner liebevollen Seele. In seinen schüchternen Augen spiegelte sich wiederum der Christopher späterer Jahre, jener aufsässige, jener verachtende, hänselnde. David hörte ihn Schimpfworte rufen, sah ihn Schüler verprügeln, Einrichtungsgegenstände des Schulhauses zerstören. Er sah ihn Frösche aufschlitzen und Katzen misshandeln, er sah, wie er Plüschtieren von Mitschülerinnen Köpfe abtrennte und sie von den grellen Neonröhren des Klassenzimmers herunterbaumeln ließ. Er hörte ihn Lehrer anbrüllen, er hörte Zangen knacken, die Speichen von Fahrrädern durchtrennten, er hörte Hämmer auf Motorhauben von Autos schlagen, Messer, die sich tief in den Lack ritzten und zu alldem hörte er dieses schrille, hässlich- bestialisch klingende Lachen seines Freundes.

Verzweifelt schloss David die Augen, doch statt Dunkelheit und Ruhe fand er etwas anderes, ein Bild, verschwommen noch, aber langsam deutlicher werdend:
Er sah frisches, saftiges Gras, kniehoch, vor Leben strotzend, eine Wiese. Da war ein blauer Himmel, wolkenlos, sommerlich frisch. Zwei Herren standen in Weiß gekleidet auf dieser Wiese, fern von ihm, noch sehr fern. Er sah sich selbst, zwischen den Herren stehend, verzweifelnd, vor Entsetzen erstarrend, aber noch fern, sehr fern. Geräusche drangen

über sein Ohr in seinen Kopf, mischten sich in das Bild. Wie in weiter Ferne hörte er Türen klappen, hektische Schritte über kaltes Linoleum, Kinder, Frauen und Männer, die miteinander sprachen. Oh, diese Geräusche passten nicht zu diesem Bild! Nein, sie gehörten hier nicht her, sie kamen von außen, hatten ihn durchdrungen, ließen ihn nicht im Bild verweilen, rissen ihn zwischen die Welten.

Von den eigenen Sinnen gehetzt öffnete David die Augen. Die weißen Glasfasertapeten glotzten widerlich von den Wänden des Flures. Da waren sie alle wieder, die Kinder, die Frauen, die Männer, die hektischen Schritte, die Türen, die eifrigen Schwestern und die vor Ehrgeiz kranken Ärzte. Zwei große Herren standen mit dem Rücken zu ihm, sprachen nicht, schwiegen, standen still. Es waren die beiden Ärzte, in deren Gesichtern die Fratzen gestanden hatten und aus deren Mündern heraus hämisches Gelächter geschallt war. David erkannte sie an ihren langen weißen Kitteln und den schwarzen, stiefelartigen Schuhen. Lange sah er sie an, ehe er sich wie von einem Zwang geleitet zwischen die beiden drängte und sich ihnen gegenüber stellte, ganz so, als ahne er bereits die bekannte Seltsamkeit, welche er nun entdecken würde.
Schweigend sah er in ihre Gesichter. Doch er fand keine Augen, keinen Mund, keine Nase darin, er sah nur die beiden fahlen, völlig identischen Züge der Dunkelheit in ihren leeren Gesichtern. Dünne, bleiche Haut spannte sich von ihrem Haaransatz bis über das Kinn, wie ein Leder über die Trommel. Ihre Wangenknochen traten wuchtig heraus und gaben diesen gesichtslosen Gesichtern eine tief finstere

Note. Wie Puppen standen die beiden Herren vor David, der sie unentwegt ansah, bewegten sich nicht. Einsam lief das Blut an ihren Händen hinunter, tropfte auf glattes Linoleum.

David stand in einer Pfütze aus Blut. Nach einer Weile hob einer der beiden Herren die Hand und deutete auf eine der vielen Türen. Der blutigen Hand folgend, wandte sich David dieser Tür zu und las leise die blauen Ziffern auf dem faden, weißgrauen Lack:

„Zweihundertfünf"

Erinnerte ihn diese Zahl nicht an etwas? War sie wichtig für ihn? Hatte er nicht nach dieser Zahl lange erfolglos gesucht? Aber warum hatte er gesucht? Was bedeutete diese Zahl? Gierig riss er alle Fragen an sich, suchte nach Antworten, aber der Suchende fand sie nicht. Dennoch lief er hinüber zu der Tür, warmes Blut an seinen Füßen, das langsam gerann. Er klopfte zögernd an, wartete, aber es antwortete niemand. Fragend blickte er zu den beiden Gesichtslosen.

„Ja, Herr Kamm, das ist die richtige Tür. Hier liegt sie", rief die eine Stimme.

„So treten Sie doch ein, Sie werden erwartet!", forderte die andere Stimme harsch.

David drückte die kalte Klinke, öffnete die Tür weit und trat hinein. Geräuschlos verschloss sich die Tür hinter ihm.

Der Regen fiel in Scherben herab, zerschnitt ihm das Gesicht. Bäume standen grau, wie verlassen auf einer kahlen, weiten Lichtung. Der Mond schien taghell. Nach Verwesung roch die feuchte, kalte Luft. Sein war Gesicht gefroren, Bäche von Blut schmolzen sich durch die starre Haut. Im Nebel der Ferne sah er einen alten Baumstumpf, zu dem er hinüber ging, auf den er sich kraftlos setzte, um auszuruhen, um zu warten auf die Stimme, die ihn rufen würde. Vögel zogen vorüber, wie er dort saß und in die silbern fahle Nacht starrte, prächtig glänzten ihre schwarzen Schwingen im Schein des Mondes. Die Zeit flog eilig mit ihnen. Stunde um Stunde floss dahin, ohne dass etwas geschah, ohne dass die Stimme rief, auf die er so sehnsüchtig wartete. Das Blut in seinem Gesicht war längst geronnen, gefroren. Rot hingen die erstarrten Tropfen unter seinen Augen, gleich den eisigen Tränen der Ewigkeit. Einsam wanderte der Mond von der einen zur anderen Seite. Schatten wuchsen heran. Schatten schwanden. Die letzten kühlen Tropfen des großen Regens hatten die Splitter aus seinem Gesicht gewaschen, dann hörte es auf zu regnen.

Abertausend Vögel waren an ihm vorübergezogen, abertausend schwarze Vögel, doch keiner hatte ihn gerufen, hatte ihn gebeten, mit ihm zu kommen, sich anzuschließen dem dunklen Zug der einsamen Seelen. Als David aufblickte, graute schon der Morgen in der Ferne. Rot stieg die Sonne zwischen den hohen Nadelbäumen empor. Ihr Licht wärmte seinen Körper, löste die Starre seiner Verkrampfung. Langsam fand er ein Stück seines Geistes wieder, daran er sich labte wie der Hungernde an einem trockenen Kanten Brot. Oh, wie liebte er dieses warme, dämmernde Licht, das ihn umfing. Gedanken regten sich in ihm, erwachten wie aus langem, tiefem Schlaf. Deutlich fühlte er das Ende seiner Reise. Er stand kurz vor dem Ziel; und was immer dieses Ziel auch sein mochte, er fühlte es bereits. Die letzte Tür, so schien ihm, hatte er gefunden, die allerletzte Tür, und er hatte den Mut besessen, sie zu öffnen, in den Raum zu treten, der hinter ihr lag, im Verborgenen, im Fernen. Jetzt saß er hier auf einem Baumstumpf und wartete, sann nach über Vergangenes, Zukünftiges, Gegenwärtiges.

War dies sein Leben? War diese irrsinnige Reise sein Leben? Wenn er jetzt einen Spiegel gehabt hätte, so würde er hineinblicken, die Falten in seinem Gesicht zählen und das Grau in seinen Augen. Er würde einen alten Mann erblicken, einen Gezeichneten, über den längst Ruhe gekommen war. So saß er und sann, Stunde um Stunde. Stille umschloss ihn inniglich.

Plötzlich, er meinte wie aus Gedanken zu erwachen, vernahm er ein Rauschen, fern noch, aber deutlich. Bewegt von dem wunderbaren Klang, der wie tausend goldene Ströme ihn durchfuhr, richtete er sich auf, lauschte tief, fühlte seine Bereitschaft, dem Rauschen zu folgen, wo immer es ihn auch hinführen mochte. Endlich war es so weit, endlich. Dies war die Stimme, auf welche er gewartet hatte, dies war der Ruf, dem er folgen wollte, der ihn zog. Beseelt brach er auf, verließ den Baumstumpf, die Lichtung. Wissen regte sich in ihm, Wissen, das er immer schon in sich getragen hatte, das aber Jahre verschüttet lag unter Trümmern zerbrochener Alltäglichkeiten. Schon sah er sich in den reißenden Strom springen, schon sah er sich in ihm zergehen, ein Teil von ihm werden. Ja, der Fluss war sein Ziel, er wusste es. Der Fluss selbst auch war es, der ihn rief, der ihn mit sich tragen wollte. Seine Stimme war Rauschen, wunderbares, fernes Rauschen. David vernahm sie immer deutlicher. Inmitten des großen Waldes blieb er plötzlich stehen, irritiert, zweifelnd. Deutlich hörte er den Ruf des Flusses, dem er zu folgen versuchte, aber er rief nicht mehr allein. Zwischen den friedlichen Klang des goldenen Stromes mischte sich ein zweiter Ton, sonderbar penetrant. Gleichlaut fügten sie sich ineinander, zwangen David, sie in sich zu trennen, den einen vom anderen Ton zu unterscheiden. Ein sonderbares Tropfen lag in dem goldenen Klang des Flusses begraben, ein gleichmäßiges, fortwährendes Tropfen. David kannte diesen Ton, nur wusste er nicht mehr woher, konnte ihn nicht mehr zuordnen. So sehr er sich auch nach dem Ende sehnte, so sehr er auch gierte nach dem Eingehen in wunderbare Wasser, jetzt, da dieser seltsame zweite Ton ihn gefunden hatte, selbst innig nach ihm gierte, sah David sein Ziel, den rauschenden Fluss, in weiter Ferne schwinden.

Dem neuen Ruf zwanghaft folgend, trieb es ihn aus dem Wald in einen weiten Nebel. Orientierungslos, das Tropfen von allen Seiten her wahrnehmend, irrte David umher. Kälte durchdrang ihn bitterlich, nach Tod schmeckte der Nebel. Ganz plötzlich, verzog sich der Nebel und David stand inmitten eines zweiten Waldes. Suchend blickte er sich um. Wohin sollte er gehen? Wo war die Stimme, der Ruf, der ihn führen sollte? Auf einem Ast saß traurig ein Vogel, stumm blickte er auf den Suchenden hinab. Etwas Fremdes drang in die seltsame Stille des Waldes, ein ferner, unwirklich klingender Ruf. David zuckte zusammen. Wer rief hier? Der Ruf wurde deutlicher:

„David! David!", hallte es zärtlich klagend durch die kahlen Äste der Bäume.

„Oh, Luise", rief David der sehnsüchtigen Stimme entgegen, „wo bist du nur? Ich bin so fremd in dieser kargen Gegend. Ich bin so fremd in dieser Welt. Luise, so zeig dich doch und führe mich nach Haus!"

Doch sein Bitten erreichte sie nicht, sie, die ferner noch war, als er sich je vorzustellen vermochte. Flehend hallte ihr Ruf wieder und wieder durch die Weite dieser seltsamen Gegend:

„David! David!"

Doch ihre Stimmen trafen sich nicht. Sehnsüchtig irrte David durch den Wald, suchte einen Weg hinaus, eine Straße, einen Ort mit Menschen. Doch er fand ihn nicht. Hier gab es keinen Weg. Hier gab es keinen Ort. Die Rufe Luises klangen immer verzweifelter, wurden seltener und verloren sich schließlich ganz im fahlen Silber der Nacht.

Irgendwann traf David auf eine Lichtung. Und als er langsam, von Trauer und Hilflosigkeit benommen, über das trockene Gehölz schritt, den Kopf hängend, den Blick leer auf den Boden gerichtet, wurde er derselben Lichtung gewahr, von der er vorhin aufgebrochen war.

Ungläubig hob er den Kopf und schaute sich um. Ja, da war der Baumstumpf, auf dem er gesessen und gewartet hatte. Unverkennbar! Eilig, in einer merkwürdigen Weise naiv freudig, als finde ein Kind, das sich in den Straßen der Stadt verlaufen hatte, plötzlich wieder zu seinem Zuhause, schritt er auf den

Baumstumpf zu und setzte sich darauf. Von einer dumpfen Melancholie eingenommen, eigenartig begrenzt, blickte er in die bekannte Fremde. Stolz erhob sich der Mond über der Lichtung und hüllte sie in sein glänzend, fahles Licht. Dunkle Schatten begleiteten seine ruhige Bahn.

Wenn der Morgen graut, dann werdet ihr schwinden, ihr Schatten, verbleichen im Licht der großen Sonne, dachte David bei sich.

Doch die Sonne kam nicht und der Mond zog seine Bahn ein zweites und drittes Mal. Die Nacht fand nicht ihr Ende. Hier gab es keinen Morgen mehr. David fühlte diese Einsicht tief.

„Vogel, warum soll ich hier warten auf den Morgen, wenn ich doch tief in mir weiß, dass er niemals wiederkehren wird von seiner Reise?"

„Er wird wiederkehren, David! Aber nicht in dieser Nacht", antwortete es leise von einem der kahlen Bäume hinüber.

„Bei den Linden ist eine Brücke, sie ist dein Weg aus der Dunkelheit. Wo er endet, dort ist der Morgen", fügte der Vogel hinzu.

„Ich werde gehen Vogel", entgegnete David, erhob sich von dem Baumstumpf und ging zu den drei Linden auf der anderen Seite, am Ende der Lichtung.

Dort angelangt, traf er auf eine Brücke, vor der er zögernd stehen blieb.

„Gehe nun hinüber David", sagte der Vogel, der ihn begleitet hatte.

„Sie wird verbrennen, wenn ich sie betrete, nicht wahr?", entgegnete David.

„Du wirst sie, einmal auf der anderen Seite angekommen, nicht mehr brauchen", erwiderte der schwarze Vogel, ehe er verschwand.

Als David die Brücke betrat, begann sie zu brennen, ganz so, wie er es vermutet hatte. Flammen schlugen hoch, ihn trafen sie nicht. Auf der anderen Seite stand eine große Weide, nicht ein Blatt hing mehr an ihr, kahl, abgestorben, verwesend. David erkannte sie. Vater hatte ihm einmal davon erzählt. Das Geräusch kehrte zurück, das Tropfen zäher, dickflüssiger Masse. Blut war es, das dort tropfte. Das wusste David und er nahm es hin. Irgendwo auf der anderen Seite floss es träge von den stummen Ästen der kahlen Weide hinunter. Er wollte sagen: Ich kenne das Bild meines Vaters. Lass es ein Ende nehmen! Doch er tat es nicht, etwas hielt ihn davon ab, ein Gedanke, zu viel, eine Ahnung nur.

Langsam lief er um die Weide herum, den Blick in den Zweigen, suchend, erwartend. Dann blieb er stehen. Da hing sie kopfüber. Tot. Luise! Durchtrennte Kehle, die Füße mit einem Strick zusammengebunden. Aus ihren Haaren tropfte grausam das Blut. David stand stumm, Blut umspülte seine Schuhe. Sie hatte er nicht erwartet, nicht Luise!

Und das hämische Lachen Christophers ertönte in seinen Ohren. Schrill und lüstern lachte er ihn aus. David nahm es hin. Alles nahm er hin. Ein zweiter Strick hing in den Ästen der Weide, gleich neben Luise. Und er war wie für ihn gemacht. Langsam, versunken in Leere und Verlassenheit, kletterte er den Baum hinauf.

„David! David!", flüsterte es in der Ferne, doch er hörte nicht mehr.

Entschlossen, hier zu enden, sich sehnend nach Tod, nach Erde, legte sich der Verlassene die Schlinge um den Hals. Ja, jetzt sollte er sterben! Hier und jetzt! Es gab keinen anderen Weg mehr.

David blickte auf den mit Blut benetzten Boden, dann ließ er sich fallen.

Doch der Strick hielt ihn nicht, er riss oben vom Ast ab. Und so schoss David dem Rot entgegen.

Bilder flogen durcheinander: Christopher, die toten Frösche im eigenen Sud zerkochend, Mutter, verwesend in ihrem Bette, Vater, von Maden zerfressen, Zigarre rauchend in der Küche. David sah Minna und Markus im Zug, wie sie sich kennen lernten, sah sie sich küssen, sich umschlingen. Ein Auto schoss ewig über eine Landstraße, er saß darin. Die alte, verwesende Frau aus dem Krankenzimmer stand plötzlich von ihrem Bette auf und umarmte ihn begrüßend und verabschiedend zugleich. Jetzt erkannte er sie wieder: Mutter! Ja, es war Minna. Im Fall griff er nach ihrem Ohr. Überrascht stellte er fest, als er es in seiner Hand musterte, dass dieses Ohr ihr gar nicht gehörte. Nein, eindeutig, dies war nicht ihr Ohr! Dazu schien es viel zu lebendig, viel zu jugendlich. Hastig tastete er seinen Kopf ab. Sieh an, auf der linken Seite fehlte das Ohr! Sollte er es durch den groben Fahrtwind verloren haben? Widerlich pfiff der Wind in den bloßgelegten Gehörgang. Das musste man ändern, so viel stand fest. Also klebte er das Ohr, welches er in seiner Hand hielt, an die linke Seite seines Kopfes und siehe da, es pfiff nicht mehr so in den Kopf hinein.

Allmählich näherte er sich der roten Suppe. In den letzten Momenten vor dem Eintauchen in das Meer aus Blut, David schien es, als dauere der Flug eine kleine Ewigkeit, verschwanden alle Bilder aus seinem Kopf. Er sah nichts als das wunderbare Rot, dem er nun sehnsüchtig entgegenstrebte.

Gut, dass der Strick gerissen ist, dachte er bei sich. Gut, dass ich nicht hängen muss an dieser kahlen Weide. Gut, dass ich eintauchen kann in dieses wunderbare Element, aus dem ich kam, in diese Wärme, in diese geborgene Weiblichkeit. Jetzt, endlich, weiß ich es sicher: Alles endet doch dort, wo es einstmals entstanden ist.

So dachte David in dem letzten Augenblick seines Falls, kurz vor dem Auftreffen auf die matte, tiefrote Oberfläche. Dann, die Sonne stieg im Osten aus der Tiefe der Nacht empor und hüllte die kahle Weide in ihre warmen Strahlen, tauchte David in das wunderbare, in das ersehnte, erlösende Rot hinein, tief, Seligkeit erfahrend, Ewigkeit fühlend.

Der alte Baum stand schnell in neuer Blüte, die Kraft der Sonne trieb neue Sprosse und Zweige hervor. Blätter fingen das Licht der Sonne, labten sich an ihrer unerschöpflichen Energie. Der Morgen war zurückgekehrt, wie es der Vogel vorausgesagt hatte. Dieser Morgen gehörte dem Leben, der Tod war endlich überwunden. David, erfüllt von Leben, tauchend im roten Element, fühlte all dies. Er sah es nicht mit dem Licht seiner Augen, aber er fühlte es tief in seinem freudigen Herzen, den blühenden Baum, die wärmende Sonne, diesen unfassbar göttlichen Morgen. Einzelne Strahlen drangen durch die Oberfläche des pulsierenden Meeres, in dem David zerfloss, wandelten tiefes Rot in mildes Orange, mischten Licht in Liebe. In Monaden zerschoss sein Körper. Frei tauchte das Ich durch die unergründlichen Tiefen. Der Tod hatte verloren. Leben war hier, wie nirgendwo.

***

Am frühen Morgen spürte sie deutlich, wie es begann und zügig stärker wurde. Heute werde es geschehen, das fühlte sie. Mit Mühe nahm sie ein Bad und zog sich an, bevor sie sich auf den Weg zum Krankenhaus begab. Gebückt, ihr Unterleib von heftigen Wehen durchzogen, mit schmerzverzerrtem Gesicht, stand die junge Frau nun vor der noch verschlossenen Tür des Kreißsaales. Daseinshungrig schrien Neugeborene hinter den dünnen Milchglasscheiben, die den Saal vom Flur abtrennten. Gebärende Frauen stöhnten, klagten, schrien. Deutlich drangen diese wundersamen, zugleich befremdenden und doch urvertrauten Geräusche in die Stille des Flures. Sie, noch einen Moment innehaltend, sog alles in sich, ließ sich betören von der Reinheit und Kraft dieser bezaubernden Lebendigkeit.

Jetzt war es so weit. Endlich. Sie drückte die stählerne Klinke und trat hinein. Sogleich kam eine Schwester hinzu, begrüßte sie und geleitete die Schwangere zu einem freien Bett. Kaum dass sie lag, gleich durchzuckten sie die Krämpfe des Gebärens aufs Heftigste. Kontraktionen, entsetzliche Schreie, heftiges Atmen. Sie blutete stark. Endlich kam ihre Hebamme. Gekonnt ergriff sie den Kopf des kleinen Geschöpfes, zog behutsam und geduldig, weitete.

„Es ist überstanden!", rief sie dann beruhigend, zugleich stolz, das kleine Wesen als erste in den Händen halten zu dürfen. „Ein Mädchen!"

Gleich gab sie das zarte Wesen der erschöpften Mutter, die es selig in ihre Arme nahm und küsste.

„Neun Uhr zweiundzwanzig, knapp achtunddreißig Minuten. Nicht schlecht für das erste Kind!", bemerkte die Schwester und notierte Uhrzeit und Datum auf einem Formular.

Wie die Kleine denn heißen solle, fragte die Hebamme noch, bevor sie sich einer anderen Gebärenden zuwandte.

„Luise", flüsterte liebevoll die junge Mutter, „Luise Kamm, ja, so soll sie heißen."

Und ihre Augen leuchteten wie tausend Sterne in der Nacht.

E-Mail an:
kritik@davidswahn.de
bellsen@web.de

Internet:
http://www.davidswahn.de
http://www.bellsen.de

Bellsen sagt danke:
Alice, Jessy, Caro, Mama, Fr. Hofsäss, Christine, Ben,
Matze - danke für Hinweise, Änderungs- und Korrektur-
vorschläge; Bommel - danke für die Einrichtung der
Domain; Kieper - danke für Schweden ´99.